Ina Taus

*Stronger*

**Die Autorin**
Ina Taus wurde 1986 geboren und lebt mit ihrer Familie in Österreich. Beruflich jongliert sie mit Zahlen, weshalb das Eintauchen in andere Welten ein guter Ausgleich dazu ist. Den Weg ins Wunderland hat sie noch nicht gefunden, wird aber nie damit aufhören weiße Kaninchen zu verfolgen, um irgendwann doch noch dort zu landen. Durch das Lesen wurde sie früh zu einer großen Geschichtenerzählerin, deshalb war für sie klar, dass sie ihr Leben mit dem Schreiben eigener Bücher bunter gestalten will.

**Das Buch**
*Verliebe dich niemals in deinen besten Freund. Schon gar nicht, wenn er schwul ist.*
Als ihr Freund völlig unerwartet mit ihr Schluss macht, ist Mia am Boden zerstört. Sie flieht zu ihrem großen Bruder und komplett verheult fällt sie kurz darauf dessen Mitbewohner in die Arme. Josh, der irgendwie aussieht wie Harry Styles und sie mit Eiscreme tröstet. Josh, der bald ihr bester Kumpel wird und den sie sich nicht mehr aus ihrem Leben wegdenken kann. Er schafft es mit seiner lustigen Art und seiner Aufmerksamkeit, Mias Herz nach und nach wieder zum Schlagen zu bringen. Leider ist Josh scheinbar schwul und Mia auch gar nicht bereit, sich wieder neu zu verlieben …

Ina Taus

# Stronger

*Mia & Josh*

Roman

FOREVER

MIX
Papier aus verantwortungsvollen Quellen
FSC® C083411
www.fsc.org

Originalausgabe bei Forever
Forever ist ein Digitalverlag
der Ullstein Buchverlage GmbH, Berlin Februar 2018

Umschlaggestaltung: zero-media.net, München
Titelabbildung: © FinePic®
Satz: Pinkuin Satz und Datentechnik, Berlin
Druck- und Bindearbeiten: CPI books GmbH, Leck
ISBN 978-3-95818-948-5

Für all diejenigen, die noch auf der Suche
nach der Person sind,
die ihr gebrochenes Herz
wieder zusammensetzen kann.

# Kapitel 1

*Mia*

*Herbst*

»Mia, ich will nicht mehr mit dir zusammen sein«, lässt Ethan mich mit leiser und sanfter Stimme wissen.

Einige Sekunden starre ich auf eine schwarze Haarsträhne, die ihm ins Gesicht fällt, bis mich die Wucht seiner Worte unvermittelt trifft. Ich taumele einige Schritte zurück, als hätte er mir den Satz entgegengeschrien.

Mein Lächeln verschwindet nach und nach aus meinem Gesicht. Ich will nicht glauben, dass *mein* Freund ernst meint, was er da von sich gibt. »Du … Was?« Ein leiser Funken Hoffnung keimt in mir auf, als er mich bedauernd ansieht. Leise frage ich: »Das ist doch ein Scherz, oder?« Wenn ja, ein ziemlich schlechter.

Langsam bewegt er seinen Kopf von links nach rechts und wieder zurück. Das wiederholt er ein paarmal, so dass ich es nicht länger leugnen kann. Er schüttelt definitiv seinen Kopf.

Ich mache einen Schritt nach vorne, aber nicht, um mich verzweifelt in seine Arme zu werfen. Nein. Ich kralle mich nicht an ihm fest, sondern am Geländer des Naples Pier fest. Gerade jetzt, in diesem Moment, habe ich das Gefühl, mich an irgendetwas festhalten zu müssen, denn Ethan hat es geschafft, mir den Boden unter den Füßen wegzureißen. Gerne würde ich von mir behaupten, dass ich es habe kommen sehen, aber: Das habe ich nicht. Ethan hat mich, Mia Thomas, eiskalt erwischt.

Obwohl uns – oder besser gesagt mir – die Sonne ins Gesicht scheint, breitet sich über meinem ganzen Körper eine Gänsehaut aus. Mein Hals fühlt sich wie zugeschnürt an und ich habe Probleme damit, den Kloß, der vor fünf Minuten noch nicht dort war, hinunterzuschlucken.

»Es tut mir leid«, höre ich Ethan von weit weg sagen.

Als ich meinen Kopf in die Richtung drehe, aus der seine Stimme kommt, erschrecke ich. Er steht viel näher bei mir, als ich erwartet habe.

Ich starre auf sein Poloshirt, unter dem man deutlich seine definierten Brustmuskeln erkennen kann. Seit wann trägt er solche Kleidung? Früher war er der Typ, an dessen Sachen man Ketchupflecken finden konnte, doch jetzt wirkt es so, als würde er sich am Kleiderschrank seines besten Freundes bedienen, der ganz zufällig ein Faible für aufgestellte Kragen und Hemden hat. Nun sieht er plötzlich genauso aus, wie man sich den Star des Footballteams vorstellt. Groß, breite Schultern, sportliche Figur und immer ein verwegenes Grinsen im Gesicht. Nicht zu vergessen die zahlreichen Cheerleader, die ihm bei jedem seiner Spiele zujubeln und das Bild des Starquarterbacks vervollständigen.

Ich passe da irgendwie nicht wirklich dazu, denn ich hasse Sport und sehe aus, als würde ich meine Klamotten nicht Second-, sondern Third- oder Fourth-Hand kaufen. Überhaupt bin ich sowieso das komplette Gegenteil von ihm. Nicht größer als einen Meter fünfundsechzig, unsportlich hoch zehn und zumindest äußerlich ziemlich nerdig. Was habe ich also erwartet? Dass er und ich für immer zusammenbleiben und gemeinsam in den Sonnenuntergang reiten?

Ja, ehrlich gesagt, habe ich das. Obwohl wir so unterschiedlich sind wie Tag und Nacht, dachte ich dennoch, dass sich eben genau diese Gegensätze anziehen.

Ich öffne meinen Mund, schließe ihn aber kurz darauf gleich wieder. Verunsichert fahre ich durch meine schwarzen Haare und zwirbele an einer Strähne herum, die mir bereits bis unter das Kinn reicht.

»Ethan, ich weiß nicht, was ich sagen soll.« Mir schwirren tausend Fragen durch den Kopf und doch schaffe ich es nicht, eine davon zu stellen.

»Ich auch nicht.« *Wie jetzt? Was sollte er denn für Fragen stellen wollen?*

Erst kurz darauf wird mir klar, dass er mir nur geantwortet hat. Also sehe ich einfach hinaus auf das Meer, denn ich weiß nicht, wie ich mich verhalten soll. Es ist das erste Mal, dass ich verlassen werde, da Ethan mein erster fester Freund ist … oder war. Und ich kann mir im Moment nicht vorstellen, wie mein Leben weitergehen soll, ohne ihn jeden Tag zu sehen.

»Ethan, ich verstehe es nicht«, sage ich leise. Ungefähr hier, an dieser Stelle am Pier, haben Ethan und ich uns das erste Mal geküsst. Dass er diesen Platz gewählt hat, der mir immer ein Lächeln ins Gesicht gezaubert hat, um mit mir Schluss zu machen, lässt mich meinen Kopf verständnislos schütteln. Ich zwinge mich dazu, zu ihm aufzusehen. Sein Gesicht wirkt so verschlossen, wie ich es noch nie zuvor gesehen habe. »Ich meine … was ist passiert? Heute Morgen hast du mich noch auf dem Schulflur geküsst und ein paar Stunden später machst du mit mir Schluss?«

Sofort sehe ich Ethan an, dass er sich nicht besonders wohl fühlt, denn er kaut auf seiner Unterlippe herum und steigt nervös von einem Fuß auf den anderen. »Ich …«, beginnt er zu sprechen, bricht aber wieder ab. Unbeholfen zuckt er mit seinen Schultern.

Sein Verhalten gibt mir den Rest. »Was, Ethan? Was?«, fahre ich ihn an. Der Schmerz in meiner Brust macht mich fast wahnsinnig und ich habe auch gar keine Lust darauf, mir sein Herumgestammele anzuhören! Und ich habe auch jedes Recht dazu, ihn anzufahren. Immerhin macht er mit mir Schluss. Ich darf verdammt noch mal verletzt sein und auch wütend.

Ich beobachte ihn dabei, wie er einen tiefen Atemzug nimmt und dann so schnell spricht, dass ich im ersten Moment gar nicht sicher bin, ob ich ihn richtig verstanden habe. Doch das habe ich und es sind nur vier Worte, die mich so hart treffen.

»Ich liebe dich nicht.«

Ich fühle mich, als hätte er mir eine Ohrfeige verpasst.

Zischend schnappe ich nach Luft.

»Noch nie?«, kommt es heiser aus meiner Kehle. Bereits als ich die Frage gestellt habe, wird mir klar, dass ich das besser nicht hätte tun sollen.

»Ich weiß es nicht«, flüstert er dem Boden entgegen.

»Wie zum Teufel kann man so etwas nicht wissen?«, schreie ich laut. Vielleicht etwas zu laut, denn aus dem Augenwinkel nehme ich wahr, wie ein älteres Pärchen Abstand zu Ethan und mir nimmt. Verfluchte Touristen, die immer in ganz Florida einfallen.

Ich sehe dem Mann und der Frau nach, wie sie mit schnellen Schritten über den Pier laufen. Echt toll. Jetzt habe ich nicht nur meinen Freund – Exfreund – in die Flucht geschlagen, sondern auch Oma und Opa. Perfekt. Wirklich großartig. Na ja … so ganz stimmt das nicht. Immerhin steht Ethan noch neben mir. Auch wenn er nicht mehr mit mir zusammen sein möchte. Er macht zwei Schritte von mir weg und ich denke schon, er will dem alten Ehepaar hinterherhasten, doch offensichtlich bin ich nicht so furchterregend, wie ich denke.

Ethan geht vor mir auf und ab, denn er ist nicht der Typ, der einfach mal ruhig dastehen kann. Auch jetzt nicht. Irgendwann stoppt er und sagt mit dunkler Stimme: »Willst du wirklich eine Erklärung von mir?«

Ja, unbedingt. Jedoch bin ich mir sicher, dass ich sie nicht ertragen könnte. Nicht jetzt. Nicht heute. Vielleicht niemals. Also schüttele ich meinen Kopf und antworte: »Nein!«

»Es tut …«

Sofort unterbreche ich ihn, indem ich meinen Finger warnend in die Luft strecke. »Ich schwöre dir, wenn du dich jetzt bei mir entschuldigst, schmeiße ich dich vom Pier.«

Ethan steckt die Hände in seine kurzen karierten Shorts und zieht den Kopf ein. »Es ist wohl besser, wenn ich jetzt gehe.«

Eigentlich will ich nicht, dass er verschwindet. Ich möchte, dass er mich in den Arm nimmt und mir sagt, dass alles nur ein Missverständnis war. Doch es sieht nicht so aus, als würde irgendetwas davon geschehen.

»Ja, ist es«, antworte ich mit erstaunlich fester Stimme und drehe ihm den Rücken zu.

Ich spüre, wie er zögert, doch dann trifft er wohl eine Entscheidung und ich kann dieses typische Flip-Flop-Geräusch hören, das die Schuhe beim Gehen machen, während er sich von mir entfernt.

Meine Lippen beginnen zu beben und ich versuche mit aller Macht, die Tränen, die sich in meinen Augen ansammeln, zurückzudrängen. Fest drücke ich meine geballte Faust gegen meinen Mund, doch es hilft nichts. Mir entweicht ein winzig kleiner Schluchzer, der die Wut, die ich noch vor wenigen Sekunden verspürt habe, verdrängt und den Tränen Platz macht.

Ich drehe mich um und lasse mich auf den Boden sinken. Meinen Rücken lehne ich an das Geländer, während ich immer und immer wieder mit beiden Händen unter meinen Augen entlangwische. Es fällt mir immer noch schwer, zu begreifen, was eben passiert ist.

Es fühlt sich einfach so unwirklich an, dass ich nach mehr als eineinhalb Jahren Beziehung nun nicht mehr ein Teil von Ethan und Mia sein soll, sondern eben nur noch Mia. Eine Mia, die plötzlich nicht mehr händchenhaltend mit Ethan durch den Schulflur läuft, sondern nur noch alleine.

Ich schlinge die Arme um meine Beine, da sich die Tränen nicht mehr zurückhalten lassen. Ich hatte mich so auf das neue

Schuljahr gefreut und in meiner Vorstellung hat mein erster Schultag bestimmt nicht damit geendet, dass ich von meinem Freund verlassen werde.

# Kapitel 2

Es dauert eine gefühlte Ewigkeit, bis ich es schaffe, wieder aufzustehen. Ich wische die letzten Tränen von meinem Gesicht und atme tief durch. Leider hilft es nicht gegen den Schmerz.

Wie ein Zombie torkele ich den Pier entlang und bleibe wie erstarrt stehen, als meine Flip-Flops auf den sandigen Untergrund treffen.

Wenn ich nach Hause will, sollte ich mich in Bewegung setzen und nach links gehen. Leider ist das die gleiche Richtung, die bestimmt auch Ethan eingeschlagen hat, da wir nur ein paar Querstraßen voneinander entfernt wohnen.

Ich kann nicht fassen, dass wir den Hinweg händchenhaltend zurückgelegt haben. Er muss doch bereits den Plan verfolgt haben, am Pier mit mir Schluss zu machen. Außer es war eine Kurzschlussreaktion, die ihn dazu getrieben hat, die Beziehung mit mir zu beenden. Egal, warum: Ethan ist wirklich ein verdammtes Arschloch und ich wusste es.

Von. Anfang. An.

Es war auch wirklich zu schön. Er, der Kapitän des Footballteams, der sich plötzlich für das etwas schräge Mädchen, das gerne Bandshirts trägt und seine Haare regelmäßig schwarz färbt, interessiert. Dass ich ihn nicht sofort rangelassen habe, hat wohl seinen Jagdinstinkt angekurbelt. Ich wusste schon damals, dass er ein mieses Arschloch ist, denn für einen Sechzehnjährigen haben schon zu viele gebrochene Mädchenherzen seinen

Weg gepflastert. Und ich blöde Kuh habe seinem Werben nach Monaten nachgegeben, da er plötzlich nur noch Augen für mich hatte. Und für was? Verdammt noch mal, jetzt kann ich mich zu den Cheerleadern gesellen, die Ethan während unserer Beziehung nachgehechelt haben. Denn ich weiß, dass ich ihn nicht so schnell aus meinem Kopf bekommen werde. Da *ich* ihn geliebt habe! Und wie.

Ich mache ein paar Schritte nach links, drehe aber wieder um. Ich will nicht in mein Zimmer, wo mich alles an ihn erinnern würde, da wir einfach zu viel Zeit gemeinsam darin verbracht haben. So eine Scheiße. Sogar meine Bettwäsche riecht nach diesem Idioten.

Also gehe ich nach rechts. Nach einer Weile wird mir klar, wohin mich meine Füße tragen. Zu meiner Freundin Emily. Sie lebt ungefähr zwei Meilen den Strand entlang und wird bestimmt verstehen, wie ich mich fühle, weil ihr fester Freund Mason nach zwei Jahren Beziehung ebenfalls ziemlich unerwartet mit ihr Schluss gemacht hat. Wer könnte also besser nachfühlen, wie es mir geht, als sie?

Je näher ich ihrem Haus komme, desto hastiger werden meine Schritte, bis ich das letzte Stück den Strand nahezu entlangrenne. Mein Atem geht schnell, als ich in Emilys Einfahrt einbiege. Sport ist nämlich nicht so mein Ding und ich renne eigentlich nur, wenn ich bei einem Live-Konzert in die erste Reihe will, aber nicht die Einzige bin, der es so geht.

An der Haustür angekommen, lehne ich mich erstmal gegen das weiße Holz und versuche wieder zu Atem zu kommen. Bestimmt stehe ich fünf Minuten da und warte darauf, dass meine Lunge sich wieder einigermaßen beruhigt.

»Mia?«, höre ich Emily plötzlich hinter mir fragen.

Es gäbe so viele Dinge, die ich jetzt hätte sagen können, doch als ich mich umdrehe, frage ich: »Wo kommst du denn her?«

Sie deutet mit ihrer Hand auf das Nachbarhaus. Gleich nebenan wohnen ihr Exfreund Mason und seine Schwester Harper,

Emilys beste Freundin. Es wundert mich, dass Emily es noch schafft, diesen Palast zu betreten, nachdem Mason sie – auf ziemlich unschöne Weise – mit meinem Cousin betrogen und danach verlassen hat.

»Ich war bei Harper.«

Sie kommt einen Schritt näher, vermutlich, um die Tür zu öffnen, bleibt jedoch wie angewurzelt stehen und sieht mir schockiert ins Gesicht. »Hast du geweint?«

Ich nicke. Sagen kann ich nichts, da ich versuche, die Tränen, die bereits wieder in meinen Augen aufsteigen, wegzublinzeln. »Ich … ich«, stottere ich und habe keine Ahnung, wie ich diesen Satz beenden soll. Mit einer hilflosen Geste hebe ich meine Hände und dann fange ich wieder an zu heulen.

Eigentlich bin ich keines dieser Mädchen, die wegen jeder Kleinigkeit in Tränen ausbrechen. So wollte ich nie sein, doch Ethan hat es geschafft, mich dazu zu machen.

Zunächst zögert Emily eine Sekunde, doch dann kommt sie auf mich zu und nimmt mich in den Arm. Da wir gleich groß sind, lege ich meinen Kopf auf ihrer Schulter ab und lasse die Tränen in ihre braunen Haare kullern. Ich würde gerne von mir behaupten, dass ich stumm vor mich hin weine und mir Emilys Nähe dabei hilft, runterzukommen. Doch das zärtliche Streicheln an meinem Rücken bringt mich dazu, richtig loszulegen. Ich schluchze laut und mein gesamter Körper bebt. Nach einer Weile bekomme ich auch noch Schluckauf. »Ethan … er hat … *hicks* … mit mir … *hicks* … Schluss gemacht«, schniefe ich, fest an meine Freundin gepresst.

»Es tut mir leid«, murmelt Emily in mein Ohr. Sie wiederholt die Worte so lange, bis ich mich von ihr losmache.

Ich reibe mir über meine rotgeweinten Augen. »Du kannst doch nichts dafür«, murmele ich leise und starre dabei auf den Boden.

Emily bleibt stumm. Ich hätte auch nicht gewusst, was ich zu ihr hätte sagen sollen, wenn sie plötzlich verheult an meiner Türschwelle gestanden und mir von ihrem Beziehungs-Aus erzählt hätte. Ich denke, Emily hat bei der Trennung ziemlich viel mit sich selbst ausgemacht. Vielleicht hätte ich mir besser ein Beispiel an ihr nehmen sollen, anstatt sie zu überrumpeln und quasi zu zwingen, mich zu trösten.

Emily räuspert sich nach ein paar stummen Sekunden. »Lass uns reingehen.« Ich sehe auf, gerade als sie die Türklinke nach unten drückt.

»Vielleicht sollte ich besser nach Hause gehen«, versuche ich schwach zu protestieren. Ich hätte mir vorher Gedanken darüber machen sollen, dass ich Emily den Abend mit meinem Auftauchen verderbe.

Sie schüttelt ihren Kopf. »Auf keinen Fall. Ich weiß, wie scheiße es ist, wenn man von einem Tag auf den anderen plötzlich verlassen wird.« Leicht zucke ich zusammen, da Emily solche Wörter wie *scheiße* sonst nicht in den Mund nimmt. Das ist eher mein Ding. Aber auch sie hat noch an der Trennung von Mason zu knabbern.

Während ich mich frage, ob es wirklich so eine gute Idee war, zu Emily zu gehen, betreten wir auch schon gemeinsam das Haus. Ich trete meine Flip-Flops von den Füßen, da Emily dasselbe mit ihren Ballerinas macht.

Sie sieht mich mit schief gelegtem Kopf an. »Ich verstehe dich besser als sonst jemand«, lässt sie mich wissen. Es fühlt sich fast so an, als hätte ich laut darüber nachgedacht, ob meine Entscheidung, hierherzukommen, nicht doch ein Fehler war. Vielleicht habe ich das sogar. »Vermutlich bin ich deshalb hier«, murmele ich und schlage mir schnell die Hand vor den Mund. Das wollte ich nicht sagen, aber Emily scheint nicht böse zu sein: »Leid verbindet«, meint sie mit einem bitteren Lächeln im Gesicht. »Gehen wir in mein Zimmer?«

Statt einer Antwort schiebe ich mich an ihr vorbei. Ich kenne den Weg nach oben sehr gut, denn vor den Sommerferien war ich oft hier. Sehr oft.

Doch als mein Cousin Jackson nach Florida gezogen ist, habe ich plötzlich mehr Zeit mit ihm verbracht als mit Emily oder Harper. Irgendwie fühle ich mich jetzt schlecht, dass ich mich nun ausgerechnet bei Emily ausheule. Immerhin war ich nicht ganz unbeteiligt an ihrer Trennung von Mason. Jackson mag Jungs lieber als Mädchen, und ich habe ihn immer wieder ermutigt, zu seinen Gefühlen zu stehen. Zu Beginn war mir noch nicht klar, dass Mason das Objekt seiner Schwärmereien war, doch als ich dahinterkam, habe ich ihn natürlich weiter unterstützt. Und das, obwohl Mason damals eben noch mit Emily zusammen war. Vielleicht hat das Karma zugeschlagen und ich muss nun für meine Loyalität gegenüber Jackson bezahlen, indem ich nun selbst eine Trennung durchmache.

Super! Wirklich klasse!

Jetzt fühle ich mich gleich noch beschissener, denn zu meinem Herzschmerz – und verdammt noch mal, ich hatte keine Ahnung, dass einem wirklich fast das Herz aus der Brust fällt, wenn man verlassen wird – kommt jetzt auch noch ein schlechtes Gewissen. Keine besonders gute Kombination.

Ich betrete Emilys Zimmer und sehe mich erstaunt um. Während des Sommers hat sich nicht nur so einiges bei unserem Freundeskreis geändert, sondern auch in diesem Zimmer. Früher hatte sie eine Lichterkette über ihrem Bett drapiert, an der eine ganze Menge Polaroids unserer Clique hingen. Jetzt befinden sich plötzlich weiße und schwarze Bilderrahmen an der Wand. Interessiert sehe ich mich um. Mein eigenes Gesicht lächelt mir von einigen Fotos entgegen. Auf einem hat Ethan seinen Arm um meine Schulter geschlungen und wir grinsen beide in die Kamera.

Der Unterschied zwischen uns war mir immer bewusst, wurde mir aber nie so klar vor Augen gerufen wie hier in diesem Zimmer. Ein braungebrannter Ethan steht in bunten Badehosen und mit seinem wirklich gut trainierten Oberkörper neben mir. Ich bin bestimmt einen halben Meter kleiner als mein Freu-, ich meine Exfreund. Das ist vielleicht übertrieben. Aber als der Zwerg, der ich nun mal bin, muss ich in unserem Freundeskreis zu allen aufschauen. Außer zu Emily.

Ich mache einen weiteren Schritt auf das Bild zu und strecke meine Hand danach aus. Fast hätte ich Ethans schwarze Haare berührt, die meinen so gleichen, nur dass er sie nicht färbt. Auch meine blasse Haut steht im krassen Gegensatz zu seiner. Ebenso wie seine meist farbenfrohen Outfits das genaue Gegenteil von meiner in Schwarz gehaltenen Garderobe sind.

Schnell schüttele ich meinen Kopf. Wenn ich das Bild noch länger anstarre, fange ich gleich wieder an zu weinen, denn ich spüre bereits, wie meine Augen zu brennen beginnen. Also zwinge ich mich dazu wegzusehen und schaue mich stattdessen weiter im Zimmer um. Die bunten Kissen sind schwarzweißen gewichen und auch der ehemals pinkfarbene Schminktisch wurde ganz offensichtlich neu lackiert, denn er glänzt nun weiß.

Ich drehe mich zu Emily, die an der Tür zu ihrem Kleiderschrank lehnt und hebe eine Augenbraue. Sie versteht offensichtlich meine stumme Anklage.

Bevor sie spricht, zuckt sie kurz mit den Schultern. »Ich brauchte eine Veränderung.«

Mein Mund ist mal wieder schneller als mein Gehirn, also sage ich: »Sieht ein bisschen trostlos aus im Gegensatz zu früher.«

Emily, die ein zartrosa Kleid und ihre langen braunen Haare mit einer wunderschönen Flechtfrisur hochgesteckt trägt, zeigt mit dem Finger in meine Richtung.

»Das musst du gerade sagen.«

Ich muss einige Male schlucken und sehe Emily schockiert an. Sie wirkt mindestens genauso erschrocken über ihre Worte wie ich.

Sofort stammelt sie. »So … Mia … es war nicht so gemeint. Ich meine wegen deiner Kleidung und nicht wegen …« Sie bricht ab und schüttelt den Kopf. »Wegen Ethan«, flüstert sie dann doch noch.

Mein Kopf sackt nach unten und ich betrachte mein Outfit. Schwarze kurze Shorts und ein schwarzes T-Shirt, dieses Mal ohne Bandlogo. Mir ist klar, dass sie auf die tristen Farben angespielt hat, aber weil ich gerade so gänzlich neben mir stehe, fange ich sofort wieder zu heulen an. Und ich hasse mich dafür. So sehr.

Ich war immer ein starkes Mädchen. Und die weinen nicht.

Sofort spüre ich Emilys Arme um mich herum. Dieses Mal stammelt sie keine Entschuldigungen mehr, stattdessen zieht sie mich zu ihrem Bett. Gemeinsam legen wir uns darauf und sehen uns in die Augen.

Ich komme mir so dumm vor. Es war eine blöde Idee herzukommen. Am Pier hätte ich die richtige Entscheidung treffen sollen: den Weg nach Hause einschlagen.

Aber nun bin ich hier und heule mich bei meiner Freundin aus. Früher dachte ich immer, dass Emily einfach das typische reiche Mädchen ist, doch hinter ihrer Fassade verbirgt sich so viel mehr. Wenn Ethan nicht gewesen wäre, hätten wir uns bestimmt niemals länger als eine Minute unterhalten, also hatte meine Beziehung zu ihm wenigstens einen Sinn – wenn er mich schon niemals geliebt hat, habe ich dank ihm – oder wohl eher dank dem Umstand, dass sie die Freundin seines besten Kumpels war – eine wirklich gute Freundin gefunden.

Ich kuschele mich näher an sie heran. »Emily?«, schniefe ich. »Tut es irgendwann weniger weh?«

Da ich so nah bei ihr liege, höre ich, wie sie laut schluckt. Ob in ihrer Kehle auch so ein großer Kloß steckt wie in meiner?

»Das kann ich dir nicht verraten, denn ich fühle mich immer noch, als hätte man mir das Herz aus der Brust gerissen.«

Ich beiße mir auf die Unterlippe, da ich mich schäme, die Frage gestellt zu haben.

Leise möchte ich wissen: »Du liebst Mason also immer noch?«

Emily lässt ihre Finger über meinen Unterarm tanzen, als sie fragt: »Liebst du Ethan noch?«

»Ja, natürlich.« Als könnte ich einfach so damit aufhören.

»Dann hast du ja deine Antwort«, murmelt sie.

Leider bringt mich das erneut zum Weinen und ich vergrabe mein Gesicht in ihren Haaren, da ihre Nähe irgendwie tröstlich ist. Zuerst merke ich gar nicht, dass Emily ebenfalls weint, bis ich das Beben ihres Körpers spüre. Sie klammert sich ebenso an mir fest wie ich mich an ihr. Wir rücken so dicht zusammen, wie es geht, und spenden uns gegenseitig den Trost, den wir so dringend brauchen.

* * *

Keine Ahnung, wie lange es dauert, bis wir uns beruhigen, doch als ich aufsehe, dämmert es draußen bereits.

Ich habe das Gefühl, mich bei Emily für ihre Geduld bedanken zu müssen. »Danke, dass du mich erträgst. Mich zu sehen, macht es dir vermutlich nicht leichter, nach vorne zu blicken.«

Emily dreht sich von mir weg, um nach ihrem Telefon zu tasten. »Keiner sollte so etwas alleine durchmachen.« Sie checkt die Uhrzeit und legt es wieder auf den Nachttisch.

Ich wische mir über meine verquollenen Augen. »Tut mir leid, dass ich nach dem Beziehungsaus mit Mason nicht gleich für dich da war.« Auch wenn meine Entschuldigung reichlich spät kommt, bin ich froh, sie endlich ausgesprochen zu haben.

»Alles okay. Ich hatte ja meinen Bruder«, murmelt sie abwesend.

Ich weiß, dass Emily nach der Trennung von Mason nicht mit ihrer besten Freundin Harper gesprochen hat, vermutlich weil sie Masons Schwester ist. Ich bin jedoch zu hundert Prozent sicher, dass Harper sich ab der ersten Sekunde aufopferungsvoll um Emily gekümmert und ihr jeden Wunsch von den Augen abgelesen hätte … wenn sie es ihr erlaubt hätte. Da sie heute aber aus Masons Haus gekommen ist, nehme ich an, dass sich die Wogen zwischen den beiden schon wieder geglättet haben. Sie hängen so oft miteinander ab und kennen einander besser als sonst jemand. Manchmal, wenn wir zu dritt unterwegs sind, fühle ich mich deshalb wie ein Eindringling, der nichts bei ihnen zu suchen hat. Vielleicht ist das der Grund, warum ich meine Ferien größtenteils mit meinem Bruder, Jackson und Eth – besser, ich denke nicht weiter daran.

»Ist zwischen Harper und dir wieder alles okay?«, frage ich vorsichtig nach.

»Ja.« Kurz schweigt sie, bevor sie hinzufügt: »Ich habe eingesehen, dass Harper nichts dafür kann. Sie hat ja nicht mit mir Schluss gemacht. Aber ich war so enttäuscht von Mason, dass ich einfach … keine Ahnung. Ehrlich gesagt, habe ich nicht besonders viel darüber nachgedacht, was ich in diesem Moment zu irgendjemandem gesagt habe oder ob ich vielleicht jemanden verletzen könnte.« In Emilys Augen schimmern Tränen. Ist ja auch nicht so, als hätte sie die Trennung von Mason bereits überwunden. Immerhin ist die ganze Geschichte noch nicht besonders lange her.

Ich greife nach ihrer Hand. »Weißt du, wofür ich dich bewundere?«

Emily macht große Augen und schüttelt den Kopf. »Vielleicht für mein gutes Aussehen und meinen tollen Einrichtungsstil?«, versucht sie zu scherzen. Na ja, unrecht hat sie nicht. Ich würde mich in diesem Zimmer bestimmt wohl fühlen.

Ich zwicke sie leicht in ihre Nase. »Genau. Alle beneiden dich und jeder will so sein wie du«, sage ich mit sarkastischem Tonfall und verdrehe dabei meine Augen.

Emily kichert leise.

Ich setze mich auf und überkreuze meine Beine. Emily tut es mir gleich. »Willst du jetzt hören, wofür ich dich bewundere?«, frage ich und strecke ihr die Zunge raus.

»Ja. Mein angeschlagenes Ego kann Streicheleinheiten gebrauchen.« Das kann ich nur zu gut verstehen. Würde meinem auch nicht schaden.

Hastig schnappe ich nach Luft, um die Worte dann schnell auszusprechen. »Dass du immer noch ganz normal mit Mason reden kannst, nachdem er dich verlassen hat, finde ich wirklich erstaunlich. Wie machst du das?« Ich weiß nicht, ob ich jemals wieder ein ganz normales Gespräch mit Ethan führen kann.

Emily lässt sich nach hinten auf ihr Kissen fallen und drückt sich ihr Kuscheltier – einen kleinen Elefanten – kurz aufs Gesicht. Als sie es wieder wegnimmt, sieht sie traurig aus. »Weißt du … Mason und ich sind bereits unser ganzes Leben Freunde. Ich kenne ihn, seit ich ein Kind bin. Und nach der Trennung stand ich vor der Entscheidung, ihn ganz aus meinem Leben zu streichen oder zu versuchen, damit klarzukommen.« Sie legt ihren Kopf schief und starrt auf die gegenüberliegende Wand. Dort hängt immer noch eine Zeichnung von Mason, die Emily zeigt. Es wundert mich, dass sie das Bild nicht abgenommen hat, als sie ihr Zimmer neu dekoriert hat.

»Scheiße, bist du erwachsen«, entkommt es mir. Ich glaube, wenn ich Ethan das nächste Mal sehe, trete ich ihm im Vorbeigehen in den Hintern oder stelle ihm ein Bein.

»Nein, glaub mir. Das bin ich nicht. Ich hasse Mason dafür, dass er Jackson geküsst hat, als wir noch zusammen waren. Und ich glaube nicht, dass ich so schnell darüber hinwegkomme, aber er war viel länger ein guter Freund, dann *mein* Freund, als dieser Arsch, zu dem er im Sommer geworden ist«, versucht sie mir zu erklären.

Ich hätte Mason jetzt nicht als Arsch bezeichnet, sondern eher als kurzweilig sexuell-verwirrten Jugendlichen, der vielleicht ein kleines bisschen spät gemerkt hat, dass er nicht ausschließlich auf Mädchen steht. Aber das laut zu sagen, wirkt mir gerade nicht besonders angebracht.

Plötzlich lacht sie leise auf. »Und irgendwie ist es tröstlich, dass er mich nicht für ein anderes Mädchen verlassen hat.« In diesem Moment kommt mir ein Gedanke, der mir nicht besonders gut gefällt.

Mit weit aufgerissenen Augen frage ich Emily: »Meinst du, dass Ethan eine neue Freundin hat?«

Keine Sekunde später sitzt Emily kerzengerade neben mir. »Was?«

Schnell erkläre ich ihr: »Es muss doch einen Grund gegeben haben, warum er mit mir Schluss gemacht hat.«

»Hat er dir denn keinen genannt?«

Ich winde mich etwas, doch dann gebe ich zu: »Er hat gesagt, dass er mich nicht liebt.«

Emily springt auf. »Klingt, als hätte er mit Mason geprobt.« Mason hat bestimmt etwas Ähnliches zu ihr gesagt, denn sie wirkt plötzlich ziemlich angespannt. Emily dreht mir den Rücken zu und geht zum Fenster, um zum Nachbarhaus hinüberzusehen.

Ich muss kurz schlucken, bevor ich weitersprechen kann: »Meinst du?«

»Nein.« Sie schüttelt ihren Kopf. »Vermutlich nicht.« Danach dreht sie sich zu mir und geht zur Tür. »Komm mit. Ich fahre dich nach Hause.«

Etwas verwirrt stehe ich auf und folge ihr nach unten. An der Tür halte ich sie nochmals auf. »Emily?«, frage ich, während ich in meine Flip-Flops schlüpfe.

»Ja?«

»Danke, dass du für mich da warst!«

Sie zuckt mit den Schultern. »Wir sind doch Freundinnen«, sagt sie, bevor wir hinaus zum Wagen gehen.

Die Fahrt zu mir nach Hause verbringen wir größtenteils schweigend. Vermutlich haben wir beide keinen allzu großen Redebedarf mehr und ich für meinen Teil denke immer noch darüber nach, ob Ethan vielleicht eine neue Freundin hat.

# Kapitel 3

Mein zweiter Schultag ist die Hölle. Na ja … vielleicht übertreibe ich etwas, aber im Moment fühlt es sich für mich wirklich so an. Es ist jetzt gerade mal kurz nach zwölf Uhr und ich würde am liebsten wieder nach Hause gehen. Wo ich gestern noch gemeinsam mit Ethan durch den Schulflur geschlendert bin, schleiche ich dieses Mal ganz alleine durch die Gänge, immer weiter an den sich dicht aneinanderreihenden Spinden vorbei.

Zu meinem Glück läuft Ethan mir nur in den Pausen und nicht im Unterricht über den Weg. Er ist – im Gegensatz zu mir – bereits im Senior Year und verabschiedet sich nächstes Schuljahr aufs College. Ich werde die Tage zählen, bis er endlich aus Naples verschwindet. Hoffentlich ganz weit weg. Am besten soll er mir noch eine Notiz in den Spind legen, wo er dann studiert, dann meide ich sämtliche Colleges im gesamten Bundesstaat.

Nachdem ich die Tür zur Cafeteria geöffnet habe, gehe ich, ohne mich umzusehen, zur Essenausgabe und belade mein Tablett mit Pizza. Blickkontakt ist auch gar nicht nötig, denn ich könnte mich blind durch den Raum bewegen, so gut kenne ich ihn. Die Tische, an denen immer acht Personen Platz finden, die orangen Plastikstühle, die so unbequem sind, dass ich jedes Mal froh bin, wenn ich wieder aufstehen kann. Nicht zu vergessen die Essensausgabe aus Edelstahl, die aussieht wie vermutlich jede andere im ganzen Land. Ich frage mich, ob es Einheitsküchen für sämtliche Schulen Floridas gibt.

Die Schlange bewegt sich nur langsam voran und ich nehme das laute Geschnatter meiner Mitschüler wahr, versuche es jedoch so gut wie möglich auszublenden, weil ich Angst habe, *seine* Stimme zu hören.

Immer mehr Süßkram gesellt sich zu der Pizza. Ein Schokoriegel. Ein Pudding. Ein Keks. Ich hätte gerne, dass mir Liebeskummer den Magen zuschnürt, aber eher das Gegenteil ist der Fall. Leckereien in mich hineinzustopfen, tröstet mich. Zu meinem Glück habe ich einen ziemlich guten Stoffwechsel, so dass ich mich nicht unbedingt in einem Fitnessstudio abquälen muss, um lästige Pfunde loszuwerden. Außerdem sind ein paar Extrakilos gerade mein geringstes Problem.

Als ich endlich die Schlange hinter mir lasse, steuere ich aus Gewohnheit – oder Dummheit – unseren üblichen Platz an, bleibe jedoch wie versteinert stehen, denn Ethan sitzt bereits dort. Mit Emily und Harper. Offensichtlich hat er nicht nur unseren Stammplatz für sich beansprucht, sondern dazu auch gleich noch meine Freundinnen.

Natürlich könnte ich mich zu ihnen setzen, aber ich fühle mich im Moment nicht in der Lage, so zu tun, als wäre immer noch alles in Ordnung. Was soll ich auch machen? Smalltalk mit Ethan führen, obwohl ich ihm viel lieber mein Tablett ins Gesicht klatschen würde?

Ich senke meinen Blick und starre das Essen auf meinem Teller an. Mein Herz klopft schneller als noch vor ein paar Sekunden.

Wieso kann mich die Situation nicht einfach kaltlassen? Resigniert schüttele ich den Kopf. Ich weiß nicht, was ich vom heutigen Tag erwartet habe, aber bestimmt nicht, dass Emily, Harper und Ethan gemeinsam an einem Tisch sitzen und miteinander lachen.

Es enttäuscht mich, dass Emily Ethan nicht mit Missachtung straft, so wie es sich für eine gute Freundin gehört. Immerhin haben sie früher nur etwas miteinander unternommen, wenn

Mason und ich die beiden dazu gezwungen haben. Erst seit der Trennung von Mason und Emily sind mein Ex und meine Freundin manchmal miteinander unterwegs. Wenn ich ehrlich zu mir bin, habe ich Ethan dazu auch noch motiviert, da ich mich wegen Jackson und Mason schlecht gefühlt habe. Ethan hat sich für das Verhalten seines besten Freundes ebenso schuldig gefühlt wie ich mich dafür, dass ich Jackson dazu animiert habe, sich Mason zu schnappen. Ganz offensichtlich bin ich keine loyale Freundin. Emily aber ebenfalls nicht.

»Miiiiiia«, höre ich die rettende Stimme meines Cousins Jackson. Erleichtert drehe ich mich im Kreis und suche den Raum nach ihm ab. Er sitzt gemeinsam mit Mason einige Tische von unserem üblichen Platz entfernt. Also bin ich wohl nicht die Einzige, der es eigenartig vorkommen würde, einfach so weiterzumachen wie bisher. Schnell durchquere ich die Cafeteria und stelle erleichtert mein Tablett bei Mason und Jackson ab. Mit einem Seufzer lasse ich mich auf den roten Plastikstuhl ihnen gegenüber fallen.

»Wieso sitzt ihr hier?«, frage ich und bereue meine Frage im selben Augenblick. Was ist, wenn sie mir dieselbe stellen? Könnte ich ihnen antworten, ohne wieder loszuheulen?

Ich sehe zu Mason und Jackson. Sie sitzen direkt nebeneinander, aber etwas zu nahe, um als einfache Freunde durchzugehen.

Mason wirft einen kurzen Blick auf unseren Stammtisch und schüttelt den Kopf. »Jackson ist gerade nicht besonders gut auf Ethan zu sprechen.« Eigentlich hatte ich erwartet, dass Mason nicht bei Emily sitzen möchte, aber nicht, dass Jackson ein Problem mit Ethan hat.

Ich sehe meinen Cousin irritiert an und frage: »Warum?«

Von ihm kommt keine Reaktion, außer dass er eine labberige Karotte etwas unsanft mit der Gabel aufspießt.

Mason, der seinen Freund beobachtet, zuckt leicht zusammen. »Keine Ahnung«, murmelt er. Mason klingt so, als wüsste er ganz genau, wo das Problem liegt, möchte es aber einfach nicht vor mir ansprechen.

Was ich aber nur zu gut verstehen kann, denn Mason und Ethan sind eigentlich die besten Freunde. Auch wenn ihr Verhältnis wegen Masons – nicht immer ganz korrektem – Verhalten während des Sommers nun ein bisschen wackelig ist.

Was ich aus erster Quelle weiß, denn noch vor ein paar Tagen habe ich mich mit meinem Freu… Exfreund darüber unterhalten. Ich lasse meinen Blick neugierig über Jacksons Gesicht schweifen, werde aber nicht besonders schlau aus seiner Mimik.

Er bekommt mit, dass ich ihn scanne und schüttelt den Kopf, scheint dabei aber nicht zu bemerken, wie ihm eine blonde Haarsträhne ins Gesicht fällt. Mit einer zärtlichen Geste streicht Mason sie ihm aus der Stirn und sie lächeln sich kurz an.

Danach dreht er seinen Kopf wieder zu mir und stellt die Frage, vor der ich mich gefürchtet habe. »Wieso sitzt *du* nicht bei Ethan?« Ich muss schlucken. Eigentlich wollte ich Jackson gestern Abend noch anrufen und ihm von der Trennung erzählen. Doch als ich dann endlich zu Hause war, habe ich mich in meinem Bett vergraben und versucht zu schlafen, in der Hoffnung, dass ich am nächsten Morgen feststelle, dass ich alles nur geträumt habe.

Habe ich leider nicht. Offensichtlich.

Schnell beiße ich von meiner Pizza ab, um nicht sofort antworten zu müssen. Ich kaue auch übertrieben lange. Irgendwo habe ich mal gelesen, man soll jeden Bissen mindestens zwanzig Mal kauen. Vielleicht waren es aber auch dreißig Mal. Dreißig klingt auf jeden Fall besser!

Jackson, der ebenfalls weiter sein Essen in den Mund schaufelt, sieht mich unverwandt an.

Irgendwann komme ich um eine Antwort nicht mehr herum, also sage ich: »Frag mich das besser nicht, wenn du nicht willst, dass ich Emily den Rang des bedauernswertesten Neu-Singles streitig mache.« Ich klinge weitaus lässiger, als ich gedacht habe.

Jackson lässt seine Gabel sinken und sieht mich mit großen Augen an. »Willst du damit sagen, dass er Schluss gemacht hat?« Jetzt hört auch Mason auf zu essen.

Für eine Sekunde drehen sich Jackson und Mason zueinander und tauschen einen Blick, den ich nicht deuten kann.

»Ja.« Ich spüre, wie sich die Tränen wieder in meinen Augen sammeln. »Und fangt jetzt nicht damit an, mich auszuquetschen. Lasst uns später darüber sprechen«, bitte ich mit zittriger Stimme.

Zaghaft nickt Jackson und beginnt wieder seine Karotten mit der Gabel aufzuspießen. Zwischendurch hält er immer wieder inne und sieht so aus, als wollte er etwas sagen, lässt es dann aber doch bleiben.

Als das Schweigen am Tisch unangenehm wird, beginnen Jackson und Mason sich über den Unterricht zu unterhalten. Stumm starre ich auf ihre blonden Haarschöpfe und versuche, nicht die Fassung zu verlieren, da ich genau das haben möchte, was die zwei haben. Ich möchte ebenfalls mit meinem Freund an diesem Tisch sitzen und mich über Belanglosigkeiten unterhalten. Eine ganze Weile höre ich den beiden nur mit halbem Ohr zu, erst als die Rede auf Joey, einen Footballkollegen von Ethan, kommt, werde ich hellhörig.

»Was ist mit Joey?«, will ich von Jackson wissen.

Er wird rot. Aber nicht diese Art von zarter Röte, die einen überkommt, wenn man ein Kompliment bekommt oder so. Nein, es ist eher so ein wütendes Rot. Jackson sieht aus, als würde sein Kopf jeden Moment explodieren.

»Er hat Mason und mich gestern als Schwuchteln beschimpft«, presst er hervor.

Mason greift wieder nach einer von Jacksons Haarsträhnen und schiebt sie ihm hinter das Ohr. »Wohl eher mich«, sagt er an seinen Freund gewandt. »Ich glaube, er muss sich erst daran gewöhnen, dass ich jetzt mit einem Jungen zusammen bin«, versucht er ihn zu verteidigen.

»Und das gibt ihm das Recht, euch zu beschimpfen«, mische ich mich ein.

Mason sieht mich an und ich werde nicht schlau aus seinem Blick. »Nein, das nicht. Aber …« Er bricht ab. »Keine Ahnung. Der ganze gestrige Tag war irgendwie unwirklich.« Da kann ich nur zustimmen.

Er will sich zu Jackson beugen, entscheidet sich im letzten Moment dann aber doch anders und zieht sich wieder zurück.

Ich sehe zwischen den beiden hin und her. »Wie hat er denn von euch erfahren?«, will ich wissen. »Wolltet ihr euch für den Beginn nicht zurückhalten?«

Mason und Jackson zucken beide mit den Schultern und bringen mich mit dieser Geste, die wie einstudiert wirkt, zum Lächeln. Die beiden passen so gut zueinander. Auch wenn die frohe Botschaft über die Beziehung zwischen den zwei Jungs zahlreiche Mädchenherzen brechen wird.

Aber wer könnte es meinen Mitschülerinnen verdenken? Sie sehen ja auch wirklich gut aus. Beide sind groß und blond, zwar nicht so muskelbepackt wie zum Beispiel Ethan, aber dennoch mit sportlichem Körperbau. Auch wenn Mason hin und wieder dazu neigt, sich wie der zukünftige Senator von Florida anzuziehen, stört es das Gesamtbild nicht wirklich. Jackson gleicht das mit seinen coolen Bandshirts aus.

»… habe Jackson vor dem Unterricht mitten in der Klasse geküsst«, schließt Mason eine Erklärung, der ich wohl besser hätte lauschen sollen.

Da ich nur den Schluss mitbekommen habe, frage ich: »So richtig?«

Jackson schüttelt seinen Kopf auf eine *Bist-du-eigentlich-blöd-*Art, während Mason antwortet: »Es war eher ein Küsschen als ein Kuss.«

Jackson greift nach Masons Hand. »Und wir wollen uns ja auch nicht verstecken.«

Mason mischt sich nickend ein. »Wieso sollten wir auch? Jacksons Familie weiß schon lange, dass er schwul ist. Meine Eltern wissen ebenfalls Bescheid.« Mit einem Fingerzeig auf den Tisch, an dem Masons Schwester Harper gemeinsam mit Emily und Ethan sitzt, und danach zu mir fügt er hinzu: »Alle Menschen, auf die es ankommt, haben es bereits von uns erfahren. Warum es also in der Schule verheimlichen?«

Puh. Vielleicht, weil nicht alle Menschen mit Schwulen klarkommen? Bestes Beispiel ist doch wohl Joey, der Idiot. Aber je länger ich über die Worte von Mason nachdenke, desto klarer wird mir: Er hat recht.

Langsam nicke ich. »Meinen Segen habt ihr«, sage ich zu ihnen, bevor ich mich vom Tisch erhebe. Ich beuge mich zu meinem Cousin und wuschele ihm durch die Haare, was mir im Nachhinein irgendwie seltsam vorkommt. Aber ich bin so froh, dass er Mason gefunden hat. Er wirkt viel glücklicher als früher mit Jeff.

Mason beugt sich etwas nach vorne und sieht mir fest in die Augen. »Ich werde dich daran erinnern, falls ich mal einen Cheerleader brauche.«

»Du weißt, dass ich nicht besonders gut mit Pom-Poms umgehen kann.«

Mason grinst. »Es reicht völlig, wenn du ein Rad schlägst und schreist: Mason und Jackson sind die Coolsten.« Als könnte ich ein Rad schlagen. Lächerlich.

Dennoch antworte ich: »Geht klar. Ich fange schon mal an zu üben.«

Ich will mich bereits umdrehen, als Jacksons Stimme mich aufhält. »Kann ich heute bei dir vorbeikommen?«

»Gerne«, sage ich und drehe mich um. Das erste Mal an diesem Tag hält mein Lächeln länger als ein paar Sekunden an und langsam bin ich der Meinung, dass der Tag vielleicht gar nicht so schlecht wird.

* * *

Ich laufe in meinem Zimmer herum und reiße Fotos von den Wänden. Bunte Fotos, die mich und Ethan zeigen. Ich starre auf meine sonnengelben Wände und vermutlich bilde ich es mir nur ein, aber an den Stellen, wo Ethan mir zuvor noch entgegengegrinst hat, sieht die Wandfarbe anders aus als an anderen Stellen. Dabei hingen die Bilder dort gar nicht besonders lange. Vielleicht gerade einmal ein Jahr, wenn nicht noch kürzer.

Ich bücke mich und greife nach den zerrissenen Schnipseln, die zu meinen Füßen liegen. Mit hastigen Schritten gehe ich zu meinem chaotischen Schreibtisch, auf dem sich zahlreiche CD-Hüllen und Zettel befinden. Vor nicht einmal fünf Minuten habe ich noch hier gesessen und einzelne Strophen aus Songs auf lose Blätter gekritzelt, bis ich plötzlich das Gefühl hatte, irgendetwas tun zu müssen, um mich besser zu fühlen. Ich greife nach dem Mülleimer, der unter meinem Schreibtisch steht, und lasse die zerfetzten Fotos hineinrieseln. Am liebsten würde ich jetzt nach einem Feuerzeug greifen und das Ganze anzünden, allerdings wäre das wohl etwas zu dramatisch, auch wenn ich mir ganz sicher bin, dass es mir eine gewisse Befriedigung verschaffen würde.

Unruhig wandere ich durch mein Zimmer, öffne meinen Kleiderschrank und starre den dort gut versteckten Harry Styles an.

»Was würdest du tun?«, frage ich ihn. Ja, ich spreche mit einem Poster. Super, jetzt ist es offiziell: Ethan sorgt dafür, dass ich verrückt werde. Als ich höre, dass sich meine Zimmertür öffnet, schließe ich schnell den Schrank und lehne mich dagegen. *Super, Mia, gar nicht auffällig.*

Um abzulenken, begrüße ich Jackson mit sarkastischem Tonfall. »Wow.« Ich klatsche begeistert in meine Hände. »Du konntest dich von deinem Freund losreißen und befindest dich jetzt in meinen bescheidenen vier Wänden.«

Ich gehe vom Schrank weg, lasse mich aufs Bett fallen und beobachte Jackson, wie er langsam auf mich zukommt.

Man könnte meinen, dass Jackson erst die schwarzen Vorhänge zur Seite schieben, einen Haufen Kleidungsstücke wegkarren und sich dann auch noch einen Weg durch das Gerümpel auf dem Boden bahnen muss, doch so schlimm ist es nicht.

Meine Vorhänge sind pink, ebenso wie der flauschige Teppich, der vor meinem Himmelbett liegt. Denn auch wenn ich mich kleide, als würde ich in einer Garage hausen, dort, wo auch meine Band – die ich nicht habe – probt, mag ich es in meinem Zimmer hell und in allen möglichen Rosatönen. Die Möbel sind weiß und es steht eine ganze Menge Deko herum. Muscheln, die ich am Strand gefunden habe und Andenken, die aus verschiedenen Urlauben stammen.

An den Wänden hängen Bilder, die Mason gemalt und mir nur widerwillig überlassen hat. In den Regalen befinden sich ein paar Geschenke von Jackson, darunter auch einige Bücher.

Und das Wichtigste: Bei mir ist es immer aufgeräumt.

Jackson grinst über das ganze Gesicht, schnappt sich eines der herumliegenden mehrfarbigen Kissen und lässt sich zu mir auf das Bett fallen. Übrigens hatte ich recht: Es riecht immer noch nach Ethan.

Jackson fummelt einen Schlüsselbund aus der Hosentasche und legt ihn auf mein Nachtschränkchen. »Schwer, aber ich habe es geschafft. Nachdem ich ihn beim Zombiekillen auf der Konsole« – das Wort Konsole hätte er nicht unbedingt hinzufügen müssen, immerhin gibt es lebende Tote nur bei *The Walking Dead* – »habe alt aussehen lassen, wollte er mich dringend loswerden.«

Ich zwinkere ihm zu. »Du lügst doch, oder? Ihr habt doch bestimmt den ganzen Nachmittag im Bett gelegen und dort schweinische Sachen getrieben?«

Er grinst sein Tausend-Watt-Jackson-Lächeln und ich verstehe, was Mason an meinem Cousin findet. Wenn Jackson lächelt, fällt es jedem schwer, den Blick abzuwenden. Neben seinem ansprechenden Äußerem ist er echt witzig und hat vor allem einen wirklich megamäßig guten Musikgeschmack … den er ganz zufällig mit mir teilt.

Wir beide stehen auf Heavy Metal, der auch gerade – ausnahmsweise in gemäßigter Lautstärke – aus den Boxen dröhnt. Zum Glück läuft das *Harry-Styles*-Album nicht mehr, denn dann würde Jackson mich bestimmt bis an mein Lebensende aufziehen. Im Moment höre ich *Mötley Crüe.* Eine der Lieblingsbands meines Bruders Miles. Wenn er nicht erst vor ein paar Tagen aufs College übersiedelt wäre, würde er jetzt vermutlich auf meinem Schreibtisch sitzen, die Beine baumeln lassen und seinen Kopf im Takt der Musik bewegen. Seine schwarzen Haare würden ihm dabei immer wieder ins Gesicht fallen.

Statt meinem Bruder bewegt nun Jackson seinen Kopf mit und sieht nicht so aus, als würde er bald ein Gespräch in Gang bringen. Also übernehme ich das für ihn. »Hat Mason dich hergefahren?«

»Nope. Viel besser!« Er wackelt mit seinen Augenbrauen. »Er hat mir sein Auto gegeben!«

Erstaunt sehe ich ihn an. »Wow, Mason muss dich wirklich lieben, wenn er dir sein Baby anvertraut«, murmele ich. Bisher durfte nämlich noch nie jemand außer Mason ans Steuer seines Wagens.

Jackson wird ein bisschen rot um die Nasenspitze. »Ich liebe ihn auch.« Die Sache mit dem Wagen scheint ihn nicht sonderlich zu interessieren. Kurz kaut er mit träumerischem Blick auf seiner Unterlippe herum. »Ich wusste gar nicht, wie schnell man sich verlieben kann.«

Neugierig frage ich meinen Cousin: »Wie war das damals mit Jeff?« Jackson hatte vor Mason bereits einen anderen Freund, doch da er zu der Zeit noch weiter weg gewohnt hat, habe ich von der Beziehung nicht viel mitbekommen.

Jackson legt den Kopf schief und murmelt: »Anders.«

»Geht das auch etwas genauer?«

»Na ja, Jeff hat mich damals irgendwie … umworben. Er war andauernd in meiner Nähe und irgendwann dachte ich mir eben: Er ist nett. Versuch es mit ihm.« Erinnert mich irgendwie an die Anfangszeit mit Ethan, doch je länger ich mit ihm zusammen war, desto stärker wurden meine Gefühle.

»Warst du nicht in ihn verliebt?«

Ein Seufzen stiehlt sich aus seiner Brust. »Verliebt? Ja, wahrscheinlich. Ich dachte auch, dass ich ihn liebe. Bis ich eben Mason begegnet bin.«

Etwas unbehaglich starre ich auf meine Zimmertür, denn die Wendung, die unser Gespräch – dank mir und weil ich immer zuerst losplappere und dann erst denke – genommen hat, gefällt mir nicht besonders. Was ist, wenn ich nie jemanden treffe, der mir hilft, über Ethan hinwegzukommen? Oder wenn ich irgendwann feststelle, dass Ethan der einzige Mensch ist, den ich jemals lieben werde?

Jackson bemerkt offensichtlich, dass mit mir etwas nicht stimmt und legt seine Hand auf meinen Unterarm. »Was ist zwischen Ethan und dir vorgefallen?« Seine Stimme klingt mitfühlend und sofort steigen mir wieder die Tränen in die Augen.

War ich heute Mittag nicht deutlich genug? »Er hat mit mir Schluss gemacht!«, sage ich mit zitternder Stimme.

Sofort nimmt er mich in den Arm und jetzt beginnen meine Lippen auch noch zu beben. Großartig! Ich habe es den ganzen Tag geschafft, die Tränen erfolgreich wegzublinzeln, aber jetzt – in Jacksons Armen – schaffe ich es einfach nicht mehr, mich zurückzuhalten. Hemmungslos fange ich an zu schluchzen.

Jackson murmelt mir immer wieder liebe Worte ins Ohr. Ich nehme sie nur halb war, bis er plötzlich sagt: »Beruhig dich doch endlich. Ethan ist keine deiner Tränen wert.« Immer wieder streichelt er mir über den Rücken. »Du hast einen besseren Freund verdient. Einen, der dich wirklich liebt und nicht mit anderen Mädchen …«

Sofort mache ich mich von ihm los. »Wie bitte?« Schockiert starre ich Jackson an.

Er macht große Augen. »Nichts.«

»Das eben hat sich nicht wie *nichts* angehört«, blaffe ich ihn an, während ich mir die letzten Tränen aus dem Gesicht wische.

Jackson wirkt, als würde er sich im Moment nicht besonders wohl fühlen. Schön für ihn, ich mich nämlich auch nicht.

Ich setze mich auf und packe ihn am Kragen, um ihn näher an mich heranzuziehen. Fest sehe ich ihm in seine braunen Augen. »Ethan hat mit anderen Mädchen rumgemacht, während wir zusammen waren?« Mein Herz pocht in meiner Brust und ich habe das Gefühl, dass es gleich seinen Dienst aufgibt und zerbricht.

Jackson streckt seine Hände abwehrend in die Luft. »Ich ... Scheiße. Ich dachte, du weißt den Grund, warum er mit dir Schluss gemacht hat.«

*Weil er mich nicht mehr liebt.*

Ich schüttele langsam meinen Kopf. »Als du heute in der Cafeteria so lange regungslos mitten im Raum gestanden und Ethan und Emily angestarrt hast, dachte ich, du wüsstest ...« Mitten im Satz bricht er ab.

Meine Traurigkeit ist wie weggeblasen und ich verenge meine Augen zu Schlitzen. Ich atme einige Male tief durch und mich überkommt eine ganz schreckliche Ahnung. »Dachtest du was?«, knurre ich Jackson entgegen.

Mein Cousin windet sich sichtlich, man sieht ihm an, dass er hin- und hergerissen ist, ob er mir nun die Wahrheit sagen soll oder nicht. »Du erinnerst dich an unseren Männertrip nach Tallahassee?«, fragt er dann vorsichtig.

Ich nicke. Natürlich. Vor kurzem haben Emilys Bruder Dan, Mason, Jackson und Ethan meinem Bruder Miles bei seinem Umzug nach Tallahassee geholfen und sind danach weiter zum Zelten gefahren.

»Du warst im Anschluss mit den Jungs noch campen, oder?«,

frage ich nach. Müsste ich eigentlich nicht, denn ich weiß, dass es so war. Außer Miles waren danach alle mit dabei.

»Ja«, antwortet Jackson langgezogen. »Ehrlich gesagt war Emily aber auch mit. Und Harper ebenfalls.«

Mir klappt der Mund auf. »Ihr habt ohne mich einen Cliquenausflug gemacht?« Aufgebracht springe ich auf und laufe vor meinem Bett auf und ab, als wäre das im Moment mein größtes Problem. Ist es nämlich nicht.

Sofort verteidigt sich Jackson. »Das war doch so nicht geplant.« Er wirft seine Hände in die Luft und sieht mich mit einem Was-denkst-du-nur-von-mir-Blick an. »Ethan hat Emily mitgeschleppt. Und da es mir ehrlich gesagt nicht recht war, dass Masons Ex an unserem Ausflug teilnimmt, habe ich eben Harper angerufen, da Dan ja auch mit war und sie jemanden hat, mit dem sie …« Mitten im Satz bricht er ab. »Ach, Scheiße.«

Ich bleibe stehen. »Und was hat Ethan getan?«, frage ich und verschränke meine Arme vor der Brust.

Jackson sieht mich entschuldigend an. »Ich glaube, er hatte was mit Emily. Sie haben gemeinsam in einem Zelt geschlafen.« Ich mache ein paar Schritte zurück und stoße gegen die Tür von meinem Schrank.

»Du glaubst oder du weißt es?«

Leise flüstert er. »Ich weiß es.« Danach senkt er den Blick.

Meine Hände zittern und ich fühle mich, als hätte man mir die Luft abgeschnitten.

»Und ihr alle habt es gewusst und niemand hat mir etwas davon erzählt?«, frage ich leise nach.

Harper muss eingeweiht sein, da sie Emilys beste Freundin ist. Und wenn Masons Schwester es weiß, dann auch ihr Freund Dan. Jackson hat es vielleicht durch Zufall herausgefunden, oder …? Ich schüttele den Kopf. Immer und immer wieder. Keine Ahnung … vielleicht hat Ethan vor Mason geprahlt und mein Cousin hat es mitbekommen?

In meinem Kopf überschlagen sich alle möglichen Szenarien

und ich kann ihn noch so oft hin- und herbewegen. Sie verschwinden einfach nicht.

Es wundert mich, dass mein Verstand überhaupt noch funktioniert bei all den Sachen, die er in den letzten Tagen verarbeiten musste, doch im Moment habe ich das Gefühl, als würde mein Kopf jede Sekunde explodieren.

Jackson steht vom Bett auf und kommt auf mich zu. Abwehrend hebe ich meine Hand, damit er nicht näher kommt.

Überrumpelt bleibt er mitten im Raum stehen und streckt bedächtig seine Hände nach mir aus, als wäre ich irgendein verwundetes Tier. Er spricht mit leiser Stimme auf mich ein: »Ich wollte dir sofort alles erzählen. Aber Ethan hatte auch die Chance verdient, dir die Sache selbst zu erklären.«

Ich denke, keine Erklärung der Welt würde ausreichen, um mir verständlich zu machen, was in Ethans Kopf vorgeht. Und in dem von Emily. Ach, in den ganzen Köpfen meiner so genannten Freunde!

»Und die anderen? Was ist mit Mason? Harper? Niemand hat mir etwas gesagt!« Jackson fehlen ganz offensichtlich die Worte. Er öffnet seinen Mund einige Male und schließt ihn danach wieder. Ist auch besser so, denn alles, was er zu mir sagen könnte, würde die Situation nur noch schlimmer machen.

Hastig sehe ich mich um. Ich muss hier weg. Einfach diesen Ort vergessen und am besten auch gleich alle Menschen, die ich für meine Freunde gehalten habe. Wie konnte ich mich nur so in den Menschen täuschen, mit denen ich nahezu jeden Tag verbringe?

Allen voran Emily. Gestern tröstet sie mich noch scheinheilig, dabei wusste sie ganz genau, warum Ethan sich von mir getrennt hat. Meine Atmung geht immer schneller und ich habe gerade das Gefühl, irgendetwas tun zu müssen. Am liebsten würde ich zu Emily fahren und ihr ins Gesicht sagen, dass sie eine verlogene Schlampe ist. Noch in derselben Sekunde wird mir klar, dass es nichts besser macht, wenn ich auf sie losgehe und eine Szene veranstalte. Außerdem wäre bei meinem Glück auch noch Ethan dabei. Darauf habe ich keine Lust.

Viel lieber möchte ich zu der einzigen Person, die mich niemals hängengelassen hat. Ich will zu meinem Bruder.

Ohne weiter auf Jackson zu achten, rausche ich an ihm vorbei und schnappe mir den Schlüssel von meinem Nachtschränkchen. Danach laufe ich auf meinen Schreibtisch zu, der genauso aufgeräumt ist wie der Rest meines Zimmers, um mein Smartphone zu holen.

Ich verlasse mein Zimmer, ohne mich noch einmal umzudrehen.

»Mia?«, höre ich Jackson. »Was hast du vor?«

Verschwinden! Ganz einfach. Aber ich antworte ihm nicht.

Ich laufe so schnell wie möglich durch unser Haus. Erst draußen wird mir klar, was ich hier gerade mache: Ich stehle Masons Wagen! Doch das ist mir im Moment scheißegal, denn ich werde mich jetzt auf den Weg nach Tallahassee machen. So ein kleiner Roadtrip quer durch Florida ist genau das, was ich jetzt brauche.

# Kapitel 4

Gefühlte zwanzig, aber tatsächliche sieben Stunden später parke ich das Auto vor Miles' Wohnhaus und Harry Styles verstummt. Ich wusste gar nicht, dass Mason genauso ein Faible für die Musik von ihm hat wie … niemand Bestimmter, doch es war ziemlich tröstlich, Harry darüber singen zu hören, dass man – oder in diesem Fall ich – mit dem Weinen aufhören soll.

Ich lehne mich gegen die Fensterscheibe, um etwas erkennen zu können. Leider beschlägt jetzt aber die Scheibe durch meinen Atem. Ich hoffe, dass ich hier richtig bin. Immerhin war ich noch nicht in Miles' WG und habe nur dank dem Navi in Masons Auto hergefunden.

Meine Traurigkeit hat auf der Fahrt nach Tallahassee nachgelassen. Ich habe es geschafft, den Kopf dank der tollen musikalischen Untermalung freizubekommen. Ganz stolz bin ich vor allem auf die Tatsache, dass ich seit Stunden nicht mehr geweint habe. Ich atme tief durch und steige – ein kleines bisschen nervös – aus dem Wagen. Es ist mitten in der Nacht und ehrlich gesagt fühle ich mich, alleine in dieser fremden Stadt, ziemlich unwohl. Also laufe ich mit schnellen Schritten auf das mehrstöckige Gebäude zu. Zu meinem Glück lässt sich die Türklinke nach unten drücken und ich schlüpfe sofort ins Haus. Von Telefonaten mit meinem Bruder weiß ich, dass er unter dem Dach wohnt, deshalb steige ich die Stufen bis ins oberste Stockwerk hoch.

Im Flur befindet sich nur eine einzige Tür, die im selben Moment geöffnet wird, als ich die letzte Treppenstufe hinter mir lasse. Ein Junge mit kurzen schwarzen Haaren steht im Türrahmen und sieht zu einem anderen Jungen hoch. Dieser hat kinnlange braune – ziemlich verstrubbelte – Locken und ein Lächeln im Gesicht, das mir für eine Sekunde den Atem raubt. Eine Reihe strahlend weißer Zähne blitzen in seinem Gesicht auf und … Scheiße … ist der Typ, der am Türrahmen lehnt und sich die gerade die Haare zu einem unordentlichen Männerdutt bindet, Harry-fucking-Styles?

Für einen Moment stehe ich nur blinzelnd da, dann torkele ich zurück.

Ich habe das Gefühl, dass in der nächsten Sekunde mehrere Sachen gleichzeitig passieren. Während ich es schaffe, mich gerade noch am Treppengeländer festzuhalten, ohne die Stufen runterzupurzeln, nimmt mich der junge Typ ebenfalls das erste Mal wahr.

Er streckt seine Hand aus und will mir helfen, macht sogar einen Schritt auf mich zu, doch erstens liegen mindestens fünf Meter zwischen uns und zweitens schaffe ich es auch ohne ihn, gerade so die Balance zu halten.

Peinlich berührt – und mit gesenktem Kopf – schleiche ich im Schneckentempo auf ihn zu. »Geht es dir gut?«, fragt mich Harry Styles mit sanfter Stimme.

Ich schaffe es, meinen Kopf zu heben und ihn anzusehen. »Ja«, sage ich so leise, dass er es bestimmt nicht gehört hat. Vor allem, da ich immer noch drei Meter von ihm entfernt bin. Also nicke ich zur Sicherheit einfach noch.

Der schwarzhaarige Typ sieht zwischen uns hin und her, schüttelt dann aber den Kopf und beugt sich zu Harry. Als er ihm einen Kuss auf die Wange gibt, ziemlich nahe an seinen Lippen, fühle ich mich seltsam enttäuscht. Und nicht nur ich … Millionen von Mädchen werden nun traurig sein. War ja klar! Die besten Jungs sind entweder vergeben oder schwul. Oder beides.

Der Schwarzhaarige geht an mir vorbei und zwinkert mir zu. Er hat eine Out-of-bed-Frisur und ich kann mir nur allzu gut vorstellen, was die beiden hier mitten in der Nacht getrieben haben.

Etwas unsicher gehe ich auf den Typen zu, der mir interessiert entgegenblickt. Leider muss ich feststellen, je näher ich ihm komme, dass es sich wohl doch eher um ein Lookalike handelt als um den echten *One Direction*-Sänger. Ergo: kein Harry für Mia. Vermutlich ist der Typ nur ein Mitbewohner meines Bruders.

Jetzt fällt mir auch wieder der Grund meines spontanen Besuchs ein und meine Mundwinkel, die sich wegen der vermeintlichen Promisichtung etwas gehoben haben, wandern wieder nach unten. Der Gedanke an Ethan, Emily und meine Freunde lässt mein Herz kurz so stark verkrampfen, dass ich einen hastigen Atemzug nehmen muss, um den Schmerz … keine Ahnung … wegzuatmen.

Wie erstarrt stehe ich vor dem Jungen, bis ich es irgendwann schaffe, meine Hand zu heben. »Hi.«

Er tut es mir gleich, starrt zu mir herab und erwidert meinen Gruß. Eine Weile mustert er mich, bis sich plötzlich seine Augen weiten.

»Oh mein Gott«, flüstert er beinahe ehrfürchtig. »Du bist Miles' Schwester Mia.«

Mein Bruder und ich sehen uns ziemlich ähnlich, deshalb wundert es mich nicht, dass der Typ zur dieser Erkenntnis gekommen ist. Sowohl Miles als auch ich haben beide schwarze Haare, eine ähnliche Gesichtsform und den gleichen Kleidungsstil.

Da mir irgendwie die Worte abhandengekommen sind – der Computer in meinem Gehirn startet gerade zum zweiten Mal neu, aber der Typ hat auch wirklich lange Wimpern –, nicke ich nur.

»Ähm, dann mal rein mir dir«, sagt er etwas unbeholfen, als wüsste er nicht, was er sonst mit mir machen soll, und tritt einen Schritt zurück, damit ich ihm in die Wohnung folgen kann. Ich weiß nicht, was ich erwartet habe, aber nicht das Chaos, das mich hier begrüßt. Mehrere Schuhe liegen verstreut im Flur herum, Pullover und Jacken hängen unordentlich an der Garderobe, wenn sie nicht gerade mit einem Schuh um ein freies Plätzchen auf dem Boden streiten. Die Wände sind in einem schrecklichen Orangeton gestrichen, der wohl schon vor zwanzig Jahren nicht mehr modern war.

»Mein Name ist übrigens Josh. Also, Joshua.«

Er wirkt so, als wäre er ein bisschen durch den Wind. Gut, er hat sich auch gerade erst von seinem Lover verabschiedet, wollte vermutlich gerade zurück in sein Bett und –

»Nenn mich einfach Josh«, unterbricht er meine verqueren Gedankengänge.

Ich strecke ihm meine Hand entgegen. »Hallo, Josh.« Yay! Zwei Worte. Fehlerfrei gesprochen. Offensichtlich funktioniert in meinem Kopf wieder alles einwandfrei.

Er hält meine Hand vielleicht eine Sekunde länger fest, als es angebracht wäre. Nachdem er sie loslässt, stehen wir uns etwas unbehaglich im Flur gegenüber und sehen uns einfach nur an. Oh, er wartet bestimmt darauf, dass ich etwas sage.

»Ist Miles da?«, frage ich ihn deshalb und bin ganz stolz auf mich. Ich steigere mich von Zwei- auf Dreiwortsätze.

Er nickt und zeigt zu einer Tür am Ende des Flurs. »Oh, ja. Er schläft bereits.«

Scheiße. Ich weiß nicht, was ich tun soll. Miles einfach wecken? Wieder nach Hause fahren und mich bei Mason entschuldigen, dass ich seinen Wagen geklaut habe? »Vielleicht sollte ich …«, sage ich, obwohl ich eigentlich gar nicht vorhabe zu verschwinden. Langsam drehe ich mich zur Haustür um.

*Mann, lass mich doch jetzt nicht einfach so gehen! Ich will nicht nach Hause.*

Zu meiner Erleichterung greift Josh nach meinem Arm und hält mich zurück.

»Hey, stopp.« Als ich auf die Stelle sehe, an der er mich berührt, nimmt er seine Hand sofort weg. »Du bist doch nicht einfach sechs oder sieben Stunden von Naples hierhergefahren, um gleich wieder zu verschwinden.«

Ich schüttele den Kopf. »Ich ... nein ... ich ...« Und da sind sie wieder, diese verdammten Verräter in meinen Augen. Ich sehe an Josh vorbei, direkt an die nächste Wand und versuche die Tränen wegzublinzeln. Allerdings nicht besonders erfolgreich, denn ich spüre, wie sich ein Tropfen aus meinem Augenwinkel löst und über meine Wange läuft.

Offensichtlich bemerkt Josh es ebenfalls, denn er flüstert: »Hey, nicht weinen, Mia.« Seine Stimme klingt dabei so einfühlsam, dass ich nicht anders kann als einfach weiterzuheulen.

Keine Sekunde später finde ich mich in der Umarmung eines nahezu Fremden wieder und fühle mich schlagartig ... na ja, besser wäre wohl ein wenig übertrieben, aber einfach nicht mehr so alleine.

Josh und ich stehen in diesem mir unbekannten Flur herum, bis mir die Absurdität der Situation klar wird und ich mich von ihm losmache. »Josh, tut mir leid.«

Er runzelt die Stirn. »Du musst dich doch nicht bei mir entschuldigen. Ich mag Umarmungen.« Na dann, *Let It Go*!

»Okay, Olaf«, murmele ich leise, da ich plötzlich an die Eiskönigin denken muss.

Josh schnaubt belustigt auf. Als ich zu ihm aufblicke, sehe ich ihn von einem Fuß auf den anderen steigen, als wäre er nervös. Offenbar ringt er eine Weile mit sich selbst, bevor er fragt: »Mia, magst du dich mit mir ins Wohnzimmer setzen und mir erzählen, was passiert ist?«

Etwas unsicher wiege ich meinen Kopf hin und her. Eigentlich wollte ich mich von Miles trösten lassen. »Vielleicht wecke ich lieber Miles?«

»Du klingst nicht besonders sicher«, stellt Josh fest und betrachtet mich eingehend. »Weißt du was? Ich mache dir jetzt erst einmal eine heiße Schokolade und du überlegst in der Zwischenzeit, was du willst, in Ordnung?«

Klingt nach einem guten Plan, also stimme ich zu. »Okay.«

Josh dreht sich um und ich folge ihm durch eine Tür in … ah, in die Küche.

Hier sieht es weitaus weniger schlimm aus als im Flur. Für eine reine Männer-WG wirkt der Raum sogar erstaunlich aufgeräumt. Vor allem, da Miles zu Hause keinen Finger gerührt hat.

Während Josh stumm mein Getränk zubereitet, setze ich mich auf einen Stuhl und beobachte ihn. Mit zwei Tassen kommt er zu mir herübergeschlendert und lässt sich neben mich fallen.

Abwartend sieht er mich aus seinen blauen Augen an. »Und? Wecken wir Miles oder nicht?«

Ich wünschte, Josh könnte mir die Entscheidung abnehmen, also zucke ich nur mit meinen Schultern.

Offensichtlich kann er Gedanken lesen, denn im nächsten Moment murmelt er: »Okay. Du bist also im Moment nicht besonders entscheidungsfreudig, aber das macht nichts.« Kurz überlegt er. »Also, du kannst mir gerne erzählen, was passiert ist. Ich habe vier Schwestern und kann gut zuhören.«

Wow. So viele. Wahnsinn. Als Miles noch zu Hause gewohnt hat, habe ich mich schon mit ihm um das Badezimmer geprügelt. Das Ganze mal vier stelle ich mir ziemlich mühsam vor.

Da ich mir nicht sicher bin, ob ich mit Josh reden will, frage ich ihn: »Wieso bist du dir sicher, dass ich etwas zu erzählen habe?«

Seine Augenbrauen wandern weit in die Höhe. »Na ja. Die Tatsache, dass du den weiten Weg nach Tallahassee auf dich genommen und dich vor ein paar Minuten noch weinend in meine Arme geschmissen hast, spricht doch wohl für sich, oder?«

Frustriert lasse ich meinen Kopf auf die Tischplatte fallen. »Ich bin ja so peinlich«, murmele ich dem Holz entgegen.

Ich spüre, wie sich Joshs Hand auf meine legt, und sehe hoch.

Dieses Mal nimmt er sie nicht weg. »So würde ich es nicht sagen. Ich halte dich eher für ziemlich durcheinander.« Abwartend sieht er mich an. »Also?«

Ach, scheiß drauf. Nachdem ich tief Luft geholt habe, sprudelt es aus mir heraus: »Mein Freund hat mich verlassen. Wie sich herausgestellt hat, liebt er mich nicht. Ist ihm nach über einem Jahr auch mal aufgefallen. Und anscheinend läuft da irgendetwas mit einer guten Freundin, aber von den beiden hat mir niemand etwas erzählt. Übrigens wusste auch mein ganzer Freundeskreis von der Sache und das ist ziemlich –«

»Scheiße«, unterbricht er mich.

»Kann man wohl sagen.«

»Ich glaube, du brauchst etwas Härteres als heiße Schokolade.« Er schiebt seinen Stuhl zurück und beginnt in einem der Küchenschränke zu kramen. Mit einer Flasche Rum kommt er zurück. »Ich weiß zwar nicht, ob die Kombination lecker schmeckt, aber ist doch auch egal.«

Als er mir eingießen will, stoppe ich ihn, indem ich meine flache Hand über die Tasse lege.

»Ich bin erst siebzehn«, sage ich zu ihm.

»Und ich zwanzig. Danke für die Info.«

Er schiebt meine Hand beiseite. »Oder mache ich mich bei Miles unbeliebt, wenn ich Alkohol an dich ausschenke?«, möchte er wissen.

»Ich denke nicht. Aber strafbar.«

Gespielt schockiert sieht er sich im Raum um. »Wo kein Kläger, da kein Richter.«

Ich hebe meine Tasse an. »Na dann. Cheers.«

Josh stößt mit mir an und dann vernichten wir die erste Tasse heiße Schokolade mit Schuss.

* * *

Ich weiß nicht, wie wir es geschafft haben, aber ich sitze in einem T-Shirt mit glitzerndem Einhorn, von dem er behauptet, es von einer seiner Schwestern bekommen zu haben, auf der Couch im Wohnzimmer.

Sehr viel mehr gibt es hier auch nicht zu sehen. Zu behaupten, dass dieses Zimmer mehr als spartanisch eingerichtet ist, wäre absolut keine Übertreibung. Außer einer schwarzen Lederbank und einem Lowboard, auf dem ein Flatscreen steht, gibt es hier drinnen nicht viel zu sehen. Ob die Jungs ihre DVDs in ihren Zimmern aufbewahren? Vielleicht streamen sie aber auch die Filme. Das würde zumindest erklären, warum hier absolut gar nichts herumsteht.

Wir sind in der Zwischenzeit auf Eis umgestiegen, über das er uns Eierlikör gegossen hat. Ich hätte bereits herkommen sollen, als Ethan mit mir Schluss gemacht hat, anstatt zu Emily, der verlogenen Kuh, zu gehen. Ich kann es wirklich nicht fassen, dass sie mir ins Gesicht sehen und mich scheinheilig trösten konnte, wo sie doch bei dem Ausflug noch mit Ethan …

Ich will gar nicht darüber nachdenken, was die beiden miteinander getrieben haben. Wütend schaufele ich mir noch mehr Eiscreme auf meinen Löffel. Fragend sehe ich Josh an. »Kann man das eigentlich auch direkt mischen?« Ich sehe bestimmt total sexy aus, während ich mit vollem Mund spreche.

»Mir gefällt, wie du denkst.« Er greift nach der Flasche und ich genieße einen weiteren Löffel Eis. Danach lege ich meinen Kopf zurück und öffne den Mund. Lachend gießt Josh mir den Likör hinein und da ich mich weder bekleckere noch ersticke, ist das Experiment wohl geglückt. Ich schüttele meinen Kopf und schlucke die Mischung nach unten. Grinsend strecke ich Josh die Hand entgegen, damit er einschlägt.

»Du bist cool«, lässt er mich wissen. »Du solltest länger hierbleiben.«

Ich verziehe mein Gesicht. »Eigentlich habe ich morgen wieder Schule.«

»Habe ich mir fast gedacht«, sagt er dann. »Aber ich nehme mal an, du hast dich bei deinen Eltern abgemeldet und dir frei genommen?«

»Ja, für den Rest der Woche!«, schummele ich. Ich bemerke, dass sich meine Wangen röten, denn ich bin nicht besonders gut im Lügen. Mist. Jetzt bekomme ich auch noch sofort ein schlechtes Gewissen.

Schuldbewusst sehe ich zu Josh und wispere: »Ehrlich gesagt, weiß niemand, dass ich hier bin.«

»Was?« Bilde ich mir das nur ein oder höre ich da einen Vorwurf in seiner Stimme? »Du bist abgehauen?«

»Also, wenn du es so formulierst, dann klingt es fast danach«, gebe ich zu.

»Super. Oh mein Gott, ich bekomme bestimmt Ärger mit deinem Bruder«, murmelt er vor sich hin. »Du bist seit Stunden hier, ich mache dich betrunken, während sich zu Hause alle Sorgen um dich machen.«

Ich höre ein Räuspern und sehe in die Richtung, aus der es kommt. Natürlich steht Miles ausgerechnet jetzt mit verstrubbelten Haaren und verschlafenem Blick im Türrahmen. Schnell suche ich in meinen Taschen nach einem Kaugummi, damit er den Alkohol nicht riechen kann. Da ich eigentlich immer einen eingesteckt habe, werde ich auch schnell fündig. »Mia, was machst du hier?« Er klingt ehrlich verwirrt. Offensichtlich ist mein Verschwinden noch nicht bis nach Tallahassee vorgedrungen.

Während ich mir verstohlen den Kaugummi in den Mund stopfe, steht Josh auf und geht auf Miles zu. »Deine Schwester ist von zu Hause abgehauen.«

Böse funkele ich ihn an und forme stumm die Worte: »Alte Petze.«

Miles scheint noch nicht richtig wach zu sein. Während er sich über die Augen reibt, sieht er zu mir. »Wieso sollte sie so etwas tun?«

Ich öffne den Mund, um zu antworten, doch Josh kommt mir zuvor. »Weil ihr Freund Schluss gemacht hat.«

Miles runzelt die Stirn. »Ethan?«

Genau der. Einen zweiten habe ich nicht.

Bei Erwähnung von Ethans Namen sieht Josh hoch. »Ist das nicht einer der Typen, die dir beim Umzug geholfen haben? Der Große? Ziemlich trainiert? Footballspieler?« Ethan vergisst man anscheinend nicht so schnell.

Sofort bestätigt mein Bruder Joshs ziemlich zutreffende Personenbeschreibung. »Ja.«

Josh wirft die Hände in die Luft. »Super, jetzt hasse ich ihn.« Dann sind wir ja bereits zu zweit.

Ich streiche mir Joshs Einhorn-T-Shirt glatt. »Hallo?«, mische ich mich in das Gespräch der beiden Jungs ein. »Ich bin auch noch da.«

Miles sieht mich böse an. »Ja, leider.« Ich weiß, dass Miles sich aufs College gefreut und nicht unbedingt damit gerechnet hat, dass ich ihn nach so kurzer Zeit bereits mit einem Besuch überrasche.

Immerhin hatte er mich ja bereits seit meiner Geburt an der Backe und ich glaube, es hätte ihm einfach gefallen, mal für eine Weile sein eigenes Ding durchzuziehen, ohne dass ich mich da sofort hineindränge. Aber verdammt noch mal … mein Freund hat gerade mit mir Schluss gemacht und ich wollte einfach zu der Person, die immer für mich da war, auch wenn ich öfters mal nerve.

Bockig verschränke ich meine Arme vor der Brust. »Ich kann auch wieder fahren.«

Ich sehe, wie ein ziemlich großer Typ hinter Miles auftaucht und über seinen Kopf hinweg ins Wohnzimmer späht. »Besser nicht. Du bist süß. Du darfst bei mir im Bett schlafen.«

Dank meiner scharfen Kombinationsgabe nehme ich jetzt einfach mal an, dass wir einen weiteren von Miles' WG-Kollegen geweckt haben.

»Tut sie nicht, Tom«, kommt es fast gleichzeitig von Miles und Josh, während ich »Ganz bestimmt nicht!« rufe.

Also zuckt Tom mit den Schultern, fährt sich durch seine blonden Haare und dreht sich wieder um. Leise vor sich hin murmelnd verschwindet er im dunklen Flur. »Dann eben nicht. Bis morgen früh.«

An meinen Bruder gewandt sagt Josh dann: »Du kannst sie nicht rausschmeißen. Es ist mitten in der Nacht.« Dann fügt er noch grinsend hinzu: »Und sie hat was mit mir getrunken.« So viel zum Kaugummi.

Miles seufzt laut. »Alter, du machst dich hier gerade unbeliebt.«

»Sorry, Mann«, entschuldigt Josh sich. Klingt nicht so, als würde er seine Worte ernst meinen.

»Und keine Sorge. Ich werfe meine kleine Schwester nachts nicht einfach aus unserer Wohnung.« Hoffentlich morgen früh ebenfalls nicht!

Miles löst sich endlich vom Türrahmen und kommt ins Wohnzimmer. Mit verschränkten Armen bleibt er vor mir stehen. Das hat er sich bestimmt von unseren Eltern abgeschaut. »Also, Mom und Dad wissen nicht, dass du hier bist?«

Ich schüttele meinen Kopf.

»Ich rufe sie an«, brummt er und schon dreht er mir wieder den Rücken zu.

Sofort halte ich ihn auf. »Wenn du Mom und Dad schon in der Leitung hast … kannst du ihnen vielleicht noch sagen, dass es Masons Wagen gutgeht?«

Eine Ader über der Augenbraue meines Bruders pocht verdächtig, als er mir einen Blick über seine Schulter hinweg zuwirft. »Wieso hast du sein Auto?«

Ich versuche eine unschuldige Miene aufzusetzen. »Habe ich von Jackson geliehen.«

Mit prüfendem Blick sieht er mich an. »Und mit geliehen meinst du …?«

Natürlich knicke ich ein und gestehe sofort: »Gestohlen.«

Josh, der sich an die Wand im Wohnzimmer gelehnt hat, lacht leise. »Mia, du wirst mir immer sympathischer«, murmelt er.

Mein Bruder sagt gar nichts mehr und verlässt stumm den Raum. »Richte Mason einen schönen Gruß aus«, ruft Josh ihm hinterher.

Ich lege meinen Finger auf meine Lippen. »Pssst! Oder willst du noch jemanden wecken?«

»Allzu viele Möglichkeiten haben wir ja nicht mehr«, meint Josh und sieht auf die Uhr an seinem Handgelenk.

Neugierig, wie ich nun mal bin, frage ich nach: »Wie viele Leute wohnen eigentlich in der WG?«

Josh gibt seinen Platz an der Wand auf und lässt sich neben mich aufs Sofa fallen. »Miles, Tom, Chris und ich.«

Mit polternden Schritten taucht Miles wieder im Wohnzimmer auf. »Vierzig Anrufe in Abwesenheit! Sieben WhatsApp-Nachrichten!«, lässt er mich vorwurfsvoll wissen. »Ich schalte mein Telefon nie wieder stumm.«

Schuldbewusst senke ich meinen Kopf. Ich sehe schon ein, dass die überstürzte Flucht vielleicht *etwas* übertrieben war und ich meinen Eltern hätte Bescheid geben sollen.

Mit klimpernden Wimpern sehe ich zu meinem Bruder. »Rufst du Mom und Dad jetzt an?«

Er scheint nicht besonders heiß darauf zu sein. »Wieso tust du das nicht?«

»Ich habe mein Telefon nicht dabei«, versuche ich mich rauszureden. Es ist auch nur eine halbe Lüge, denn mein Smartphone liegt unten im Auto.

»Miiiiiiles«, flehe ich leise. »Tu mir doch den Gefallen!«

Als er beginnt, vor sich hin zu fluchen, weiß ich bereits, dass ich gewonnen habe.

Während er wählt, fragt Josh leise: »Möchtest du bei deinem Bruder im Zimmer schlafen? Oder soll ich dir mein Zimmer überlassen?«

Wow, Josh ist der netteste Kerl, den ich jemals kennengelernt habe.

Ich klopfe auf die Couch. »Nein, die ist schon ganz in Ordnung.«

Er lächelt mich an und zeigt mir wieder seine hübschen weißen Zähne. »Ich gehe dir mal Bettzeug holen.«

Stumm belausche ich Miles dabei, wie er unsere Eltern zu beruhigen versucht und kaue dabei auf meinem Kaugummi herum. Das Gespräch dauert ziemlich lang und ich höre immer wieder Moms aufgebrachte Stimme – so laut, als würde sie neben mir stehen.

Als Josh vollbepackt wiederkommt, helfe ich ihm, die Couch zu beziehen, während Miles immer noch beruhigend ins Telefon spricht.

Erschöpft lasse ich mich auf mein provisorisches Bett fallen und sehe Josh – meinen Retter – dankbar an. »Du bist der Wahnsinn. Ich kann mich vermutlich niemals für das alles«, mit meiner Hand deute ich auf die leere Kakaotasse, den Eierlikör und das Eis, »revanchieren.«

Doch Josh winkt nur ab. »Schon okay.«

Er bemerkt anscheinend, dass seine Hilfe nun nicht mehr gebraucht wird und fährt sich verlegen durch seine braunen Haare. Dabei löst sich der Haargummi aus seiner Frisur und fällt auf den Boden. Während Josh sich danach bückt, sagt er: »Ich gehe besser ins Bett. Schlaf gut, Mia.«

»Du auch.«

Nachdem er das Zimmer verlassen hat, habe ich nichts weiter zu tun als Miles nervös anzustarren. Meine Füße wippen auf und ab, ich höre jedoch abrupt damit auf, da er mir sein Smartphone entgegenstreckt.

»Nein, nein, nein«, murmele ich. Ich habe keine Ahnung, wie ich meiner Mutter erklären soll, wie ich abgehauen bin.

Er legt seine Hand über das Telefon und murmelt: »Mia, ich konnte heraushandeln, dass du bis Sonntag bei mir bleiben darfst, aber nur unter der Bedingung, dass du mit unserer Mutter sprichst.«

Mein Herz macht einen Satz. »Ich darf hierbleiben?«

Ein Lächeln stiehlt sich auf das Gesicht meines Bruders. »Natürlich, wer könnte sich denn besser um dich kümmern als ich?«

Na ja, Josh war schon ein ziemlich guter Ersatz, aber wenn ich das laut sage, zieht Miles sein Angebot vielleicht wieder zurück. Schnell schnappe ich mir sein Handy und führe es zum Ohr.

»Hey, Mom«, murmele ich schuldbewusst.

»Mia.« Ihre Stimme klingt einerseits erleichtert, andererseits auch ziemlich wütend. »Wir haben uns solche Sorgen um dich gemacht.«

Sofort lasse ich sie wissen: »Es tut mir so leid. Ich habe keine Sekunde daran gedacht, was ich euch mit meinem Verhalten antue. Irgendwie habe ich plötzlich rotgesehen und wollte einfach nur noch weg.«

Kurz höre ich gar nichts, dann ein Seufzen. »Du hättest mit mir reden können.« Klingt sie sauer?

»Ich weiß.« Meine Mom ist immer für mich da, aber in diesem Fall … wollte ich mich nicht in ihren Armen verkriechen, sondern … keine Ahnung. Ich habe nicht wirklich darüber nachgedacht, was ich tue.

»Wir haben tausendmal versucht, dich zu erreichen«, kommt es nun eindeutig vorwurfsvoll aus dem Hörer. »Ein kleines Lebenszeichen hätte mir schon gereicht.« Ich fühle mich schlecht, dass ich meinen Eltern solche Sorgen bereitet habe.

»Mom«, murmele ich und beginne wieder zu schluchzen.

»Schhh, alles gut, Mia«, beruhigt sie mich.

Miles legt einen Arm um mich und zieht mich an seine Brust, während ich weine und meine Mom beruhigend auf mich einspricht.

Wir reden eine ganze Weile miteinander, bis es mir ein bisschen besser geht. Kurz bevor ich auflege, sagt sie: »Ich glaube, der Tapetenwechsel wird dir guttun und du verpasst in der ersten Schulwoche bestimmt nicht allzu viel vom Unterricht. Wenn du mir versprichst, dass dein kleiner Spontantrip eine einmalige Sache bleibt, darfst du bis Sonntag bleiben.«

»Wirklich?«, frage ich erstaunt nach. Auch wenn Miles das schon angekündigt hat, ist es doch noch mal etwas anderes, es aus Moms Mund zu hören.

»Ja.« Nach einer kurzen Pause sagt sie: »Genieß die Tage, denn wenn du wieder bei uns bist, hast du Hausarrest.«

Ich kann jetzt nicht sagen, dass mich die Worte überraschen, denn irgendwie hatte ich bereits damit gerechnet, dass ich nicht ganz glimpflich davonkomme. Bevor sie auflegt, befiehlt sie mir: »Und melde dich bei Jackson. Er macht sich ziemliche Sorgen.«

Ich starre das Telefon einige Sekunden an, danach drehe ich mich zu Miles. Sein Gesichtsausdruck strotzt vor Mitleid. »Tut mir leid, kleine Kröte«, flüstert er. »Aber ich verspreche dir … irgendwann kommst du darüber hinweg.«

Er wirkt gar nicht mehr böse, so wie kurz vor dem Telefonat mit meiner Mutter. Ich vergrabe mein Gesicht in seinem T-Shirt, während er durch meine Haare krault.

»Das hoffe ich«, wimmere ich.

»Und verrätst du mir, was dieser Arsch genau gemacht hat?«, fordert Miles mich auf.

Ich setze mich aufrecht hin und das erste Mal seit der Trennung von Ethan schaffe ich es, die Geschichte zu erzählen, ohne zu heulen. Ich nehme das eindeutig als Fortschritt.

# Kapitel 5

»Whoaaaaa«, schreie ich laut, nachdem ich die Augen einen Spalt breit geöffnet habe. Ich greife nach der Decke, setze mich auf und ziehe sie bis zu meiner Nase hoch.

Vor der Couch sitzt ein Typ mit buntgefärbtem Irokesenschnitt und stopft sich fröhlich aus einer Schüssel Cornflakes, die seiner Haarfarbe Konkurrenz machen, in den Mund.

Gerade als der Junge aufsteht, kommt Josh ins Wohnzimmer gestürmt. »Alles in Ordnung?«, fragt er, während er zwischen mir und meinem Beobachter hin- und hersieht.

Der hat es in der Zwischenzeit geschafft sich aufzurappeln und lässt sich neben mich auf das Sofa fallen. Aus dem Augenwinkel beobachte ich ihn, wie er weiter sein Frühstück in sich hineinlöffelt.

Ich sehe zu Josh. »Er hat mich angestarrt«, bringe ich irgendwie hervor.

»Ich frühstücke immer auf der Couch«, lässt der Namenlose mich wissen.

Josh schüttelt den Kopf. »Chris, du hättest ja ausnahmsweise woanders essen können.« Cool. Der gruselige Typ hört auf den Namen Chris. Er stellt die Schüssel auf seinem Bein ab und angelt nach der Fernbedienung.

Abgelenkt murmelt er: »Hab ich doch. Ich habe auf dem Boden *vor* der Couch gesessen.«

Josh seufzt laut und streckt mir die Hand entgegen. »Komm

mit, Mia. Ich spiele jetzt den Ritter in edler Rüstung und rette dich.« Da mir Chris ein bisschen unheimlich ist, springe ich auf und eile auf Josh zu. Ich ergreife seine Hand und lasse mich hinter ihm herziehen. Egal wohin, Hauptsache weg hier.

Gerade als wir das Wohnzimmer verlassen, höre ich Chris rufen: »Du hast übrigens Kaugummi in deinen Haaren.« Sofort entziehe ich Josh meine Hand und taste panisch meinen Kopf ab. Und verdammt ... Chris hat recht. Ich hätte den Kaugummi abends echt besser in einen Mülleimer spucken sollen, anstatt ihn nachts in meine Haare fallen zu lassen.

Josh führt mich unbekümmert durch den chaotischen Flur. Kein Wunder – er hat ja auch nichts in seinen Haaren. Während ich hinter Josh herschleiche, muss ich herrenlosen Schuhen ausweichen, um nicht zu stolpern. Langsam habe ich die Vermutung, dass der Zustand des Eingangsbereichs als Abschreckung für Einbrecher dient, da der Rest der Wohnung – oder zumindest die Teile, die ich bisher gesehen habe – viel sauberer und vor allem aufgeräumter aussieht.

»Gehen wir besser in mein Zimmer, bevor du auch noch Tom über den Weg läufst und er dich wieder in sein Bett verschleppen will.«

Ich muss lachen. »Eure Mitbewohner sind ziemlich schräg.«

Grinsend dreht er sich zu mir um. »Und die besten, die man sich wünschen kann.«

»Ihr seid schon ein ziemlich bunter Haufen«, stelle ich fest. Und das obwohl neunundneunzig Prozent von Miles' Kleidung schwarz ist.

Josh öffnet die Tür zu seinem Zimmer und zieht mich hinein. »Das stimmt. Miles passt gut zu uns.« Josh zwinkert mir zu, doch ich kann mich nicht mehr bewegen, da ich gerade von Farben erschlagen werde.

»Ach, du scheiße«, rutscht es mir heraus und ich starre auf die Wände. Ich kann es nicht fassen. Er hat jede Wand in einer eigenen Farbe gestrichen. Rot, blau, grün und lila. Ich lasse meinen

Kopf in den Nacken fallen und starre an die Decke … die orange ist. Toll. Ich befinde mich im Inneren eines Regenbogens.

Offensichtlich bleibt meine Schockstarre nicht lange unbemerkt. »Das passiert, wenn man sich von seinen Schwestern bei der Farbauswahl fürs Zimmer beraten lässt«, murmelt er.

Mit großen Augen sehe ich ihn an. »Du hast vier, oder?«

Er nickt und zeigt an die rote Wand. »Die hier hat Sarah ausgesucht. Die lilafarbene war die Idee von Abigail. Grün ist auf dem Mist von Hannah gewachsen. Orange war die Idee von Olivia.«

»Und du hast dich dann auch noch für Blau entschieden?«, frage ich nach.

»Ja. Gefällt es dir nicht?«

Ich weiß nicht, ob das eine ernstgemeinte Frage war. Ich druckse kurz herum, bevor ich ihm ganz ehrlich antworte: »Ich habe Angst, dass jede Sekunde ein Kobold auftaucht und sich mit mir um den Goldtopf streitet, der am Ende des Regenbogens warten soll.«

Für eine Sekunde sieht Josh mich regungslos an, bevor er hemmungslos zu lachen beginnt. Als er sich ein bisschen beruhigt hat, meint er immer noch prustend: »Sagt das Mädchen im Einhorn-T-Shirt.«

Ein klein wenig peinlich berührt, versuche ich das Oberteil ein bisschen weiter nach unten zu ziehen, da es den Großteil meiner Oberschenkel unbedeckt lässt.

Grinsen muss ich trotzdem, als ich ebenfalls einen Blick auf das Shirt werfe. »Das dir gehört.«

Er lacht bereits wieder. »Mia«, bringt er erstickt hervor, »ich glaube, ich habe mich gerade in dich verliebt.«

Das wage ich allerdings zu bezweifeln, nachdem sich sein männlicher Besuch gestern mit einem Kuss von ihm verabschiedet hat und er im Regenbogenland lebt.

Dennoch röten sich meine Wangen leicht, und ich schaffe es nicht, seinen Blick zu erwidern. Komplimente bin ich nicht gewohnt, also sehe ich mich im Zimmer um.

Das Bett steht in einer Ecke und ist ziemlich klein, dennoch wirkt es gemütlich. Zwischen dem Bett und einem zugemüllten Schreibtisch, auf dem sich zahlreiche dicke Bücher um den spärlichen Platz streiten, befindet sich ein kleines Nachtschränkchen. Vom Schreibtisch aus kann man durch das Fenster auf – ich strecke mich etwas, um einen Blick zu erhaschen – die Straße sehen. Eine weitere Tür befindet sich gegenüber vom Bett, ich nehme mal an, dass sich dahinter der Schrank verbirgt, denn Miles würde bestimmt nicht hier wohnen, wenn jedes Zimmer ein angrenzendes Bad hätte. Das könnten sich meine Eltern gar nicht leisten. Ich drehe mich und sehe ein Regal voller DVDs, daneben ein Bücherregal. An den Wänden hängen keine Poster, was ich ganz gut verstehen kann, denn sonst käme es in diesem Raum zum Farben-Overkill.

Josh steht neben mir und hat seine Hände tief in den Hosentaschen vergraben. Er betrachtet mich mit gerunzelter Miene, bis endlich wieder Bewegung in ihn kommt und er sich aufs Bett fallen lässt. Er klopft auf die blaue Bettwäsche. »Bitte, setz dich zu mir.«

Einige Sekunden bleibe ich noch stehen, folge ihm aber doch noch. Ich werfe einen Blick auf den Wecker, der direkt neben dem Bett auf einer kleinen Ablage steht. Es ist fast neun Uhr. Eigentlich müsste ich bereits in der Schule sein, wenn meine Mutter mir nicht unglaublicherweise erlaubt hätte, ein paar Tage blauzumachen.

Ich schüttele Joshs Kissen auf und setze mich neben ihn. »Fühl dich wie zu Hause«, meint er grinsend.

»Hatte ich vor«, gebe ich zurück.

Josh schließt für einen Moment seine Augen. »Ich hätte definitiv früher schlafen gehen sollen.«

Man sieht ihm die eher kurze Nacht an. »Ausschlafen wäre auch eine Alternative gewesen.«

Mit anklagendem Blick sieht er mich an. »Das hast du ja durch dein Gekreische verhindert.«

Leicht boxe ich Josh gegen den Unterarm. »Wenn du schon einen Schuldigen suchst, dann wende dich an deinen Mitbewohner.«

Josh verdreht seine blauen Augen. »Chris ist vielleicht ein kleines bisschen zwangsneurotisch.«

Erstaunt sehe ich ihn an, denn damit habe ich jetzt nicht gerechnet. »So ähnlich wie Sheldon aus Big Bang Theory?«

Josh wiegt seinen Kopf langsam von links nach rechts. »Nicht ganz so schlimm, aber dennoch braucht er eine gewisse Routine.«

»Sollte ich jetzt also froh sein, dass er sich nicht einfach auf mich gesetzt hat?«

»Irgendwie schon.« Belustigt schüttele ich meinen Kopf und bringe damit meine Haare zum Schwingen.

Josh hebt seine Hand und streicht mir eine Strähne aus der Stirn, die mir immer wieder ins Gesicht fällt. »Soll ich dir den Kaugummi aus den Haaren schneiden?«, möchte er wissen.

Tja, den hatte ich tatsächlich schon wieder vergessen. Es ist mir eigentlich nie besonders wichtig, wie ich aussehe, aber so ein Teil in meinen Haaren ist mir dann doch ein bisschen too much.

»Bitte«, sage ich grinsend.

Josh steht wortlos auf und geht zu seinem Schreibtisch. Er kramt eine Weile in einer Schublade herum und kommt dann mit einer Schere, Haargummis, einem Haarreif und einer Bürste bewaffnet zu mir zurück. Er wirft die Sachen neben mich aufs Bett und setzt sich hinter mich.

Etwas irritiert werfe ich ihm einen Blick über meine Schulter hinweg zu. »Für was brauchst du das andere Zeug?«, frage ich.

Er lächelt mir strahlend entgegen. »Ich mache dir eine Frisur, um das Loch, das ich in deine Haare schneiden muss, zu kaschieren!« Mein Unbehagen wird durch diese Worte nicht unbedingt weniger, doch Josh scheint es nicht mitzubekommen, da ich ja mit dem Rücken zu ihm sitze.

»Ist es wirklich so schlimm?«

Statt einer Antwort spüre ich Josh Hände an meinem Kopf. Vermutlich weil er sich das Desaster näher ansieht. Noch niemals hat eine andere Person in meinen Haaren rumgewühlt, wie Josh es gerade tut. Dennoch fühlt es sich gut an, was dieser eigenartige Junge da macht. Josh räuspert sich. »Ich habe eine gute und eine schlechte Nachricht.«

»Zuerst die schlechte, bitte.«

»Der Kaugummi ist riesig, es kleben ziemlich viele Haare daran und er hat sich nah am Haaransatz verfangen.«

Am liebsten würde ich mich nach hinten fallen lassen und mich in Joshs Bett vergraben. »Und die gute Nachricht?«, frage ich nach. »Sag bitte nicht, dass du einen Rasierer hast und mir einen Kurzhaarschnitt damit machen kannst.«

Belustigt höre ich ihn sagen: »Keine Sorge, ich kann wirklich tolle Frisuren machen. Keiner wird merken, dass du eine kahle Stelle auf dem Kopf hast.« Hoffentlich macht er keine Scherze. Ich kenne ihn noch nicht gut genug, um ihn einschätzen zu können.

Leise murmele ich: »Na gut, dann mal los.«

Irgendwie beunruhigt es mich zwar, dass Josh zuvor mit einer Bastelschere auf das Bett zugekommen ist, aber ich schließe meine Augen und lasse ihn einfach machen. *Vertrau ihm einfach, Mia.*

Nach einer Weile kann ich mich sogar richtig entspannen, denn wie er meine Haare mit der Bürste bearbeitet, ist wirklich angenehm, obwohl er ziemlich damit zu tun hat, den Kaugummi aus meinen Haaren zu schneiden.

Josh arbeitet konzentriert und ich bin mir sicher, dass es besser wäre, wenn ich meine Klappe halte. Aber ich kann nicht.

»Darf ich dir dann auch die Haare machen?«, frage ich und bin mir gerade nicht sicher, ob die Trennung von Ethan meinen Verstand beeinträchtigt hat. Kurz versteife ich mich, als ich an meinen Exfreund denke, aber mir fällt im selben Moment auch auf, dass es viel weniger weh tut, wenn Josh bei mir ist, als wenn ich alleine über die gescheiterte Beziehung nachgrübele. Am besten bleibe ich einfach für immer hier.

Josh zögert seine Antwort sichtlich hinaus. »Ähm. Ich muss dann in eine Vorlesung«, gibt er zu bedenken.

Ich gebe mir große Mühe, meine Stimme wie die eines Kleinkindes klingen zu lassen. »Ich mache dir eine ganz schöne Frisur.«

Er seufzt laut. »Das sagen meine Schwestern auch immer und dann habe ich plötzlich Glitzer in meinen Haaren.« Als würde ich … Obwohl, eigentlich könnte ich mir das sehr gut vorstellen.

Aufgeregt frage ich: »Hast du Glitzerzeug hier?«

Er lehnt sich etwas nach vorne und flüstert in mein Ohr. »Natürlich nicht.« So schnell, wie Josh sich zu mir gebeugt hat, zieht er sich auch wieder zurück. Ich spüre, dass er meine Haare auftoupiert und irgendetwas über meinen Kopf macht. Der Kaugummi ist wohl schon draußen.

Lächelnd drehe ich mich zu ihm um. »Dann brauchst du dich ja nicht fürchten.« Ich kann es nicht lassen, ihn diabolisch anzugrinsen.

»Ruhig halten«, ermahnt mich Josh. »Sonst wird das nichts.« Ich verdrehe meine Augen, folge aber seinen Anweisungen ganz brav.

»Ehrlich gesagt, bin ich mir sicher, dass ich gerade in eine Falle tappe, aber wieso auch nicht. Du darfst mir auch die Haare machen.«

»Danke.« Danach verstumme ich kurz, bevor ich frage: »Du unternimmst viel mit deinen Schwestern, oder?«

»Ja, wenn ich mal zu Hause bin«, höre ich ihn belustigt antworten. »Deshalb kann ich auch so tolle Frisuren machen«, versucht er zu scherzen. Das wird sich allerdings erst zeigen.

Ich kann einfach nicht meine Klappe halten, weil ich so verdammt neugierig bin. »Bist du der Älteste?«

»Nein, ich bin genau in der Mitte.«

»Du hast also zwei jüngere und zwei ältere Schwestern.«

»Jap.«

Ich hasse, dass er eher einsilbig antwortet, denn jetzt komme ich mir vor, als würde ich ihn aushorchen. Was ich ja auch tue. Ach, egal. »Gehen die älteren auch hier aufs College?«

Er schüttelt den Kopf. »Nein. Ich bin der Einzige, den es nach Tallahassee verschlagen hat.«

»Woher kommst du denn?«

»Aus Cape Coral.«

Ich grinse dämlich vor mich hin, denn er wohnt nur eine knappe Stunde von meinem Heimatort entfernt. Also, wenn er nicht gerade in Tallahassee studiert.

»Das ist ja ganz in der Nähe von Naples«, freue ich mich.

Ich bemerke, dass Josh etwas auf meinen Kopf steckt. Vermutlich den Haarreifen.

»Jetzt, wo Miles mein Mitbewohner ist, können wir immer gemeinsam nach Hause fahren«, murmelt Josh abgelenkt, bevor er von meinen Haaren ablässt. »Du kannst dich jetzt im Spiegel betrachten.«

Sofort stehe ich auf und sehe mich um.

»Dort vorne an der Tür.« Josh zeigt zur Untermalung seiner Worte in die entsprechende Richtung.

Als ich mein Spiegelbild sehe, klappt mein Mund weit auf. Wow! Ich sehe aus, als würde ich auf einen Ball gehen. Vom Outfit mal abgesehen. Wobei … ich wäre bestimmt die Einzige in einem Einhorn-T-Shirt. »Du solltest Friseur werden«, lasse ich Josh wissen und lege meine Hand auf den Haarknoten, den er gezaubert hat. Wenn ich so etwas versuche, dann schaffe ich gerade mal einen unordentlichen Dutt, doch die Frisur auf meinen Kopf wirkt so … edel.

»Das sieht großartig aus, Josh! Danke.« Ohne auf eine Antwort zu warten, drehe ich mich zu ihm um und klatsche in die Hände. »Jetzt bin ich dran!«

Er sieht nicht besonders begeistert aus, nickt aber. »Na gut, aber du musst dich beeilen. Ich muss auf den Campus. Und nein – danke. Die Haare meiner Schwestern und deine zu machen, ist in Ordnung, aber beruflich würde ich das echt nicht machen wollen.«

»Was studierst du eigentlich?

»Ich möchte Lehrer werden.« Er deutet auf seine Haare. »Und jetzt gib Gas, ich habe in einer Dreiviertelstunde meine erste Vorlesung.«

»Dann musst du aber noch an deiner Ungeduld arbeiten, wenn du Kinder unterrichten willst«, erwidere ich, während ich ihm meine Zunge rausstrecke. »Außerdem wolltest du vor fünf Minuten noch ausschlafen.«

»Was du ja erfolgreich verhindert hast«, kontert Josh und streckt mir ebenfalls seine Zunge entgegen.

Betont langsam gehe ich auf ihn zu und nehme hinter ihm Platz. »Welche Fächer möchtest du unterrichten?«

Josh lacht leise. »Neugierig bist du gar nicht, oder?«

»Nein«, lüge ich, während ich einen Mittelscheitel ziehe.

»Mathematik und Naturwissenschaften.«

Wow. Ich schlafe bei diesen Fächern regelmäßig ein. Wenn ich jedoch einen so witzigen Lehrer wie Josh hätte, würde ich den Unterricht bestimmt pausenlos mit Muskelkater vom vielen Lachen verlassen.

Ich mache rechts und links vom Scheitel jeweils ein Hörnchen auf seinen Kopf. Den Rest seiner Haare lasse ich weiter nach unten hängen. Perfekt. »Fertig«, lasse ich ihn wissen.

Er dreht sich zu mir um und sieht nicht besonders überzeugt aus. »Ernsthaft? Das war's?«

Ich nicke und versuche unschuldig auszusehen. Kopfschüttelnd geht Josh auf den Spiegel zu. Er wirft mir einen bösen Blick zu, nachdem er seine coole Frisur begutachtet hat. Als er seinen Arm anhebt, um ein Gummiband zu lösen, schiebe ich schmollend meine Unterlippe vor und er hält inne.

»Scheiß drauf«, murmelt er.

Ohne auf mich zu achten, zieht er sein T-Shirt über den Kopf, um danach ein anderes vom Fußboden aufzuheben. Mir ist gar nicht aufgefallen, dass der Boden hier im Zimmer ebenso zugepflastert ist wie der im Flur.

Der zukünftige Herr Lehrer zieht statt einem Hemd ein ärmelloses Shirt und eine kurze Hose an. Ich beobachte ihn dabei ganz genau und muss leider zugeben, dass er verdammt gut aussieht. Daran kann weder die beschissene Frisur noch mein gebrochenes Herz etwas ändern. Denn dass Josh attraktiv ist, fällt auch mir als frisch verlassenem Mädchen auf. Wie gesagt, ich bin ja nicht blind und in Zeiten der Trauer sollte man sich ja auch an den kleinen Sachen des Lebens erfreuen. Etwa wie einen nahezu Fremden beim Umziehen zu stalken. Wenn er sich schämen würde, dann hätte er mich doch dazu aufgefordert, sein Zimmer zu verlassen oder mich umzudrehen. Vielleicht auch einfach nur dazu, die Augen zu schließen.

Mein Gehirn war wegen der akuten Überhitzung wohl kurz im Standby-Modus, denn Josh steht bereits mit einer Tasche an seiner Zimmertür. »Du kannst ruhig in meinem Zimmer bleiben. Oder zu Miles gehen.« Er greift nach der Türklinke, dreht sich aber nochmals um. Es sieht kurz so aus, als möchte er etwas sagen, lässt es dann aber doch.

Ich lege meinen Kopf schief und deute auf seinen Schreibtisch. »Du weißt aber schon, dass das jetzt eine Einladung zum Schnüffeln war.«

Er lacht kurz auf. »War es nicht. Sehen wir uns später?«, fragt er.

»Ich denke schon. Außer, Miles wirft mich raus.« Vielleicht ändert er ja seine Meinung und will die erste Woche am College ohne seine kleine Schwester verbringen.

»Macht er bestimmt nicht.«

»Dann drück mir die Daumen«, bitte ich ihn, obwohl ich weiß, dass es nicht nötig ist.

»Auf jeden Fall.« Danach verschwindet er wirklich und ich lasse mich auf sein Bett zurückfallen.

Da ich heute Nacht nicht besonders viel Schlaf hatte, schließe ich noch mal meine Augen.

* * *

Irgendjemand rüttelt an meiner Schulter. »Mia, was machst du in Joshs Bett?« Okay. Ich korrigiere: Nicht irgendjemand, sondern Miles rüttelt – immer noch – an meiner Schulter.

Statt einer Antwort grabe ich mich tiefer ins Kissen, um nicht so einen Schwachsinn von mir zu geben wie: *Wenn es aussieht wie eine Ente, watschelt wie eine Ente, dann ist es vermutlich auch eine Ente.* Denn ganz ehrlich. Was außer schlafen soll ich bitte in Joshs Bett machen?

»Mia!« Dieses Mal klingt seine Stimme schärfer.

Ich drehe mich auf den Rücken und sehe Miles an. »Schlafen. Nachdem mich dein zwangsneurotischer Mitbewohner Chris von der Couch vertrieben hat, dachte ich mir, ich könnte hier ein bisschen weiterschlafen.«

»Gemeinsam mit Josh?«

Erstaunt hebe ich die Bettdecke an und sehe darunter. »Nein. Der ist nicht hier.«

Miles verdreht die Augen, so wie er es schon immer macht. Zu sehen, wie er das tut, fühlt sich an wie nach Hause kommen. »Ist mir bereits aufgefallen.«

Ich setze mich auf. »Der musste in eine Vorlesung. Wieso bist du eigentlich nicht am Campus?«, frage ich Miles.

»War ich. Ich bin schon wieder zurück.«

Immer noch etwas müde, reibe ich mir über meine Augen. »Wie spät ist es denn?«

»Vier Uhr nachmittags.«

Erschrocken sehe ich ihn an. »Wahnsinn. Ich habe echt mega lange geschlafen.«

Mein Bruder nickt zustimmend. »Aber du hattest den Schlaf

wohl nötig.« Er schafft es nicht, mir direkt in die Augen zu sehen, als er mit sanfter Stimme weiterspricht. »Hör mal, Kröte. Es tut mir leid.«

Ängstlich sehe ich ihn an. Wenn er mir jetzt erzählt, dass er ebenfalls von Ethan und Emily wusste, drehe ich durch. Meine Stimme klingt piepsig, als ich frage: »Was denn?«

»Mein Verhalten heute Nacht.« Erleichtert atme ich aus. »Ich habe dich angemotzt, obwohl du sofort eine Schulter zum Anlehnen gebraucht hättest.«

Ich weiß nicht, was ich sagen soll. Sicher wäre es toll gewesen, wenn sich Miles ein wenig um mich gekümmert und mich bemitleidet hätte, aber Josh hat den Job meines Bruders eigentlich ganz gut übernommen. Und auch wenn ich mich immer noch beschissen fühle, hat Josh es wenigstens geschafft, dass ich nicht mehr alle zehn Sekunden an Ethan denke und losheule. Vielleicht liegt es aber auch daran, dass mich die Wut auf Emily und Ethan davon abhält. Keine Ahnung, woran es liegt, auf jeden Fall darf es gerne so bleiben.

Also winke ich ab. »Schon in Ordnung. Du hast einfach nicht mit mir gerechnet.«

Miles hebt seine Hand, vermutlich um mir über die Haare zu streichen, doch dann lässt er sie wieder fallen. »Ist das nicht unbequem beim Schlafen?«, fragt er mich.

Ich zucke mit den Schultern. »Geht schon.« Genüsslich strecke ich mich. »Kann ich duschen?«

Sofort hüpft Miles auf. »Natürlich. Ich nehme mal an, Klamotten hast du keine mitgebracht?«

»Zum Packen war wegen meines überstürzten Aufbruchs leider keine Zeit mehr.« Unschuldig grinse ich meinen Bruder an.

Er seufzt laut und wirft seine Hände verständnislos in die Luft. »Ich kann immer noch nicht fassen, dass du Masons Auto gestohlen hast.«

Ich schlage die Bettdecke zur Seite. »Nennen wir es lieber eine Leihgabe.«

Mit tadelndem Blick sieht Miles mich an, während er mir seine Hand entgegenstreckt. »Hoffentlich sieht er das ebenfalls so.«

Ich lasse mir von Miles hochhelfen. »Meinst du, er ist sauer?«

»Nein, ist er nicht.«

»Sicher?«

Miles nickt. »Hundert Prozent. Ich habe mit ihm telefoniert.«

Bester. Bruder. Aller. Zeiten.

Erleichtert atme ich aus und umarme Miles. Es wäre irgendwie scheiße, wenn Mason sauer wäre. Immerhin sind wir Freunde. Oder waren es zumindest, bevor mich alle belogen haben.

Allerdings hoffe ich, dass sich die Freundschaft zwischen Mason, Jackson und mir noch retten lässt. Ich bin den beiden nicht wirklich böse. Anfangs war ich megamäßig enttäuscht. Und wütend. Jetzt jedoch, nachdem ich eine Nacht darüber geschlafen habe, musste ich feststellen, dass Mason seinem besten Freund vermutlich einfach nicht in den Rücken fallen wollte. Was ich irgendwie nachvollziehen kann.

Und Jackson … der wollte Ethan einfach die Chance geben, selbst mit mir reinen Tisch zu machen, um so eine Situation wie jetzt zu vermeiden. Ich glaube, mein Cousin wollte nicht, dass ich mich hintergangen fühle. Zumindest hoffe ich das. Wenn ich wieder zu Hause bin, werde ich auf jeden Fall mit den beiden reden. Kann ich ja gleich machen, wenn ich den Wagen zurückbringe.

In der Zwischenzeit bin ich Miles in sein Zimmer gefolgt. Ich sehe mich um, während er mir Handtücher und Kleidung raussucht.

Er hat ein relativ kleines Bett unter dem Fenster stehen, daneben einen Nachtschrank, auf dem ich sofort seinen iPod liegen sehe. Miles braucht immer Musik um sich herum, auch zum Einschlafen. Auf einem dunkelbraunen Schreibtisch, der dieselbe Farbe hat wie sein Bett, befinden sich – ziemlich jungfräulich aussehende – Uni-Unterlagen.

Kopfschüttelnd gehe ich drauf zu und nehme ein eingepacktes Buch in die Hand.

»Ich kann immer noch nicht glauben, dass du Jurist werden willst.« Mein Bruder in einem Anzug vor Gericht – das Bild lässt sich nicht wirklich mit dem Miles, der hinter den Turntables steht, in Einklang bringen.

Gedämpft höre ich ihn im Wandschrank murmeln: »Na ja, irgendetwas muss ich doch tun. Und Anwalt sein finde ich erstrebenwert. Wenn ich schon nicht als gefeierter DJ durch die Welt reisen kann, dann wenigstens als gefeierter Anwalt.« Leise murmele ich: »Ist ja auch fast dasselbe.« Ich bezweifele, dass Miles damit glücklich wird, aber das muss er selbst merken.

Ich wandere weiter durch sein Zimmer. Gegenüber vom Schreibtisch befindet sich ein Sideboard, auf dem eine ganze Menge Platten und seine Turntables stehen. In seiner Freizeit legt Miles gerne mal auf. Rund um Naples hat er bereits den Ruf, einer der coolsten DJs der Gegend zu sein. Vermutlich arbeitet er jetzt bereits fleißig daran, Tallahassee zu erobern, anstatt sich aufs College zu konzentrieren.

Miles reicht mir einen Stapel Klamotten und ich glotze nun lieber auf die Kleidung als in seinem Zimmer herum. Fassungslos betrachte ich die Ausbeute. Ich hätte *niemals* gedacht, dass ich mit fast achtzehn Jahren die Unterhose meines Bruders tragen werde. Ich weiß nicht, ob mir die Alternative, keine zu tragen, nicht reizvoller erscheint.

Miles bekommt von meinen wirren Gedanken nichts mit und schiebt mich weiter zum Badezimmer.

»Heute Abend findet hier eine Party statt.« Soll ich jetzt fragen, ob mir einer seiner Mitbewohner ein Kleid leihen kann?

Ich zwinkere ihm zu. »Darum hast du mir so schicke Teile gegeben«, sage ich mit Blick auf das ausgewaschene schwarze Bandshirt und die Jogginghose in meinen Händen.

Er verdreht die Augen. »Ich könnte dich auch sofort wieder nach Hause schicken.«

»Tust du aber nicht.«

Er grinst. »Genau.«

Bevor ich Miles die Tür vor der Nase zuschlage, frage ich ihn: »Wieso macht ihr mittwochs eine Party?«

Miles sieht mich an, als hätte ich die dümmste Frage der Welt gestellt. »Weil wir am College sind und die Woche fast um ist.« Gutes Argument. Muss ich mir für meine Collegezeit merken.

# Kapitel 6

Miles hat gelogen. Es gab nicht nur am Mittwoch eine Party, nein, auch am Donnerstag, am Freitag und heute haben die Jungs mit anderen Studenten gefeiert.

Langsam frage ich mich, ob sie irgendwann etwas anderes tun als zu feiern. Ich hoffe mal für die vier, dass sie nicht das ganze Semester so weitermachen, denn sonst können sie sich ihr Studium abschminken. Da aber erst die erste Woche des neuen Studienjahres begonnen hat, halte ich meine Ratschläge besser zurück. Immerhin wäre Tom nicht bereits im fünften und weder Chris noch Josh im dritten Semester, wenn sie nur feiern würden.

Im Moment habe ich das Gefühl, als wäre Miles für die Jungs so etwas wie ein wahr gewordener Traum. So als DJ mit eigenem Equipment. Chris steht gerade neben meinem Bruder und scheint mit ihm über irgendetwas zu diskutieren, während sein Iro mit jeder Kopfbewegung auf und ab wippt. Vielleicht unterhalten sie sich über die Vorteile eines gewöhnlichen CD-Players gegenüber Miles' Turntables?

Ich beobachte Miles, der wild gestikuliert, dabei aber ein fettes Grinsen im Gesicht hat. Und das, obwohl er gerade Emotional Hardcore spielt und er seiner eigenen Vorliebe für Heavy Metal nicht nachkommen kann. Aber es ist meinem Bruder immer wichtiger, dass die breite Masse Gefallen an der Musik findet, als nur er selbst, denn dann macht es ihm ebenfalls Spaß.

Obwohl ich Miles' Musikgeschmack teile, tanze ich ebenfalls fröhlich mit Tom zu den melancholisch-punkigen Klängen durchs Wohnzimmer. Und ich weiß nicht, was die Jungs mit ihm gemacht haben, aber seitdem Miles und Josh ihm bei der ersten Party vor drei Tagen die Leviten gelesen haben, macht er auch gar keine dummen Kommentare mehr, von wegen ich müsse wirklich nicht auf der Couch schlafen, weil in seinem Bett immer für eine hübsche Frau wie mich Platz wäre.

»Sag bloß, du stehst auf Chris, so oft wie du in den letzten Minuten dort rübergestarrt hast.« Tom hat sich zu mir gebeugt und schreit, um die laute Musik zu übertönen, in mein Ohr.

Meine Augen werden groß und ich sehe ihn an, als wäre er beschränkt: »Sag mal, du hast doch mitbekommen, dass mein Freund mich eben erst verlassen hat oder täusche ich mich da?«

Tom runzelt die Stirn. »Ja, du hast es in den letzten Tagen ein- oder zweimal erwähnt.«

Ich finde es nett, dass er das so ausdrückt, denn vielleicht hatte ich hin und wieder – alkoholbedingt – kleine Aussetzer, die mich zu einem schluchzenden Häufchen Elend gemacht haben. Gott sei Dank reitet er nicht darauf herum. Den Blick, den Tom mir zuwirft, kann ich nicht wirklich deuten. Vielleicht Unverständnis?

Ich seufze. »Na dann muss dir doch klar sein, dass ich noch lange nicht bereit für etwas Neues bin. Auch wenn Chris ein ganz ansehnlicher Kerl ist.«

Tom grinst. »Ich wusste, dass du eher auf punkige Kerle stehst. Das ist bestimmt der einzige Grund, warum du noch nicht an meinen Lippen klebst.«

*Das wird's sein. Träum weiter, Tom.* »Was an *Ich bin noch nicht über meinen Ex hinweg* hast du eigentlich nicht verstanden?«

Mit ehrlicher Verwirrung sieht er mich an. »Aber ihr seid ja jetzt nicht mehr zusammen. Du wärst also frei für etwas Neues.«

Ich kann nur meinen Kopf über Tom schütteln. »Im Prinzip bin ich Single. Ja.«

»Manchmal habe ich das Gefühl, dass Frauen eine andere Sprache sprechen.« Tom zieht mich etwas zur Seite, da er sich wohl nicht gleichzeitig mit mir unterhalten *und* tanzen kann. Wie war das noch mit dem Multitasking bei Männern?

Ich lehne mich etwas näher zu Tom und erkläre ihm: »Ich habe Ethan geliebt. Und ich liebe ihn auch immer noch. Man kann nicht einfach von einem auf den anderen Tag aufhören, jemanden zu lieben.« Von Wort zu Wort spreche ich lauter und meine Rede wird immer enthusiastischer. »Immerhin verliebst du dich doch auch nicht sofort Hals über Kopf in jemanden. Liebe braucht Zeit, um sich zu entwickeln. Sie muss erst wachsen.«

Statt in Beifall auszubrechen, heben sich Toms Augenbrauen skeptisch. »Liebe«, knurrt er. »Das Konzept erschließt sich mir nicht ganz.«

Erstaunt sehe ich ihn an. »Warst du denn noch nie verliebt?«

Er schüttelt seinen Kopf. »Nein, noch nie. Deshalb fühle ich mich hier in der WG auch so wohl.«

Ich habe das Gefühl, dass ich irgendeinen Zusammenhang nicht ganz verstehe. »Wie meinst du das?«, muss ich deshalb nachfragen.

»Na ja, Miles, Josh und Chris sehen das mit der Liebe in etwa so wie ich.«

Und da soll noch irgendwann jemand behaupten, dass Frauen sich kryptisch ausdrücken. Ich mache mit meiner Hand eine kreisrunde Bewegung. »Sprich weiter«, fordere ich Tom auf. *Erleuchte mich.*

»Na ja, Liebe ist doch nur ein Mythos. Die gibt es gar nicht wirklich.«

Ich schüttele abwehrend meinen Kopf, weil ich einfach nicht glauben möchte, was Tom hier für Mist verzapft. »Vielleicht hast du einfach noch nicht die richtige Person gefunden«, sage ich deshalb.

Nun lacht Tom – er lacht! – laut los. »Und Ethan war also die richtige Person?« Er zeichnet Gänsefüßchen in die Luft, während ich das Gefühl habe, durch ein Wurmloch gesaugt zu werden. Denn ja! Ehrlich gesagt, dachte ich das wirklich. Bis vor ein paar Tagen zumindest.

Meine Kehle fühlt sich plötzlich wieder zugeschnürt an und ich muss heftig blinzeln. Wie konnte ich mich nur so täuschen? Ich dachte wirklich, dass Ethan mich liebt.

Schnellstmöglich möchte ich dieses Gespräch abbrechen, da ich Tom einfach nicht recht geben will. Auch wenn die Sache mit Ethan mit einem Paukenschlag zu Ende gegangen ist, will ich den Glauben an die Liebe nicht verlieren. Also murmele ich nur: »Touché!« Er hat mit seinen Worten aber auch wirklich ins Schwarze getroffen.

Tom, der offensichtlich merkt, dass er unsere Unterhaltung gerade auf unsicheres Terrain gebracht hat, greift nach meiner Hand. »Komm, lass uns wieder tanzen!«, schlägt er höchst motiviert vor und fügt murmelnd hinzu: »Das kann ich besser als reden.«

* * *

Nach Mitternacht sehe ich das erste Mal wieder auf die Uhr und sinke erschöpft auf die Couch, um einen Schluck Wasser zu trinken. Alkohol ist heute nicht drin, da ich spätestens morgen Mittag wieder zurück nach Naples fahren muss, obwohl ich viel lieber hierbleiben würde. Für immer.

Ich bin mir ziemlich sicher: Die Jungs sind bestimmt froh, wenn ich bald wieder verschwinde, auch wenn sie mich wie einen entlaufenen Welpen adoptiert haben.

Aber ich störe das Männer-WG-Leben empfindlich, indem ich den Klositz immer wieder nach unten klappe und ihre stinkenden Schuhe aus dem Weg räume.

Ich stütze meinen müden Kopf auf den Ellbogen ab und sehe mich im Raum um. Für vier Partys an vier Tagen fehlt mir offensichtlich die nötige Ausdauer. Als ich Josh entdecke, der von Party zu Party mehr aufzublühen scheint, bleibt mein Blick sofort an ihm hängen. Er unterhält sich gerade mit Will. Will ist – wie ich bei der ersten Feier in der WG erfahren habe – der Typ, der sich bei meiner Ankunft mit einem Kuss auf die Wange von Josh verabschiedet hat. Auch heute stehen sie dicht beisammen, küssen sich jedoch nicht. In den letzten Tagen ebenfalls nicht, allerdings wirken sie ziemlich vertraut miteinander. Ob die beiden nicht öffentlich geoutet sind und ich sie bei meiner Ankunft in flagranti erwischt habe? Vielleicht ist Josh nur deshalb so nett zu mir?

Heimlich beobachte ich die beiden, denn sie erinnern mich schon ein wenig an Jackson und Mason. Also jetzt nicht unbedingt vom Aussehen her, aber wie sie eben beisammenstehen und zumindest Wills Hand immer wieder beiläufig über Joshs Unterarm streicht. Ach, ist ja auch egal. Geht mich ja auch gar nichts an.

Chris setzt sich neben mich aufs Sofa. Offensichtlich hat er das Gespräch mit meinem Bruder beendet. Das, oder die Blondine, die sich an Miles schmiegt, hat ihn vertrieben.

Mit einem Lächeln im Gesicht betrachte ich Chris von der Seite und muss an meinen ersten Morgen in Tallahassee zurückdenken. Da saß er genauso neben mir wie jetzt, nur hat er im Moment keine Schüssel mit Cerealien in der Hand, sondern ein Bier. Wenn man Chris ein bisschen besser kennt, merkt man schnell, dass er ein ziemlich cooler Typ ist, auch wenn er nicht unbedingt viel redet und eben auf den ersten Blick ein kleines bisschen neurotisch wirkt.

Ich versuche ihm trotzdem ein bisschen was aus seinem Leben aus der Nase zu ziehen. Leicht stoße ich ihn mit meinem Ellbogen an. »Wie läuft das Studium?«

Chris sieht aus, als wolle er lieber mit der Couch verschmelzen als mir zu antworten. Er nuckelt an seinem Bier, ehe er sagt: »Gut.«

Okay, offensichtlich hat er keine Lust auf eine Unterhaltung.

Da aber Miles und Tom mit Frauen, und Josh mit Will, beschäftigt sind, muss Chris jetzt herhalten.

»Was studierst du noch mal?«, möchte ich wissen.

»IT-Security.«

Ich versuche einen miesen Witz zu reißen. »Man muss studieren, um Computer bewachen zu können?«

Chris sieht mich an, als wäre ich verrückt. Vielleicht bin ich das auch.

Ich strecke entschuldigend meine Arme in die Luft. »Sorry, blöder Scherz.« Na ja, ich persönlich fand ihn ja eigentlich gar nicht so schlecht.

Chris sieht sich wieder im Raum um und ich betrachte ihn näher. Für einen IT-ler sieht er irgendwie nicht nerdig genug aus. Kein Aufdruck auf dem Shirt, wegen dem man sich schlecht fühlt, weil man keine Ahnung hat, was ein Binärcode ist. Auch die typische schwarzumrahmte Brille fehlt, dafür hat er aber diesen buntgefärbten Irokesenschnitt, der ihn aussehen lässt, als würde er Bass in einer Punkband spielen und nicht im Takt auf einer Tastatur herumtippen.

»Alsooooo«, nehme ich unser Gespräch wieder auf. »Du bist im dritten Semester, oder?«

»Genau.« Wieder sieht er sich im Raum um. Den Award für den *Unterhalter des Jahres* bekommt Chris definitiv nicht. Ich glaube auch gar nicht, dass er seine kurzen Antworten irgendwie böse meint, er ist eben einfach … nicht sehr gesprächig.

Als Josh sich vor mich auf den Boden setzt, würde ich am liebsten in seine Arme springen. Endlich jemand, der Antworten gibt, die aus mehr als einem Wort bestehen.

Ich brauchte nicht einmal zu überlegen, über was ich mit ihm sprechen könnte, da er sofort drauflosplaudert. »Du hast heute noch gar nicht mit mir getanzt«, sagt er mit anklagendem Tonfall, lächelt aber dabei, so dass ich mir ziemlich sicher bin, dass er mich nur ärgern will.

»Na dann müssen wir das jetzt ändern«, antworte ich, während ich bereits aufstehe. Ich strecke Josh meine Hand entgegen, um ihm aufzuhelfen. »Darf ich bitten?«, frage ich ihn mit einem Zwinkern.

»Ist heute Damenwahl?«

»Bei mir immer«, meine ich lächelnd.

Da Miles gerade ein schnelleres Lied spielt, bleibt uns nichts anderes übrig als wild herumzuspringen. Und es macht verdammt viel Spaß, mit Josh albern durch die Gegend zu hüpfen und mit den Händen zu wedeln. Ihm ist es anscheinend genauso egal wie mir, wenn er sich vor allen zum Deppen macht, und ich könnte mir wirklich vorstellen, jeden Tag mit ihm herumzublödeln. In der kurzen Zeit, die ich hier verbracht habe, ist er mir ziemlich ans Herz gewachsen. Bestimmt weil er sich wirklich aufopferungsvoll um mich gekümmert hat. Vor allem für die Haar-Rettungsaktion bin ich ihm ewig dankbar, denn wenn ich einen Seitenscheitel ziehe, fällt meine kahle Stelle gar nicht auf.

Aber eigentlich waren alle Jungs mega nett zu mir – sogar Chris hat mir mehrmals Tee gebracht –, nachdem sie wussten, dass Ethan mich verlassen hat. Wenn ich an ihn denke, spüre ich jedes Mal einen kleinen Stich in meinem Herzen. Ich weiß nicht, ob Josh es mir an meinem Gesichtsausdruck ansieht, wenn meine Gedanken wieder zu meinem Exfreund wandern, aber er schafft es immer, mich auf andere Gedanken zu bringen. Jetzt zum Beispiel greift er nach meiner Hand und dreht mich wild im Kreis.

»Musst du morgen wirklich nach Hause?«, möchte er nach einer Weile von mir wissen.

Ich verziehe mein Gesicht. »Ja, leider. Bisher konnte ich meine Eltern noch nicht davon überzeugen, mich an einer Schule in Tallahassee anzumelden«, scherze ich.

»Wir schmeißen einfach Tom aus der WG. Der soll zu einem seiner Mädels ziehen«, meint Josh augenzwinkernd.

Ich schüttele meinen Kopf. »Das will ich keinem Mädchen antun«, meine ich grinsend.

Schnell scanne ich den Raum ab, ob Tom in der Nähe ist und unser Gespräch belauscht. Er tanzt gleich neben uns, hängt aber gerade an den Lippen einer Blondine, deshalb hat er bestimmt nicht mitbekommen, was wir hier für Pläne schmieden.

»Na, hast du jemanden entdeckt, der dir gefällt?«, will Josh von mir wissen, dem bestimmt aufgefallen ist, wie ich mich nach Tom umgesehen habe. Statt einer Antwort verdrehe ich nur meine Augen, denn erstens habe ich keinen speziellen Typ, und zweitens will ich nicht schon wieder jemandem erklären, dass ich nicht dazu bereit bin, mich auf etwas Neues einzulassen. Auch wenn es nichts Ernstes wäre.

Um weiteren Fragen auszuweichen, frage ich: »Hast du auch so Durst wie ich?«

»Absolut!«

Sofort greift er nach meiner Hand und zieht mich hinter sich her. Als er den Kühlschrank öffnet, dränge ich mich an ihm vorbei, um mir eine Wasserflasche zu krallen. Josh meditiert einige Sekunden vor der geöffneten Tür, entscheidet sich dann aber ebenfalls für ein Wasser.

Gierig beginnen wir zu trinken. Josh bemerkt, wie ich ihn beobachte und grinst. Sieht so aus, als würde er die Flasche in einem Zug austrinken wollen.

Ich wackele mit den Augenbrauen, hebe mein Wasser demonstrativ an, um ihm zu signalisieren, dass ich dasselbe vorhabe. Wieso nicht kindisch sein und ein Wetttrinken machen?

Irgendwann setze ich jedoch lachend ab. »Schon gut«, kichere ich. »Du hast gewonnen.«

Als er seine Flasche geleert hat, wirft er seine Arme in einer Siegerpose in die Luft und bringt mich damit noch mehr zum Lachen.

»Josh, ich werde dich vermissen«, gestehe ich ihm.

Er grinst und gibt mir einen Kuss auf die Wange. »Ich dich auch, Mia. Aber du könntest mir ja deine Telefonnummer geben, damit ich dich mit dämlichen Nachrichten quälen kann.«

Ich zwinkere ihm zu. »Darauf bestehe ich sogar. Und vergiss nicht, mir Links zu eigenartigen YouTube-Videos zu schicken.«

Er salutiert vor mir. »Ich finde bestimmt etwas Passendes.«

»Davon gehe ich aus.«

Er reicht mir sein Telefon und ich tippe meine Nummer ein. »Schreib mir eine Nachricht«, sage ich gähnend. »Dann habe ich etwas, auf das ich mich freuen kann.«

Josh zieht eine mitleidige Miene, sagt aber nichts weiter.

Eine Weile stehen wir stumm nebeneinander an den Küchentresen gelehnt. Nachdem ich zum wiederholten Male gähnen muss, nuschele ich: »Ich glaube, ich sollte mich mal besser hinlegen.«

Die letzten Nächte habe ich bei Miles im Zimmer geschlafen. Er hat zwar nur ein kleines Bett, aber da man hier bis in die frühen Morgenstunden feiert, konnte ich nicht einfach auf dem Sofa schlafen.

Leise fragt er: »Soll ich dich rüberbringen?«

»Meinst du, ich schaffe es nicht alleine in Miles' Zimmer?« Josh zieht seine Schultern hoch. »Ich glaube, du schaffst so ziemlich alles, was du dir vornimmst, Mia.«

Ich weiß nicht, was ich auf seine Worte erwidern soll, also wünsche ihm eine gute Nacht und drehe mich danach einfach um.

# Kapitel 7

*Winter*

Laut lache ich los, als ich die neueste WhatsApp-Nachricht von Josh lese. Eine von vielen, die er mir geschickt hat, seit ich Tallahassee verlassen habe. Wir telefonieren, skypen oder schreiben jeden Tag gefühlte Stunden miteinander. Josh ist in den letzten Monaten, neben Jackson und meinem Bruder, zu meiner wichtigsten Bezugsperson geworden.

Damals, als ich Masons Wagen gestohlen habe, habe ich nicht damit gerechnet, dass mein Ausflug in die Wohngemeinschaft meines Bruders etwas so Gutes mit sich bringen könnte. Ich freue mich, dass ich dadurch einen neuen Freund gefunden habe, der mir jeden Tag ein Lächeln ins Gesicht zaubert und dafür nicht einmal besonders viel machen muss.

Wenn ich gerade nicht mit Josh telefoniere, unternehme ich auch viel mit Mason und Jackson. Mason war nur ein kleines bisschen sauer auf mich, als ich ihm den Wagen wieder zurückgebracht habe. Er hat mich sogar in den Arm genommen und mir zugeflüstert, dass er mich versteht, da einem manchmal alles zu viel wird und man einfach ein wenig Abstand braucht.

Als er sich dann auch noch entschuldigt hat, weil er Ethan gedeckt hat, konnte ich ihm nicht mehr böse sein. Er hat einfach zu seinem besten Freund gehalten. Immerhin habe ich mich, als die Sache zwischen Mason und Jackson begonnen hat, ebenfalls nicht mit Ruhm bekleckert.

Ich wusste, dass sie aufeinander stehen, obwohl Mason damals noch mit Emily zusammen war und habe ihr nichts davon gesagt. Also befinde ich mich wohl auch nicht in der Position, nun den Moralapostel zu spielen.

Nachdem ich mich mit Mason vertragen hatte, war es nur noch eine Frage von Stunden, bis Jackson und ich uns in den Armen gelegen und uns ausgesprochen haben. Man hat meinem Cousin sein schlechtes Gewissen wirklich angesehen und er wollte mich doch nur beschützen. Jackson hätte gerne gehabt, dass ich die Wahrheit von Ethan erfahre. Wobei ich immer noch nicht genau weiß, was zwischen Emily und ihm gelaufen ist. Ich möchte es auch gar nicht wissen, denn mit den beiden habe ich seit Monaten kein Wort mehr gewechselt.

Mein Telefon vibriert erneut und reißt mich aus meinen Gedanken, denen ich viel zu oft nachhänge. Zu behaupten, ich sei über die ganze Sache hinweg, wäre eine dicke, fette Lüge! Ich wische über das Display und schon wieder stiehlt sich ein Lächeln auf mein Gesicht. Josh hat mir ein Foto von Miles und ihm geschickt. Beide tragen Weihnachtsmützen, zu kurzen Hosen und Flip-Flops, während sie auf dem Schoß eines Weihnachtsmanns sitzen.

*Wie hast du Santa dazu gebracht mit euch zu posieren?*, tippe ich.

Unter Joshs Namen sehe ich, dass er bereits zu schreiben begonnen hat. Keine Sekunde später trudelt auch schon die Antwort ein: *Ich glaube, er hat mich für Harry Styles gehalten.*

Haha. *Das* hätte ich Josh nie erzählen sollen.

*Oder er steht auf so hübsche Jungs wie mich*, folgt eine weitere Nachricht.

Ich schnaube belustig, während ich mein Telefon in meine Tasche stecke. Jackson, mit dem ich gemeinsam über den Schulflur laufe, stupst mich mit dem Ellbogen an. »Was macht dich so fröhlich?«

Grinsend antworte ich: »Du solltest besser fragen, wer.«

Mein Cousin runzelt seine Stirn. »Gibt es da jemanden, von dem ich wissen sollte?«

Ich schüttele meinen Kopf und verdrehe die Augen. »Nein, nur Josh.« So weit, dass ich mich mit jemand anderem verabreden würde, bin ich noch nicht. Die Sache mit Ethan hat mir den Boden unter den Füßen weggezogen und ich bin gerade erst dabei, mein Leben wieder in normale Bahnen zu lenken.

Jacksons Miene verdüstert sich etwas und er knurrt: »Josh.« Mein Cousin ist ein bisschen eifersüchtig. Aber nicht, weil ich mich so gut mit meinem neuen Kumpel verstehe, sondern weil es Mason ebenfalls tut. Als Jackson und sein Freund Miles im Herbst beim Umzug geholfen haben, haben sich die Jungs kennengelernt und sehr gut verstanden. Was Jackson damals nicht besonders gut gefallen hat, da seine Beziehung zu Mason zu diesem Zeitpunkt noch auf ziemlich wackeligen Beinen stand. Ich kann ihn nur bis zu einem gewissen Grad verstehen, denn Mason hat niemals auch nur annähernd Interesse an Josh bekundet. Ich denke, er hat nicht einmal seine Nummer.

Ich boxe ihm leicht gegen die Schulter. »Jetzt hab dich nicht so. Jeder sieht doch, dass Mason verrückt nach dir ist.«

Das Gesicht meines Cousins wird rot und er wendet verlegen den Blick ab. Ich finde es süß, wenn er sich so benimmt. Und man sieht ihm an, dass er selbst völlig vernarrt ist in Mason. Ich greife nach Jacksons Hand und schlendere mit ihm gemeinsam weiter zu unseren Unterrichtsräumen.

Leider stellt sich uns Joey – den Jackson wie die Pest hasst – in den Weg. Eigentlich mochte ich ihn immer, aber Jackson und Mason hatten in den letzten Monaten immer wieder Ärger mit dem Football-Kumpel von Ethan und nun kann ich ihn ebenfalls nicht mehr leiden.

»Na, stehst du doch noch auf Mädels?«, fragt er mit Blick auf unsere ineinander verschlungenen Hände. »Immer noch besser die Cousine als einen anderen Ty –« Weiter kommt er nicht, da

Jackson sich von mir löst und sich auf ihn stürzt. Er schafft es sogar, den viel größeren und vor allem auch viel breiteren Jungen auf den Boden zu werfen.

Ich schreie laut auf, da ich einfach nicht damit gerechnet habe, dass der friedliche Jackson so etwas tut. Mit aller Kraft versuche ich ihn von Joey wegzuziehen, da ich Angst habe, dass bald ein Lehrer auftaucht und Jackson einen Schulverweis kassiert. Außerdem möchte ich nicht, dass er verletzt wird. Ich bin mir sicher, dass mein Cousin in seinem ganzen Leben noch keine Prügelei hatte. Ganz im Gegensatz zu Joey.

Plötzlich schieben mich zwei starke Arme zur Seite und Mason zieht Jackson von Joey runter. Er geht mit ihm ein paar Schritte zurück, drückt ihn gegen die Wand und redet leise auf seinen Freund ein. Ethan, der ebenso wie Mason einfach aus dem Nichts aufgetaucht ist, hat sich in der Zwischenzeit Joey geschnappt und brüllt ihn an: »Kapierst du endlich, dass niemand deine dummen Kommentare hören will?«

Ich drehe mich zu Mason und Jackson um. Mason hat seine Stirn gegen die meines Cousins gelehnt. Es sieht so aus, als würde Jackson durch die Berührungen wieder runterkommen.

Aus dem Augenwinkel nehme ich wahr, wie Joey mit finsterer Miene an Ethan vorbeistürmen will, doch Ethan fängt ihn ab. »Ich schwöre dir, wenn ich noch einmal mitbekomme, dass du irgendetwas Schwulenfeindliches von dir gibst, sorge ich dafür, dass du aus dem Footballteam fliegst.«

Tatsächlich hält Joey inne. »Als ob du das könntest.«

Ethan atmet tief durch, bevor er brummt: »Lass es besser nicht darauf ankommen.«

Und ich? Stehe die ganze Zeit stumm da und starre meinen Exfreund mit wild klopfendem Herzen an.

Es ist einfach, so zu tun, als wäre man über jemanden hinweg, solange man demjenigen nicht ins Gesicht sehen muss. Wenn man dem gehassten Subjekt dann jedoch plötzlich ohne Vorwarnung gegenübersteht, ist das alles andere als leicht. Ich habe es monatelang geschafft, Ethan aus dem Weg zu gehen. Ihn aus der Ferne zu sehen, hat weit weniger weh getan als ihn direkt vor meiner Nase zu haben. Früher wäre ich auf ihn zugegangen, hätte beruhigend auf ihn eingeredet und versucht, ihn – genauso sowie Mason es bei Jackson getan hat – aus der Schusslinie zu bringen. Aber jetzt möchte ich einfach nur weg von hier, damit ich nicht mit ihm sprechen muss.

Also entferne ich mich ein paar Schritte von Ethan und lege Mason meine Hand auf die Schulter. Da er vollkommen auf Jackson konzentriert ist, zuckt er erschrocken zusammen. »Kommt ihr klar?«, frage ich leise. In mir streiten zwei Gefühle. Das erste sagt mir, dass ich mich um Jackson kümmern muss, ihn beruhigen. Das zweite, dass ich meine Beine in die Hand nehmen soll, um von hier zu verschwinden, bevor Ethan auf die Idee kommt, mich anzusprechen.

Mein Cousin nickt, während Mason seine Hand auf Jacksons Wange legt und murmelt: »Ich denke schon.« Das ist gut!

»Gut, dann …« Ich zeige mit dem Daumen hinter mich und komme mir plötzlich so unglaublich dumm vor, weil ich die beiden gestört habe. Mason hat die Situation unter Kontrolle. Solange die beiden zusammenhalten, bekommen sie das schon hin. Ganz im Gegensatz zu mir, denn ich will einfach nur weg von hier. Weg von Ethan!

Als er sich neben Mason und Jackson stellt, drehe ich mich um und eile mit schnellen Schritten den Schulflur entlang. Nicht nur bis um die nächste Ecke. Nein, ich durchquere die ganze Schule, denn das scheint mir der mindeste Abstand zu sein, den ich brauche, um wieder durchatmen zu können. An der Wand neben der Cafeteria bleibe ich stehen und schnappe nach Luft, als hätte ich einen Marathon hinter mir.

Womit ich jedoch nicht gerechnet habe, ist, dass Ethan mir nachläuft. »Mia?«, sagt er leise, als er nur noch wenige Meter von mir entfernt ist. »Können wir miteinander reden?«

Ich schüttele den Kopf.

Wann kapiert er endlich, dass ich keine Erklärungen von ihm hören will? Ich glaube nicht, dass es mir bessergeht, wenn er mir seine Version der Geschichte erzählt. Viel eher könnte er sein schlechtes Gewissen beruhigen und ich bin ehrlich gesagt nicht unbedingt der Typ heiliger Samariter, der sich darum kümmert, ob es ihm nun bessergeht oder er sich weiterhin quält. Falls er das überhaupt tut.

Also tue ich das, was jedes vernünftige und rational denkende Mädchen tun würde: Ich laufe in Richtung der Toilette, um mich dort zu verstecken.

* * *

Der Unterricht hat bereits angefangen, aber da ich Angst habe, dass Ethan immer noch vor der Tür steht, beschließe ich, die Schulstunde zu schwänzen. Und weil ich nicht noch länger vor dem Spiegel stehen und mich aus großen Augen selbst anstarren will, gehe ich in eine der Kabinen, klappe den WC-Sitz nach unten und nehme Platz. Eigentlich gäbe es tausend Dinge, die ich lieber machen würde, als meine schwarz lackierten Fingernägel zu betrachten, aber jetzt bin ich schon mal hier und eine Toilette bietet eben nicht besonders viele Möglichkeiten zum Zeitvertreib. So wie es aussieht, muss ich auch gar nicht lange alleine bleiben, denn die Tür fällt gerade ins Schloss. Ich ziehe meine Beine hoch, damit mich niemand entdeckt. Fehlt mir ja noch, dass irgendjemand herumerzählt, ich hätte Verdauungsprobleme.

Es dauert eine ganze Weile, bis ich höre, dass eine Tür verriegelt wird. Keine zehn Sekunden später übergibt sich jemand. Mir klappt der Mund auf, denn erst jetzt ergeben die letzten Sekunden irgendwie Sinn. Vermutlich hat das Mädchen zuerst überprüft, ob es alleine im Raum ist, bevor es sich ihr Mittagessen noch mal durch den Kopf gehen lässt.

Sieht der offizielle Verhaltenskodex jetzt vor, dass ich mich weiterhin ruhig verhalte und mich nicht darum schere, was das fremde Mädchen da macht?

Ich schüttele meinen Kopf, denn mir ist klar, dass ich das nicht kann. So bin ich nicht und ich möchte auch nicht zu einem Menschen werden, dem alle anderen egal sind.

Deshalb stelle ich meine Beine auf den Boden und öffne so leise wie möglich die Tür, um nach draußen spähen zu können.

Als Emily aus der Kabine tritt, auf den Spiegel zugeht und eine Zahnbürste aus ihrer Tasche zieht, um ihre Zähne zu schrubben, ziehe ich mich mit wild klopfendem Herzen zurück. Ach. Du. Heilige. Scheiße.

Ich balle meine Hand zur Faust und drücke sie mir gegen den Mund. In meinem Kopf herrscht gerade Chaos. Ich denke an alles und gleichzeitig an nichts. Was soll ich nur tun? Das Mädchen, das mir meinen Freund ausgespannt hat, einfach zur Rede stellen?

Ich überlege offensichtlich zu lange, was nun richtig und was falsch ist, denn ich höre, wie Emily den Raum verlässt. Mit einem lauten Seufzer lasse ich mich wieder zurück auf den provisorischen Sitzplatz fallen. Wieso zum Teufel muss es Emily sein? Ich weiß von ihrem Essproblem. Oder viel eher wusste ich es. Ich dachte, dass sie es in den Griff bekommen hat, nachdem Mason sie an ihre Eltern und ihren Bruder verraten hat. Was zwar jetzt nichts zur Sache tut, aber in meinem Kopf dennoch eine große Rolle spielt, ist, dass ich eigentlich dachte, Emily isst einfach nur wenig. Davon, dass sie sich übergibt, hatte ich keine Ahnung. Und damit bin ich wahrscheinlich nicht alleine. Ich frage mich, ob sie das bereits die ganze Zeit über gemacht oder erst damit angefangen hat, nachdem ihre Eltern ihr Essverhalten kontrolliert haben.

Ich stehe auf und schlage mit meinem Kopf gegen die Trennwand, direkt auf die Stelle, auf der in großen schwarzen Buchstaben steht: *Ethan ist ein Arschloch.*

Ist er, aber ausnahmsweise kann er mal nichts dafür, dass es mir mies geht. Denn auch wenn ich Emily in den letzten Monaten aus dem Weg gegangen bin, habe ich sie jeden Tag in der Cafeteria gesehen und beobachtet. Nur weil dich jemand enttäuscht, beginnst du nicht automatisch damit, ihn zu hassen. Auch wenn ich mir mein Leben viel einfacher machen würde, wenn ich Emily – und auch Ethan – hassen könnte.

Es ist mir nicht egal, dass sie allen etwas vorlügt und so tut, als hätte sie ihr Problem in den Griff bekommen. Denn eines ist mir klar: Obwohl Emily und ich keine Freundinnen mehr sind und ich ihr nicht verzeihen kann, dass sie an der Trennung von Ethan und mir maßgeblich beteiligt war, braucht sie dennoch Hilfe.

Also fasse ich einen Entschluss. Ich muss ihr helfen. Oder wenigstens irgendwen einweihen, der Emily stattdessen hilft. Doch wem soll ich am besten von meiner Beobachtung erzählen?

Wenn Emilys Bruder Dan noch auf unsere Highschool gehen würde, würde ich sofort zu ihm laufen.

Mason? Ich schüttele meinen Kopf. Jackson und er haben gerade ihre eigenen Sorgen, da brauchen sie nicht noch ein paar neue dazu.

Vielleicht Harper? Immerhin ist sie Emilys beste Freundin. Allerdings bezweifele ich, dass sie mir glauben würde, denn ich hätte ja auch allen Grund, um Emily schlechtzumachen. Außerdem bin ich ihr ebenso aus dem Weg gegangen wie Emily.

Bleibt nur noch eine einzige Person …

Schweren Herzens entscheide ich mich für Ethan, denn auch wenn wir getrennt sind, gab es doch zwischen uns immer eine Art Verbindung, die nicht einfach verschwunden sein kann. Außerdem wird er mir glauben. Welchen Grund hätte ich auch, ihn nach wochenlangem Schweigen anzusprechen, nur um ihn anzulügen. Oder? Natürlich könnte ich auch zu Emilys Eltern gehen, aber ich kenne die Bakers nicht besonders gut und ich will auch jetzt sofort mit jemandem über Emily reden. Also mache ich mich mit wackeligen Beinen auf die Suche nach meinem Exfreund.

Bei meinen Bemühungen, Ethan erfolgreich aus dem Weg zu gehen, hat mir sein – oder eher Masons – Stundenplan immer gute Dienste geleistet. Denn Mason und Ethan besuchen ziemlich viele Kurse gemeinsam. Darum weiß ich nach einem Blick auf die Uhrzeit ganz genau, wo ich Ethan finden kann. Im Kunstsaal.

Wie ein Schwerverbrecher schleiche ich über den Schulflur und hoffe, dass ich nicht entdeckt und in meinen Unterricht geschickt werde. Dafür habe ich jetzt keinen Nerv.

Anscheinend habe ich wohl ein paar Pluspunkte bei der Karmafee gesammelt, denn ich schaffe es bis zur Tür des Unterrichtsraumes. Nur stehe ich nun vor einem großen Problem. Wie bekomme ich Ethan da raus?

Ich zucke mit den Schultern, klopfe und betrete den Raum. Mit – hoffentlich – unschuldigem Blick suche ich das Klassenzimmer nach der Lehrerin ab und finde sie hinter einer Staffelei. Es fällt mir ganz schön schwer, so auszusehen, als wäre ich eine Musterschülerin, die für den Direktor einen Botengang übernimmt. Wenn man von Kopf bis Fuß in schwarzen Klamotten steckt und in Sachen Outfit vermutlich jedem Satanisten Konkurrenz macht, ist es nicht so einfach, unschuldig zu wirken. Also blicke ich ihr aus meinen großen bambibraunen Augen entgegen und sage: »Der Direktor hat mich geschickt. Ich soll Ethan Moore zu ihm bringen.«

Da ich den Blick weiterhin auf die Lehrerin gerichtet habe, höre ich nur, wie jemand – ich nehme mal an, Ethan – einen Stuhl zurückschiebt.

»Geht das in Ordnung, Miss Miller?«, vernehme ich im nächsten Moment Ethans Stimme.

Sie nickt eifrig und macht eine wedelnde Handbewegung, bevor sie sich wieder der Staffelei zuwendet und auf einen Schüler einspricht.

Ethan kommt mit schnellen Schritten auf mich zu, greift nach meiner Hand und zieht mich nach draußen. Als die Tür hinter uns ins Schloss fällt, wird mir bewusst, dass wir das erste Mal seit Monaten miteinander alleine sind.

Mein Exfreund zerrt mich durch einige Korridore, bis er an einer Glasfront, mit Blick auf den Sportplatz, stehen bleibt. Er setzt sich auf die etwa kniehohe Fensterbank und deutet auf den Platz ihm gegenüber.

Ich zögere, denn *so* hatte ich mir unser Gespräch nicht vorgestellt. Mit langsamen Bewegungen, fast in Zeitlupe, setze ich mich ebenfalls, während ich überlege, wie ich die Unterhaltung am besten beginne.

Doch Ethan nimmt mir diese Überlegung ab. »Mia, es tut mir so leid. Ich wollte dich wirklich niemals betrügen oder verletzen. Du warst mir immer verdammt wichtig und …«

Er stoppt sofort, als ich mit meinen Händen das Time-out-Zeichen forme.

»Ich habe dich nicht aus dem Unterricht geholt, um über uns zu reden.« Als ich das Wort *uns* ausspreche, sticht es ganz leicht in meinem Herzen. Nicht mehr so sehr wie zu Beginn des neuen Schuljahres, als ich auch noch wegen jeder Kleinigkeit, die mich an meine Beziehung erinnert hat, in Tränen ausgebrochen bin. Aber es ist auch nicht so, als würde es gar nicht mehr weh tun, denn ich habe die Sache mit Ethan und mir wirklich einmal als dauerhaft angesehen.

Ethan wirkt etwas irritiert, als er sagt: »Wieso denn dann? Ich muss doch nicht wirklich zum Direktor, oder?«

Ich kann mich nicht zurückhalten und boxe ihm leicht gegen den Oberarm. »Natürlich nicht«, antworte ich lachend, werde aber sofort wieder ernst. »Es ist wegen Emily.«

Die Augenbrauen meines Exfreundes ziehen sich leicht zusammen und er nimmt einen tiefen Atemzug, bevor er spricht: »Hör zu. Ich weiß, dass ich ziemlich Mist gebaut habe und ich kann mein Verhalten nicht rückgängig machen, aber, Mia … du bist mir immer noch wichtig. Ich vermisse dich.«

Toll. Jetzt habe ich ihn doch zu Wort kommen lassen. Und ich habe keine Ahnung, was ich ihm antworten soll, also flüstere ich: »Du vermisst mich?« Ich bin mir immer noch nicht sicher, ob ich ihn richtig verstanden habe, jedoch spüre ich ein Kribbeln in meinem Bauch.

Ethan verzieht sein Gesicht, als hätte er Schmerzen. »Ich vermisse es, Zeit mir dir zu verbringen«, murmelt er. »Unsere Clique … ohne dich ist es nicht mehr wie früher und ich will, dass wir wieder alle miteinander abhängen.«

Leider muss ich mir in diesem Moment Folgendes eingestehen: Eine Liebeserklärung klingt definitiv anders und ich hasse mich dafür, dass ich eben einen Hauch von Hoffnung in meinem Herzen verspürt habe.

Mein Hals fühlt sich wie zugeschnürt an und es kostet mich große Mühe, den Kloß, der sich darin bildet, nach unten zu schlucken.

»Ethan, hör mal«, sage ich ruppig, »es geht jetzt im Moment nicht darum, was du dir wünschst. Ich muss jetzt wirklich mit dir über Emily reden.«

Er streckt entschuldigend seine Hände in die Luft, fast so, als würde er sich ergeben. »Schon gut.«

Ich sehe kurz aus dem Fenster, um zu überlegen, wie ich die Worte am besten ausspreche, entscheide mich aber für die Variante kurz und schmerzlos: »Ethan, ich habe Emily eben dabei belauscht, wie sie sich in der Schultoilette übergeben hat.«

Unglauben spiegelt sich in seinen Zügen. Danach Wut. »Ich bin zwar nicht mit Emily zusammen, aber ich liebe sie.«

Wow. Eine Ohrfeige hätte nicht weniger weh tun können, und ich bin ehrlich gesagt froh, dass ich sitze. Ich weiß nicht, ob meine Beine aufgrund der Wucht der Worte nicht nachgegeben hätten. »Dass du dir diese Lügen ausdenkst, nur um sie schlechtzumachen …«

Wackelige Beine hin, wackelige Beine her. Ich kann nicht länger bei Ethan bleiben. Also springe ich auf und funkele ihn böse an: »Warst du eigentlich immer schon so ein Idiot? Das Mädchen, das du offensichtlich liebst, hat eine schwere Essstörung, die sie vor euch allen verheimlicht und du hast nichts Besseres zu tun als mir … keine Ahnung … Eifersucht zu unterstellen?«

Eilig entferne ich mich ein paar Schritte, drehe mich dann aber noch mal um. »Ich gehe jetzt zu Emilys Eltern, denn sie braucht dringend Hilfe. Und wenn du zu blind und zu blöd dafür bist, das zu merken, dann mache ich das eben alleine.«

Um meinen Abgang zu untermauern, werfe ich meine Haare über die Schulter und haste davon.

Weit komme ich allerdings nicht.

»Mia«, höre ich Ethan hinter mir rufen. »Warte bitte.«

Ich bleibe stehen, warte, bis Ethan mich umrundet hat und sich vor mir aufbaut.

»Ich glaube dir.« Er schüttelt seinen Kopf. »Ich will es nicht, weil es bedeutet, dass du recht hast. Aber ich weiß, dass du dir so etwas nicht einfach ausdenken würdest.«

Irritiert ziehe ich meine Augenbrauen in die Luft. »Woher kommt der Sinneswechsel?«

Ethan sieht zerknirscht aus. »Du bist keines dieser Mädchen, das so eine Geschichte einfach erfinden würde. Warst du nie. Wirst du nie sein.«

Ein kleines Lächeln erscheint auf meinem Gesicht. »Anscheinend kennst du mich ja doch ein kleines bisschen.«

Ethan lässt seine Hände in den Taschen seiner Shorts verschwinden, als er sagt: »Mia, ich kenne dich so gut wie niemand anderen.«

Damit hat er wohl leider recht. Leider kann ich die Worte nicht zurückgeben, denn ich habe das Gefühl, dass es den Ethan, von dem ich immer dachte, dass er mein Freund ist, niemals gegeben hat.

Etwas bitter lasse ich Ethan wissen: »Vielleicht solltest du daran arbeiten, dass du auch Emily ein bisschen besser kennenlernst. Offensichtlich hat sie große Probleme.«

Ethan greift nach meiner Hand und führt mich nach draußen auf den Schulparkplatz, bis wir vor Masons Wagen stehen. Ich streichele sanft über die Motorhaube, da ich mit diesem Auto ein paar ziemlich gute – aber leider auch ziemlich schlechte – Erinnerungen teile.

Ethan folgt meiner Hand mit seinem Blick, verkneift sich aber jeglichen dummen Kommentar.

»Mia?«, fragt er mich.

»Ja?«

»Irgendwie wusste ich immer, dass es Emily nicht bessergeht. Ich sehe sie fast täglich, aber ich habe das Gefühl, dass sie irgendetwas zurückhält.«

»Ihre Gefühle für dich?«

Traurig schüttelt er den Kopf. »Ich glaube nicht, dass sie Gefühle für mich hat.« Leise flüstert er: »Mia, ich glaube, ich bin schuld daran, dass sie sich so kaputtmacht.«

Mein Kopf ruckt hoch. »Aber wieso?«

»Weil ich …« Er bricht ab. »Ich weiß, du willst es nicht hören, aber ich glaube, das, was damals beim Ausflug passiert ist, … ist schuld daran.«

Ich verziehe mein Gesicht, denn es sticht ein bisschen in meiner Brust, als er die Worte ausspricht. »Meinst du, es ist klug, wenn du mit mir darüber redest?«

Er nickt. »Ja, weil ich Emily dadurch dazu gebracht habe, sich noch schlechter zu fühlen.«

»Wie meinst du das?«

»Ich habe sie dazu gebracht, dich zu betrügen. Sie war an diesem Tag nicht sie selbst.« Ethan geht vor mir auf und ab. »Das habe ich ausgenutzt und nicht daran gedacht, dass sie sich hinterher noch schlechter fühlen könnte. Ich glaube, sie bestraft sich selbst dafür, für das, was sie dir angetan hat. Für das, was wir dir angetan haben.«

Ich lehne mich gegen Masons Wagen, da ich das Gefühl habe, dringend Halt zu benötigen. Je länger ich schweige, desto klarer wird mir: Wie sollte sie sich selbst verzeihen, wenn ich ihr nicht verzeihen kann? Zittrig führe ich meine Hand zu meinem Mund und knabbere an meinem Fingernagel. »Scheiße«, ist alles, was ich zu Ethans Theorie sagen kann. Ich wusste immer, dass Emily sensibel ist. Sie ist nicht das typisch beliebte Mädchen, das sich in den Vordergrund stellt, sondern ziemlich schüchtern und unsicher. Und verletzlich. Doch offensichtlich habe ich – haben wir alle – nicht einmal den Ansatz einer Vorstellung, was in Emilys Kopf wirklich vor sich geht.

»Wir müssen ihr helfen«, sage ich an Ethan gewandt. »Und auch wenn es sich falsch anfühlt, aber sie kommt da nicht von alleine raus. Wir müssen mit ihren Eltern sprechen.«

Ethan nickt. »Ja, das denke ich auch.«

# Kapitel 8

Abends liege ich in meinem Bett und komme einfach nicht zur Ruhe. Der heutige Tag war eine absolute Katastrophe. Es ging mir von Tag zu Tag, den ich von Ethan getrennt war, ein bisschen besser. An dem Spruch *Die Zeit heilt alle Wunden* ist mehr dran, als ich bisher dachte.

Jedoch haben die Ereignisse der letzten Stunden mich so mitgenommen, dass ich mich am liebsten in meine Decke einrollen und heulen würde.

Um das zu vermeiden, greife ich nach meinem Smartphone und wähle Joshs Nummer. Nach dem zweiten Klingeln nimmt er ab.

»Hey«, schreit er mit den Bässen im Hintergrund um die Wette. Okay … er ist also mal wieder feiern.

Ich bin kurz irritiert, warum er überhaupt abnimmt, wenn er doch offensichtlich unterwegs ist. »Hallo?«

»Warte kurz, Mia, ich gehe raus, damit wir miteinander sprechen können.« Ich hatte nicht damit gerechnet, dass Josh in einem Club ist und bleibe deshalb stumm. Soweit ich weiß, wollte er morgen zu seiner Familie nach Hause fahren, um dort ein paar Tage zu verbringen. Allerdings ist heute auch sein letzter Abend in Tallahassee und … was suche ich überhaupt nach einer Rechtfertigung? Miles und seine Tallahassee-Jungs machen doch andauernd Party.

Gespannt lausche ich, wie die Musik nach und nach leiser

wird, bis sie nur noch als dumpfes Hintergrundgeräusch zu vernehmen ist. »Mia, ich freue mich, dass du dich meldest.«

Etwas unsicher spiele ich mit meinen Fingern. Leise frage ich: »Und ich störe nicht?«

Laut prustet er los. »Nein, wirklich nicht. Ich bin sogar froh, dass du dich meldest.«

»Wieso?«, frage ich nach.

»Will hat mich in einen Gay-Club gezerrt und jetzt fasst mir alle paar Minuten jemand an den Arsch.«

Nun bin ich diejenige, die laut loslacht. Als würde ihm das nicht gefallen. Allerdings bin ich mir nicht so sicher, ob Will seine Idee nicht bereut. Immerhin hat er jetzt Konkurrenz bekommen, mit der er um Joshs Küsse buhlen muss. Obwohl mir Tom einmal erzählt hat, dass das zwischen Josh und Will alles platonisch ist, zweifele ich daran. Die beiden unternehmen fast jeden Tag etwas miteinander und ich bin mir nicht sicher, ob die beiden wirklich *nur* Freunde sind.

Man bekommt in diese Richtung aber auch einfach nichts aus ihm raus. Als ich Josh eines Tages, bei einem Videochat auf Skype, auf Will angesprochen habe, wurden seine Augen riesig groß, während er ein dämliches Grinsen im Gesicht zur Schau trug. »Bist du eifersüchtig auf ihn?«, war alles, was er darauf erwiderte.

»Natürlich nicht«, war meine Antwort, wobei das nicht ganz stimmt. Ich *bin* nämlich eifersüchtig auf Will, weil er Zeit mit Josh verbringen kann und ich aufgrund der vielen Meilen zwischen uns nicht. Um das nicht zugeben zu müssen, habe ich schnell das Thema gewechselt und musste später feststellen, dass ich nun auch nicht schlauer war als zuvor.

Dass ihm fremde Typen an den Hintern fassen, finde ich jedoch ganz lustig. Da ich immer noch lache, motzt Josh: »Hey, krieg dich mal wieder ein.« In seiner Stimme schwingt ein beleidigter Unterton mit. »Auch wenn du mir vielleicht nicht an den Hintern fassen willst, gibt es doch Menschen, die Interesse an mir zeigen. Mir haben bestimmt mehr Typen als Will ihre Nummern zugesteckt.«

Kurz klappt mir der Mund auf, doch sofort fange ich mich wieder: »Du brauchst doch nicht noch jemanden, der dein Ego krault.« Durch Miles weiß ich, dass Josh am College sehr beliebt ist und mit seiner offenen Art jede Menge Freunde hat. Und bestimmt sind nicht alle Freundschaften rein platonisch.

»Das ist auch nicht notwendig. Das pflege und hege ich auch so. Aber wenn du unbedingt mit meinem Ego kuscheln willst, bist du herzlich eingeladen.« Josh raubt mir gerade mal wieder den Atem. Gibt es irgendwann mal einen Moment, in dem ihm wirklich die Worte fehlen und er einfach mal nicht weiß, was er erwidern soll? Vermutlich nicht, denn im nächsten Moment höre ich ihn schon wieder durch die Leitung.

»Du bist plötzlich so still? Habe ich etwas Falsches gesagt?«

Nur weil ich ihm nicht innerhalb von Sekunden eine flapsige Antwort gegeben habe? Ich schüttele den Kopf, erinnere mich dann aber daran, dass er das nicht sehen kann.

»Nein.«

»Hey, du kannst mit mir über alles reden«, murmelt er leise und plötzlich kommt wieder der aufmerksame Josh, der mir immer zuhört, zum Vorschein. Offensichtlich hat er sofort gemerkt, dass etwas nicht stimmt, obwohl ich nicht mal etwas sagen musste.

»Es ist nichts«, versichere ich ihm, korrigiere mich dann aber gleich darauf. »Also … eigentlich schon. Heute war einfach ein ziemlich beschissener Tag.«

Die Hintergrundgeräusche werden immer leiser und nach und nach durch Straßenlärm ersetzt.

»Wo gehst du hin?«, frage ich.

»Nach Hause.«

»Doch nicht wegen mir, oder?«

Er schnaubt. »Nicht ausschließlich. Nein. Was ist passiert, Mia?«

»Ich habe Emily heute auf der Toilette dabei beobachtet, wie sie sich übergeben hat«, gestehe ich ihm.

»Ach du … was … ich meine … ist sie schwanger?« Seine Stimme überschlägt sich fast.

Meine gesamte Motorik friert ein. Was ist, wenn ich sie zu Unrecht beschuldigt habe und sie … ich schüttele meinen Kopf. Das glaube ich nicht, denn dann wäre sie vermutlich ohne Rücksicht auf unerwünschte Besucher in die Kabine gestürmt.

Also sage ich: »Nein. Ist sie nicht.«

Ich höre Josh laut ausatmen. Vermutlich ist bei ihm gerade der Groschen gefallen, was das nun bedeuten könnte. »Wie hast du darauf reagiert? Was hast du gemacht? Immerhin seid ihr keine Freundinnen mehr.« Josh weiß wirklich über jedes Detail in meinem Leben Bescheid. Es gibt niemanden, mit dem ich öfter quatsche – wenn auch nur über das Telefon – als mit ihm.

»Ich habe überlegt, mit wem ich darüber spreche.«

»Und auf wen ist deine Wahl gefallen?«

»Ethan.«

Am anderen Ende der Leitung bleibt es still und ich nehme das Telefon vom Ohr, um nachzusehen, ob Josh noch dran ist. Dieses Mal bin ich diejenige, die fragt: »Bist du noch da?«

Ich stelle mir vor, wie Josh mit der Hand durch seine braunen Haare fährt, während er sagt: »Ja. Ich hatte nur nicht damit gerechnet, dass deine Wahl ausgerechnet auf ihn fällt.« Sein Tonfall klingt eigenartig, aber ich weiß nicht genau, was mich daran stört.

»Zuerst dachte ich auch, dass ich mich falsch entschieden habe«, murmele ich.

»Wieso?«

»Nicht so wichtig. Nach einem kurzen Schockmoment hat er sich dann aber eingekriegt und mir geholfen.«

Josh räuspert sich. »Habt ihr Emily … dann gemeinsam zur Rede gestellt?«, möchte er wissen.

»Nein. Wir sind zu ihren Eltern gefahren und haben es ihnen gesagt.« Ethan und ich waren beide völlig überfordert und es ihren Eltern zu sagen, kam uns in diesem Moment als die schlüssigste Lösung vor.

»Wow. Das ist heftig. Haben sie euch geglaubt?«

»Ja, komischerweise sofort.« Kurz halte ich inne. Ich komme mir sowieso schon mies dabei vor, Josh von Emilys Problemen zu erzählen, da es im Prinzip ja niemanden etwas angeht. Aber ich brauche andererseits auch jemanden, mit dem ich über diesen Katastrophentag reden kann. Ethan anzurufen, obwohl er dabei war, kommt nicht in Frage.

»Weißt du, Emily hatte im Sommer schon Probleme mit dem Essen und musste deswegen dann einmal die Woche zu einer Therapie.«

Ich höre ein freudloses Lachen durch das Telefon. »Hat ja nicht besonders gut geholfen.«

»Nicht wirklich. Aber ihre Eltern lassen sie jetzt in eine Klinik einweisen.« Mich überkommt eine Gänsehaut, wenn ich daran denke, wie Emilys Eltern ihr die Nachricht überbracht haben. Sie hat getobt und geschrien. So außer sich habe ich meine ehemalige Freundin noch nie gesehen.

»Können sie das so einfach? Sie einweisen lassen?«

»Ich nehme es an. Emily ist erst siebzehn.«

»Wie hat sie es aufgenommen?«, möchte Josh wissen.

Ich zögere meine Antwort hinaus. Dann wispere ich: »Sie hat mich beschimpft.« Ich balle meine rechte Hand zu einer Faust und grabe meine Fingernägel tief in die Haut. »Josh, sie war so wütend auf mich. Ich glaube, sie hasst mich jetzt.«

Kurz höre ich nur Joshs Atemzüge, doch dann möchte er wissen: »Wäre das schlimm?«

Ich zucke mit meinen Schultern. »Ja, irgendwie schon. Denn obwohl sie mehr oder weniger an meiner Trennung zu Ethan schuld ist, fühlt es sich absolut beschissen an.« Ich merke selbst, dass meine Worte nicht besonders logisch klingen. Immerhin bin ich Emily monatelang aus dem Weg gegangen, aber hassen konnte ich sie trotzdem nie.

»Sie hasst dich nicht. Zumindest nicht für immer«, verspricht mir Josh. »Und erfreu dich doch im Moment an den schönen Dingen des Lebens«, rät er mir.

Ich hole hörbar Luft. »Und die wären?«

»An mir zum Beispiel«, scherzt Josh.

»Und schon sind wir wieder bei deinem Ego«, murmele ich leise.

»Ernsthaft, Mia. Es gibt genug Menschen, die dich gernhaben.« Da ich nichts darauf erwidere, fühlt Josh sich vermutlich dazu genötigt weiterzusprechen. »Dein Bruder«, beginnt er seine Aufzählung. »Alle unsere Mitbewohner. Jackson und Mason. Und ich.« Ein leichtes Lächeln stiehlt sich auf mein Gesicht.

»Leider bist du aber nie da«, rutscht es mir heraus. Obwohl Josh und ich jeden Tag miteinander in Kontakt stehen, habe ich ihn seit meinem ungeplanten Ausflug nicht mehr gesehen. Schnell füge ich hinzu: »Und Miles und der Rest eurer Chaostruppe auch nicht.«

Ich höre einen Schlüsselbund klimpern. Vermutlich ist Josh nun ebenfalls zu Hause. »Weißt du was? Miles und ich fahren morgen nach Hause. Was hältst du davon, wenn ich eine Nacht bei euch bleibe und danach erst nach Cape Coral fahre?«

Meine Stimme überschlägt sich fast vor Freude, während ich ungläubig rufe: »Das würdest du machen?« Ich fühle mich plötzlich seltsam aufgedreht und am liebsten würde ich wie eine Verrückte in meinem Bett auf und ab hüpfen. Josh schafft es einfach immer wieder, mich aufzuheitern. Und das von der ersten Sekunde an.

»Natürlich. Solange ich an Heiligabend bei meiner Familie bin, ist alles okay.« Das kann ich nicht versprechen, da ich Josh vielleicht in meinen Kleiderschrank sperren muss, damit er nicht sofort wieder verschwindet.

Andererseits leistet ihm das Harry-Styles-Poster da drin ja Gesellschaft.

Besser, ich behalte den Gedanken für mich, sonst hält er mich noch für irre. Stattdessen jubele ich glücklich los. »Ich freue mich so.«

»Ich mich auch.« Ich habe das Gefühl, dass er noch etwas Wichtiges sagen will und fühle mich seltsam enttäuscht, als mich die Realität einholt und er murmelt: »Ich glaube, ich packe jetzt wohl besser. Wir sehen uns dann morgen.«

»Bis dann«, verabschiede ich mich. Nachdem Josh aufgelegt hat, drücke ich mein Telefon fest an meine Brust. Ich kann nicht fassen, dass er wirklich kommt. Mit ihm zusammen kommen mir alle meine Probleme nur noch halb so schlimm vor.

# Kapitel 9

Aufgeregt laufe ich in unserem Haus herum. »Mia, was ist los?«, fragt meine Mom, nachdem ich mich an ihr vorbeidränge, um die Schale mit Weihnachtsplätzchen in der Küche zu deponieren anstatt im Wohnzimmer.

»Gar nichts«, antworte ich ihr und will bereits an ihr vorbeiflitzen, doch sie legt mir ihre Hand auf den Unterarm und hält mich zurück.

»Warum machst du dann hier einen zweiten Weihnachtsputz?«

Sofort halte ich inne. Ich putze doch nicht ... ich stelle nur ein paar Sachen etwas gerader hin.

Ich ziehe meine Schultern hoch und starre meine Mutter mit großen Augen an. So einen Aufwand habe ich das letzte Mal veranstaltet, als ich meinen Eltern Ethan vorgestellt habe. Wieso sollte ich also ...

»Setz dich doch kurz zu mir«, bittet mich meine Mom und zeigt auf den Stuhl ihr gegenüber. Ich komme mir beobachtet vor, als ich mich darauf fallen lasse.

»Wieso siehst du mich so an?«, möchte ich von ihr wissen.

»Weil ich herausfinden möchte, was mit dir los ist. Du benimmst dich eigenartig.«

Wenn man von meiner spontanen Haus-Aufmotz-Aktion absieht, benehme ich mich doch wie immer. Ich zucke mit meinen Schultern und springe auf, um die Schüssel mit den Plätzchen wieder zurück in die Küche zu tragen. »Miles kommt doch gleich«, sage ich mit Blick auf die Kekse. »Der hat bestimmt Hunger.«

Meine Mutter nickt und sieht mich mit wissendem Gesichtsausdruck an. Ich frage mich, was sie zu wissen glaubt. Immerhin bin ich doch selbst gerade so durch den Wind, dass nicht einmal *ich* weiß, warum ich wie ein aufgescheuchtes Reh durch das Haus hetze.

»Genau. Gemeinsam mit seinem Freund Joshua.« Miles und ich haben bestimmt nur so kurze Namen bekommen, weil meine Mutter nicht besonders darauf steht, Namen abzukürzen.

»Josh«, betone ich seinen Spitznamen und erkläre ihr leicht eingeschnappt: »Er ist übrigens auch mein Freund!«

Sie fährt sich durch ihre blonden Haare. Würden Miles und ich nicht jeden Monat Haare färben, sähen unsere Haaransätze ebenfalls so aus. Vielleicht wäre so eine Typveränderung gar nicht schlecht. Also … nur für mich. Miles kann seine schwarzen Haare gerne behalten.

Durch meinen kleinen geistigen Systemausfall habe ich zuerst gar nicht bemerkt, dass sich ein breites Grinsen ins Gesicht meiner Mutter geschlichen hat. »Du magst Josh sehr, nicht wahr?«

Ich winke ab. »Natürlich. Aber nicht so wie du denkst. Wir sind nur gute Freunde.«

Als ich im nächsten Moment das Auto meines Vaters in die Auffahrt rumpeln höre, der Josh und Miles vom Busbahnhof abgeholt hat, springe ich auf. »Oh mein Gott! Sie sind da!« Hoffentlich hat meine Mutter nicht gehört, dass sich meine Stimme bei meinem Ausruf beinahe überschlagen hat.

»Nur Freunde«, höre ich sie noch murmeln, habe jedoch keine Zeit, um etwas darauf zu erwidern. Ich bin nämlich damit beschäftigt, nach draußen zu stürmen und mich in Joshs Arme zu werfen, der mich laut lachend auffängt.

Neben uns brummt Miles. »Schön, dass du mich so vermisst hast.«

Josh drückt mich etwas fester an sich. »Mia hat eben gelernt, Prioritäten zu setzen.«

Miles sieht Josh und mich mit großen Augen an. »Weißt du, ich sag es nur ungern, aber ich bin gerade wirklich eifersüchtig.«

Ich mache mich von Josh los, drücke ihm noch einen Kuss auf die Wange und springe danach wie ein Flummi auf Miles zu. So überdreht wie heute war ich glaube ich noch nie. »Brauchst du nicht. Dich habe ich natürlich am allermeisten vermisst.«

Miles schnaubt belustigt. »Weiß ich doch.« Dann nickt er in Richtung Josh. »Es wundert mich sowieso, wie du es schaffst, mit diesem Partytier in Kontakt zu bleiben. Ich wohne mit ihm zusammen und bekomme ihn nur selten zu Gesicht.«

Mit hochgezogenen Augenbrauen sehe ich Miles an. Der deutet meinen Blick auch gleich richtig und spricht weiter: »Josh ist mit Sicherheit derjenige von uns, der am meisten unterwegs ist.«

Josh tritt nervös von einem Bein auf das andere. »Es wartet doch auch abends niemand auf mich.«

Ich zucke mit den Schultern, da ich nicht weiß, was ich dazu sagen soll.

Mein Vater lenkt mich ab, indem er sich mit einem Grinsen im Gesicht an uns vorbei ins Haus schleicht. Er ist eben kein Mann vieler Worte. Was mir nach meinem kleinen Spontanausflug nach Tallahassee auch wirklich zugutekam. Denn die elterlichen Schimpftiraden mal zwei durchzustehen, wäre zum damaligen Zeitpunkt wohl etwas zu viel für mich gewesen. Die Predigten meiner Mutter haben mir gereicht. Leider muss ich mir eingestehen, dass ich jedes Wort davon verdient habe. Ebenso wie den darauf folgenden Hausarrest.

Mit meinem Kopf deute ich in Richtung der weit geöffneten Haustür und frage die Jungs: »Wollen wir reingehen?«

Josh wiegt seinen Kopf eine Weile hin und her und blickt dabei immer wieder in Richtung Straße.

Noch deutlicher könnte er ohne Worte wohl nicht machen, nach was ihm der Sinn steht. Und weil ich auch unbedingt losziehen und Josh *mein* Naples zeigen will, schlage ich aufgeregt vor: »Oder soll ich dir zuerst die Stadt zeigen?«

Erfreut lächelt Josh mich an. »Gerne. Aber lass mich mal mein Gepäck reintragen und deiner Mutter Hallo sagen.«

Am liebsten würde ich »Musst du nicht« rufen, doch das wäre ihr gegenüber ein klein wenig unhöflich.

An Miles gewandt frage ich: »Kommst du auch mit?«

Er sieht ein wenig unschlüssig aus, schüttelt dann aber den Kopf. »Nein, lasst mal. Ihr habt euch schon eine Weile nicht mehr gesehen und ich würde mich gerne hinlegen.«

Josh schlingt seinen Arm um die Schultern meines Bruders und grinst ihn an: »Tja, ich bin nicht das einzige Partytier in unserer WG.«

Kurz überlege ich, ob ich nachfragen soll, wo mein Bruder die letzte Nacht gesteckt hat, entscheide mich aber dagegen, als Josh und Miles beginnen, sich wie zwei kleine Kinder spielerisch auf die Oberarme zu boxen. Jungs werden ab einem gewissen Punkt im Leben einfach nicht mehr erwachsener. Nur noch größer …

Kurz beobachte ich, wie sie herumalbern, gehe danach aber zum Kofferraum, um das Gepäck der beiden hinauszuhieven. Mein Vater hätte ruhig die eine oder andere Tasche mitnehmen können. Als Miles und Josh sehen, wie ich mich mit ihren Sachen abmühe, kommen sie sofort, um mir zu helfen. Gemeinsam tragen wir das ganze Zeug ins Haus.

Mein Dad hat sich bereits wieder in die Garage verzogen, wo er an irgendetwas herumbastelt, bis ihn meine Mom später dazu verdonnert, beim Essenmachen zu helfen.

Allerdings fängt meine Mutter unseren Gast bereits im Flur ab. »Du musst Josh sein«, begrüßt sie ihn. Sie reißt ihn in ihre Arme, als wäre er ihr verschollenes drittes Kind.

Und Josh gefällt es auch noch, so debil, wie er grinst. Vermutlich verwahrlost man in einer reinen Männer-WG seelisch und deshalb lässt er sich sofort mit Plätzchen und einem Glas Milch verwöhnen, als wäre er Santa Claus persönlich.

Irgendwann besinnt sich meine Mom wieder darauf, dass ihr Sohn nach ein paar Monaten auch endlich wieder nach Hause gekommen ist und nun ist es Miles, der von ihr bemuttert wird. Ich kann ihr auch gar nicht verdenken, dass sie Miles kurz vergessen hat. Josh ist eben wie ein neues Geschenk, das man nicht mehr aus der Hand geben kann.

Meine Mutter quasselt unaufhörlich, während ich immer nervöser auf dem Stuhl herumrutsche. Ich möchte endlich mit Josh alleine sein, doch der muss sich immer noch dem Verhör stellen. Und das ganz ohne männliche Unterstützung, da Miles nur noch körperlich anwesend ist. So wie er aussieht, habe ich die Befürchtung, dass sein Kopf jede Sekunde auf den Küchentisch knallt, weil er mit offenen Augen eingeschlafen ist.

Meine Mutter spricht unermüdlich auf Josh ein und er tut mir richtig leid. Hoffentlich jagt sie ihn mit dieser Dauerbeschallung nicht gleich wieder aus dem Haus.

Als sie ihren Redefluss nach einer Stunde unterbricht, um Luft zu holen, grätsche ich dazwischen: »Mom, ich wollte Josh vor dem Abendessen noch den Strand zeigen.« Ich klimpere mit meinen Wimpern. Was bei der Kunstlehrerin funktioniert hat, kann ja auch bei meiner Mutter nicht ganz verkehrt sein.

Sie macht ihren Mund auf, schließt ihn jedoch gleich noch mal, nur um ihn kurz darauf wieder zu öffnen. »Oh, ich wusste nicht, dass ihr etwas vorhabt.« Dann dreht sie sich zu Miles und lächelt ihn an. »Begleitest du die beiden?«

Er schüttelt seinen Kopf. Sprechen hat er wohl verlernt. Vielleicht schädigen die vielen lauten Partys ja sein Gehirn.

Meine Mutter grinst. »Sehr gut.« Sie klatscht in die Hände und Miles zuckt zusammen. »Dann unterhalten wir uns doch, während ich das Abendessen mache.«

Offensichtlich sind Josh und ich nun offiziell entlassen. Ich greife nach seiner Hand und ziehe ihn hinter mir her. Vor dem Haus bremst Josh mich leider aus. »Wo wollen wir denn hin?«

»Zum Strand?«, frage ich nach.

Ein leises, melodisches Lachen stiehlt sich aus Joshs Brust. »Ist der nicht mehrere Kilometer lang?«, möchte er von mir wissen.

»Stimmt. Gehen wir zum Pier?« Bereits als ich die Worte ausgesprochen habe, bereue ich sie wieder. *Denken, bevor du sprichst*, schimpfe ich mich in Gedanken selbst. Ich hebe meine Hand an den Mund und beginne auf dem Fingernagel meines Daumens herumzukauen. *Wieso habe ich diesen blöden Vorschlag gemacht?* Ich war nicht mehr am Pier, seit Ethan mit mir Schluss gemacht hat. Ich dachte, dass ich meinen nächsten Besuch dort noch ein Weilchen aufschieben kann. Bis zum nächsten Sommer. Oder dem übernächsten.

Josh, der natürlich meinen abrupten Stimmungsumschwung mitbekommen hat, greift nach meiner Hand. »Du warst nicht mehr dort seit …«

Ich denke, dass er den Satz bewusst offenlässt. Er will die Worte ebenso wenig aussprechen wie ich. Vielleicht liegt es daran, dass er sich oft genug angehört hat, wie ich Ethan hinterhergeweint habe. Ich nehme einen hastigen Atemzug und beende den Satz: »Seit Ethan mit mir Schluss gemacht hat.« Erstaunt stelle ich fest, dass mein Herz beim Gedanken an meinen Exfreund dieses Mal keinen Takt aussetzt und sich auch nicht schmerzvoll zusammenzieht. Ich würde jetzt nicht behaupten, dass ich noch so euphorisch bin wie ein paar Sekunden zuvor, aber es tut auch nicht mehr so weh wie vor ein paar Wochen.

Etwas unsicher sieht Josh zu mir. »Weißt du«, beginnt er, »manchmal ist es gut, schlechte Erinnerungen mit guten zu überschreiben.« Man könnte fast meinen, Josh studiert Psychologie und nicht Lehramt.

Überrascht frage ich nach: »Also du meinst, wenn ich mit dir zum Pier gehe, vergesse ich den Mist mit Ethan, weil ich dann jedes Mal an dich denken muss, wenn ich dort bin?«

Josh greift sich mit seiner Hand in den Nacken und sieht mich verlegen an. »Ja?«

Ich stelle mir Josh vor, wie der Wind seine braunen Haare zerzaust und er in lässiger Pose am Geländer lehnt und die Wellen betrachtet. Zustimmend wackele ich mit meinem Kopf. »Okay, könnte funktionieren.« Ich bin sogar ziemlich überzeugt davon, dass es klappt. Ich meine, wir sprechen hier von Josh. Dem Typen mit dem Regenbogenzimmer, der mit einer absolut bescheuerten Frisur zu einer Vorlesung gegangen ist, nur um mich damit abzulenken und aufzumuntern.

Josh sieht mich verwundert an, scheint sich aber zu freuen, dass ich seiner Meinung bin. »Na dann mal los.«

* * *

Zwei Stunden später bin ich absolut von der Idee mit dem Überschreiben schlechter Erinnerungen begeistert. Man muss Josh aber auch zugutehalten, dass er wirklich alles gegeben hat, um mich zum Lachen zu bringen.

Ich habe bereits Schluckauf, weil einfach alles, was Josh mir heute erzählt, meine Mundwinkel unkontrolliert nach oben wandern lässt. Ich wünschte, er würde in Naples wohnen. »Jetzt noch mal … *hicks* … langsam«, bitte ich ihn, was wiederum bei Josh einen Lachflash auslöst. »Ein Typ, den du nicht … *hicks* … gekannt hast, hat in diesem Club … *hicks* … wirklich versucht deinen Gürtel zu öffnen?«

Theatralisch wischt er eine seiner braunen Haarsträhnen aus dem Gesicht, die ihm dank seiner chaotischen Frisur immer wieder in die Stirn fallen. »Einer?«

Ich schnaube. »Aber ich dachte … *hicks* … der andere war mit deinem Po beschäftigt.«

Er geht auf mich zu und legt mir beide Hände auf die Schultern. »Und jetzt stellt dir mal vor, wie ich schuften musste, um die Typen von mir wegzubekommen.« Mit seinen blauen Augen sieht er tief in meine. »Ich war noch nie so froh, dass du mich angerufen hast, wie in diesem Moment.«

Waren Joshs Iriden immer schon so blau? Oder liegt es daran, dass sich das Meer darin spiegelt? Ich kann mich nicht von dem Anblick losreißen und Josh scheint es ähnlich zu gehen. Als seine Augen ein bisschen schmaler werden, jedoch noch ein bisschen intensiver leuchten, weiß ich, ohne hinzusehen, dass er seine Lippen zu einem Lächeln verzieht. Ich nehme wahr, wie sich seine Hand zu meinem Gesicht bewegt …

»*Hicks.*«

Josh schüttelt seinen Kopf und macht einen Schritt zurück, streckt mir aber auffordernd die Hand entgegen, die ich sofort ergreife.

»Gehen wir noch mal ganz nach vorne?«, fragt er und deutet mit dem Kopf auf die letzte Plattform, ganz vorne am Pier.

»Ger- *hicks* -ne.«

Langsam schlendern wir den Steg entlang und lehnen uns, als wir nicht mehr weiterkommen, nebeneinander auf das Geländer, um auf die Wellen zu starren. Hier draußen geht der Wind ein bisschen heftiger als an Land und ich reibe mir über meine Oberarme. Ich trage zwar eine dünne Weste, da die Temperaturen in Naples nicht sehr tief fallen, aber jetzt ist mir doch ein wenig kalt.

»Frierst du?«, möchte Josh wissen.

Ich nicke leicht und er schält sich sofort aus seinem Pullover, um ihn mir zu reichen.

»Aber jetzt hast du doch gar nichts mehr zum Anziehen«, wehre ich sein Angebot ab.

»Ich mache mir einfach heiße Gedanken.«

Bei seinen Worten kann ich gar nicht anders, als meine Augen zu verdrehen. Dennoch greife ich zu und ziehe mir seinen blauen Kapuzenpullover, der so gut zu seiner Augenfarbe passt, über den Kopf. Heimlich schnuppere ich daran, da es mir weniger verrückt erscheint, an seiner Kleidung zu schnüffeln als an ihm selbst. Ich liebe seinen Geruch. Diese Mischung aus seinem Duschgel und seinem Eigengeruch hätte bestimmt das Potential, mich high zu machen. Süchtig nach Josh … das würde mir noch fehlen.

Josh leckt kurz über seine Lippen und sagt: »So ein bisschen Farbe steht dir.« Die dunkle, kratzige Stimme, mit der er spricht, steht im krassen Gegensatz zu seinem Gesichtsausdruck. Hört dieser Typ nie auf zu lächeln?

»Ich weiß nicht«, murmele ich. »Alle, die Heavy Metal hören, ziehen sich doch schwarz an.«

Josh lehnt sich mit dem Rücken gegen das Geländer und stützt seine Ellbogen darauf ab. »Und wenn alle über den Pier ins Meer springen … machst du das dann auch?« Nach einer kurzen Pause spricht er weiter. »Du hast bisher auf mich nicht wie ein Mädchen gewirkt, das nur das tut, was andere manchen.«

Mein Mund bleibt fest verschlossen, da ich mir eingestehen muss, dass Josh recht hat. Heavy Metal zu hören, war zuerst eigentlich Miles' Ding. Da ich ihn schon immer vergöttert habe und mir die Musik ebenfalls gefallen hat, habe auch ich damit angefangen, mich schwarz anzuziehen, meine Haare zu färben und nie wieder damit aufgehört.

Ich drehe mich leicht von Josh weg und stecke meine Hände in die Taschen seines Pullovers und ertaste … etwas. Da ich neugierig bin, hole ich es hervor und halte plötzlich ein Geschenk in meinen Händen.

»Für wen ist das?«, möchte ich wissen.

Mit seiner dunklen, ruhigen Stimme sagt er: »Es gehört dir.«

Ruckartig drehe ich den Kopf in seine Richtung und er zieht seine Schultern hoch. »Ich wollte es dir schon heute geben, da ich ja morgen schon weiter nach Cape Coral fahre.«

Ich hätte tausend Dinge sagen können, entscheide mich aber für: »Du hättest es auch unter den Baum legen können.«

Josh sieht es genauso: »Der Moment wäre vermutlich besser gewesen als der jetzige … nachdem ich dich gerade beleidigt habe.«

Schnell gehe ich auf ihn zu und drücke mich an ihn. Er

schlingt seine Arme um mich, während ich in den Stoff seines T-Shirts murmele: »Das hast du nicht.« Ich glaube, das könnte er auch gar nicht.

Joshs Hände legen sich auf meine Schultern und er drückt mich ein Stückchen von sich weg. »Gott sei Dank. Und falls es dich tröstet: Deine Haarfarbe passt immer perfekt zu deinen Klamotten.« Color-Blocking wird auch schwer, wenn man nur Schwarz trägt.

Ich lächele ihm entgegen. »Ich verrate dir ein Geheimnis«, flüstere ich leise. »Ich bin eigentlich blond.«

Mit geweiteten Augen sieht er mir entgegen. »So wie deine Mom?«

»Jap.«

»Miles auch?«

Ich nicke.

Mehr als ein »Wow« bringt Josh offensichtlich gerade nicht heraus. Vielleicht überlegt er aber auch, wie er die Information irgendwann mal gegen meinen Bruder verwenden kann.

Ich zwinkere ihm zu. »Kaum zu glauben, oder?«

»Nicht wirklich«, sagt er und wirkt immer noch so, als hätte man ihm gerade ein Brett vor den Kopf geknallt.

Es dauert einige Minuten, in denen er immer wieder seinen Kopf schüttelt, ehe er mich fragt: »Möchtest du jetzt mein Geschenk sehen?«

Das hatte ich bereits wieder ganz vergessen. »Sehr gerne.«

Plötzlich wirkt er ein bisschen aufgeregt. »Dann mach es auf.«

Ich hefte meinen Blick auf das Päckchen. Es sieht so aus, als hätte Josh es selbst eingepackt, denn es ist bestimmt mit einem halben Pfund Klebeband umwickelt. Aber beim Gedanken daran, dass er sich nur für mich die Mühe gemacht hat, kribbelt es in meinem Bauch.

Langsam löse ich die Klebestreifen vom Papier und bin mir mehr als bewusst, dass Josh mich dabei beobachtet.

Mir fällt eine rechteckige Schachtel in die Hand, die ich voller

Vorfreude öffne. Und dann muss ich schlucken, da ich die silberne Kette mit dem Anhänger wunderschön finde.

»Hat der Schlüssel eine besondere Bedeutung?«, frage ich ihn.

Sichtlich verlegen steht er, die Hände in die Hosentaschen vergraben, vor mir. »Dass dir meine Tür immer offensteht«, murmelt er leise und wird dabei tatsächlich etwas rot.

Ich starre eine ganze Weile regungslos auf das Geschenk, denn es bedeutet mir so unfassbar viel, dass er immer noch nicht genervt von mir ist, sondern mir mit dem Schlüssel zeigt, dass ich auch in Zukunft immer zu ihm kommen kann. Bestimmt sehe ich gerade so aus, als hätte ich etwas im Auge, da ich wie eine Verrückte zwinkern muss, um die Tränen irgendwie wegzublinzeln. Und nicht nur das. Offensichtlich habe ich gerade einen meiner berühmten Systemausfälle, denn erst Joshs Stimme holt mich wieder zurück.

»Gefällt es dir?«

Ich sehe zu ihm hoch und stelle mich auf die Zehenspitzen, um ihm einen Kuss auf die Lippen zu hauchen, ziehe mich aber gleich wieder zurück, als mir klar wird, was ich eben getan habe. Josh sieht mich mit geweiteten Augen an und ein seltsamer Ausdruck liegt dabei auf seinem Gesicht. Er öffnet mehrmals seinen Mund. Es wirkt fast so, als wenn er unbedingt etwas sagen möchte, aber einfach nicht die richtigen Worte finden könnte. Vielleicht fällt es ihm schwer zu begreifen, was eben passiert ist. Mir geht es ja selbst nicht anders.

Je länger das Schweigen zwischen uns andauert, desto unangenehmer wird es. Um meinen Fehler zu vertuschen, fange ich an zu plappern: »Ja, es ist wirklich toll. Magst du es mir anlegen?«

Josh starrt mich eigenartig an, schafft es aber irgendwann zu nicken. Schnell, um ihn nicht mehr ansehen zu müssen, überreiche ich ihm mein neues Schmuckstück und drehe ihm den Rücken zu. Gierig sauge ich Luft in meine Lungen, da ich das Gefühl habe, gleich zu ersticken. *Was zum Teufel habe ich mir dabei gedacht, ihn auf den Mund zu küssen?* Vermutlich gar nichts …

Allerdings bin ich mir gerade gar nicht mehr sicher, ob meine Verlegenheit wirklich weniger wird, wenn ich ihn in meinem Rücken spüre, denn als er meine Haare zur Seite streicht, breitet sich auf meinem gesamten Körper eine Gänsehaut aus.

Josh bringt, nachdem er mir die Kette umgehängt hat, wieder etwas Abstand zwischen uns. Ich drehe mich mit einem Lächeln im Gesicht zu ihm um. »Danke.«

Er winkt ab. »Schon in Ordnung. Sollen wir wieder nach Hause aufbrechen?«

Ich bin zwar etwas enttäuscht, dass er wieder zurückmöchte, stimme aber zu: »Okay. Gehen wir.«

Josh geht einen Schritt vor mir und ich sehe seine Hand zucken, als ob er nach meiner greifen möchte. Tut er aber nicht. War es ihm unangenehm, dass ich ihn auf den Mund geküsst habe? Immerhin steht er ja auf Jungs. Aber der Kuss von mir kann doch nicht schlimmer gewesen sein als in einem Nachtclub fast ausgezogen und begrabscht zu werden. Oder?

Während ich Josh folge, sehe ich nach unten auf die dunklen Holzlatten des Piers und merke erst, als ich in ihn hineinlaufe, dass er stehen geblieben ist.

»Entschuldigung«, murmele ich in seinen Rücken. Hätte noch gefehlt, dass ich mich nach der Peinlichkeit mit dem Küsschen auch noch auf die Klappe lege.

Als ich an ihm vorbeisehe, mache ich große Augen. Emilys Bruder Dan und – Gott sei Dank nicht Emily, sondern ihre beste Freundin – Harper stehen vor uns. Sie sieht erstaunt von Josh zu mir. Ich dränge mich an ihm vorbei, denn sonst wirkt es bestimmt so, als würde ich mich vor den beiden verstecken.

Etwas unbeholfen hebe ich meine Hand und sage: »Hi!«

Während Josh Dan begrüßt – die beiden kennen sich noch von Miles' Umzug, bei dem wirklich jeder dabei war, außer ich –, mustert Harper mich ein paar Sekunden regungslos.

Ich rechne mit allem. Einer Schimpftirade, einer Kopfnuss oder einem Kinnhaken … nur nicht damit, dass sie sich in meine Arme wirft.

Etwas unbeholfen klopfe ich ihr auf den Rücken und sie macht sich kurz darauf mit leicht roten Wangen los.

»Sorry«, murmelt Harper. »Ich wusste nicht, wie ich dir sonst dafür danken soll, dass du mit Ethan bei Ems Eltern warst.«

Na ja, eine Umarmung ist ja mal ein netter Anfang. Besser als jemanden einfach so auf den Mund zu küssen.

Ich werfe Josh einen Blick zu, bevor ich mich wieder Harper zuwende. »Du hättest doch bestimmt das Gleiche gemacht, wenn es um mich gegangen wäre.«

Dan legt den Arm um die Hüften seiner Freundin und lächelt mich an. Wirklich glücklich wirkt er nicht, doch das liegt vermutlich nicht an Harper oder mir, sondern daran, dass er sich um seine Schwester sorgt. »Ich möchte mich auch bei dir bedanken. Wärst du nicht gewesen …« Er bricht mitten im Satz ab.

Harper beendet den Satz für ihn. »… dann wüssten wir nicht Bescheid und würden immer noch denken, dass alles in Ordnung ist. Danke, Mia.« Bevor sie weiterspricht, holt sie tief Luft. »Und es tut mir leid, dass wir uns in den letzten Monaten so voneinander entfernt haben.«

Eigentlich hat Masons Schwester keinen Grund, sich bei mir zu entschuldigen. Immerhin bin ich ihr aus dem Weg gegangen, nicht sie mir. Bevor Ethan mit mir, beziehungsweise Mason mit Emily, Schluss gemacht hat, haben wir uns alle wirklich so gut wie jeden Tag gesehen. Es ist irgendwie eigenartig, dass es jetzt nicht mehr so ist. Und das nicht nur wegen meiner Trennung, denn auch Emily scheint nicht besonders erpicht darauf zu sein, unnötig viel Zeit mit Mason und Jackson zu verbringen. Was ich sehr gut verstehen kann.

Ich schüttele meinen Kopf. »Daran bin ich nicht ganz unschuldig«, gestehe ich. Ich greife nach Harpers Hand und sehe entschuldigend zu Dan und Josh. Mit meinem Kopf deute ich auf eine kleine Bank ein paar Meter entfernt. »Kann ich kurz … mit Harper alleine reden?« Dann sehe ich zu ihr. »Also, falls du willst?«

Ein aufmunterndes Lächeln stiehlt sich in ihr Gesicht. »Natürlich.«

Sie geht zur Bank und setzt sich hin. Ich lasse mich neben sie fallen und beobachte Josh und Dan dabei, wie sie ein paar Schritte gehen und sich in entspannter Pose an das Geländer des Piers lehnen. Josh wedelt wild mit seinen Händen, während er Dan offensichtlich irgendetwas erzählt.

»Hör zu«, beginne ich das Gespräch. »Es war nicht richtig von mir, dich einfach links liegen zu lassen.« Unsicher hebe ich meine Hände ein Stückchen an, senke sie aber gleich wieder, um sie in meinem Schoß ineinander zu verschränken.

Harper streicht sich eine ihrer blonden Haarsträhnen aus dem Gesicht. »Mia, ich kann verstehen, dass du ein bisschen Abstand gebraucht hast.«

Ein bisschen ist gut.

Sie sieht mich nach ihren Worten nicht an, sondern fixiert einen Punkt, ganz weit entfernt. »Weißt du … für uns alle hat sich im Sommer eine Menge geändert. Wir haben früher alle so viel Zeit miteinander verbracht, doch jeder hat die Dinge, die ihn wirklich bewegt haben, für sich behalten. Irgendwann musste die Situation eskalieren.«

Ich nicke, denn Harper hat recht. Jeder meiner so genannten Freunde hat irgendetwas zurückgehalten. Harper selbst schwärmte jahrelang heimlich für Dan und er für sie. Und nur weil Dans Schwester mit Emilys Bruder zusammen war, konnten sie sich ihre Liebe nicht eingestehen, weil sie es … komisch fanden. Ethan war – so ungern ich es zugebe – bereits immer in Emily, die Freundin seines besten Freundes, verliebt. Mason war früher ein unterkühlter Streber und ist erst dank Jackson aufgetaut. Und ich selbst habe mir offensichtlich immer etwas vorgemacht, denn ich dachte wirklich, dass alles gut läuft und jeder von uns glücklich ist. Man sollte uns definitiv die Chaosclique aus Naples nennen.

Ein lautes Seufzen stiehlt sich aus Harpers Brust. »Die wirklich Leidtragenden an der Geschichte waren aber Emily und du.« Meine Augen weiten sich. Also, Emily hätte ich jetzt nicht auf eine Stufe mit mir gestellt.

Harper stößt mit dem Ellbogen leicht gegen meine Rippen. »Jetzt schau nicht so«, tadelt sie mich. »Was ich sagen will, ist Folgendes: Durch Masons Verhalten wurde Emily sehr verletzt. Sie kam schwer mit der Trennung klar. Und versteh mich nicht falsch … ich will jetzt keinesfalls Mason die Schuld an ihrer Essstörung geben, denn er hat immerhin vor allen anderen gemerkt, dass etwas nicht stimmt, aber Emily kommt eben nicht damit klar, wenn etwas nicht perfekt läuft und anscheinend war … ist die Erkrankung für sie ihre Art, damit umzugehen.« Sie hält kurz inne und fährt sich durch die Haare.

»Scheiße«, flucht sie. »Ich habe keine Ahnung, wie ich dir begreiflich machen soll, auf was ich eigentlich hinauswill.« Harper schüttelt ihren Kopf, als könnte sie so ihre Gedanken auseinandernehmen und wieder neu sortieren.

Leise murmelt sie: »Vielleicht ja so: Emilys Eltern wussten zwar über ihre Krankheit Bescheid, aber dass sie, obwohl sie bereits in Therapie wegen ihrer Magersucht war, auch noch Bulimie entwickelt hat, damit haben wir alle nicht gerechnet.«

Ich starre auf meine Schuhe, denn ich werde aus Harpers Worten nicht schlau. Ich habe keine Ahnung, worauf sie hinauswill. »Was willst du mir damit sagen?«, möchte ich von ihr wissen.

Sie greift nach meiner Hand und ich sehe zu ihr. »Ich bin wohl etwas abgeschweift. Also, Emily hat vielleicht im Sommer eine Entscheidung getroffen, die nicht wirklich korrekt war …«

Sofort unterbreche ich Harper. »Meinst du Ethan? Die Sache, die beim Campingausflug passiert ist?« Ich weiß immer noch nicht genau, was *die Sache* war. Vielleicht werde ich es nie erfahren. Ob sie sich nur geküsst oder auch miteinander geschlafen haben, ist mir auch wirklich überhaupt nicht wichtig. Für mich ist beides Betrug und sie haben damit mein Vertrauen missbraucht.

»Ja, das meine ich. Sie hat die Aktion bereut und wollte sich mehr als einmal bei dir entschuldigen.« Ich bin froh, dass Harper mir gerade keinen Vorwurf macht, weil ich diese Entschuldigungen nicht hören wollte. »Ich will mich auch nicht an ihrer Stelle für die Aktion entschuldigen oder etwas schönreden. Aber wir sollten Emily zugutehalten, dass Mason ein paar Tage zuvor mit ihr Schluss gemacht und sie am gleichen Abend davon erfahren hat, dass er mit Jackson zusammen ist.«

Vielleicht verspüre ich den Hauch von Verständnis dafür, dass man in Extremsituationen dumme Dinge macht. Immerhin habe ich Masons Auto geklaut und bin nach Tallahassee abgehauen. Aber ich habe nicht mit dem Freund einer Freundin rumgemacht.

Fest presse ich meine Lippen aufeinander, denn in meiner Brust zieht es leicht. Es ist nur noch ein dumpfer Schmerz – ähnlich einer Erinnerung.

Leider fällt es mir durch Harpers Worte zunehmend schwerer, Emily weiterhin böse zu sein. Immerhin hat sie genug Probleme. Jetzt zu hören, dass sie die Aktion mit Ethan vielleicht sogar bereut, lässt mich Verständnis für die ganze Situation entwickeln. Womit ich selbst nicht wirklich gerechnet hätte.

Ich seufze leise. »Sind … Ethan und Emily eigentlich zusammen?«, frage ich.

Harper sieht mich mit einem Blick an, den ich nicht wirklich deuten kann, schüttelt dann aber den Kopf. »Nein, sind sie nicht. Aber sie mögen sich sehr gerne.« Einerseits erleichtert mich die Aussage, dass sie nicht zusammen sind, aber anderseits verspüre ich einen Hauch von Eifersucht beim Gedanken daran, dass sie sich mögen.

Ich sehe zu Josh, der immer noch mit Dan plaudert. Harper

beugt sich nach vorne und sieht mir in die Augen. »Und du magst ihn, oder?«

Ich zucke mit den Schultern. »Er ist ein guter Freund.«

Harper lächelt mir zu. »Ich verstehe.«

»Tust du nicht«, sage ich grinsend, während Harper wild mit den Armen fuchtelt, um Dan und Josh auf sich aufmerksam zu machen.

»Hast du Sehnsucht nach Dan?«, frage ich sie. Die Jungs haben Harpers wildes Winken gesehen und kommen auf uns zugeschlendert.

»Immer. Wir sehen uns viel zu selten, seit er aufs College geht.«

Ich räuspere mich. »Wie ist das eigentlich so? Eine Fernbeziehung?«

Sie legt den Kopf schief und scheint zu überlegen. »Man hat definitiv eine ziemlich hohe Telefonrechnung. Verbringt viele Abende vor dem Computerbildschirm, um zu skypen. Und man vermisst den anderen ständig. Eigentlich immer. Wenn er dann da ist, flippt man vollkommen aus und hätte ihn am liebsten rund um die Uhr bei sich.«

Ich weiß nicht, ob es mich ängstigen oder freuen soll, dass das ungefähr die Definition von der Beziehung zwischen Josh und mir ist.

Josh bleibt vor mir stehen und streckt mir seine Hand entgegen. Offensichtlich hat er seinen Schock von vorhin überwunden und sucht nun doch wieder den Körperkontakt zu mir. »Miles hat angerufen. Das Abendessen ist fertig.«

Ich lasse mir aufhelfen und drehe mich zu Harper um. Dan hat sich neben seine Freundin fallen gelassen und seine Hand auf ihrem Oberschenkel abgelegt.

Er sieht ein bisschen geknickt aus. »Jetzt konnten wir uns gar nicht richtig unterhalten.«

Sofort grätscht Harper dazwischen. »Mia und Josh können doch auf die Silvesterparty kommen, die ich plane.«

Ich habe keine Ahnung, was ich antworten soll. Josh fährt morgen nach Cape Coral und alleine …?

Josh drückt meine Hand, während er mit einem Grinsen im Gesicht zustimmt. »Gerne.«

Mit großen Augen sehe ich ihn an. »Aber …«

Er legt mir einen Finger auf die Lippen. »Ich werde da sein.« Mein Herz klopft bei seinen Worten ein kleines bisschen schneller. Ich bin froh, dass Josh mit mir ins neue Jahr feiern will. Vielleicht wird es dann besser als das letzte.

Nachdem wir uns von Harper und Dan verabschiedet haben, gehen wir nach Hause und essen mit meinen Eltern. Den Rest des Abends nehme ich jedoch Josh ganz für mich in Beschlag, obwohl ich weiß, dass zwischen unserem morgigen Abschied und unserem Wiedersehen nur ein paar Tage liegen.

# Kapitel 10

Ich sitze vor dem Haus auf dem Rasen, als mein Bruder sich neben mich sinken lässt. Sofort lehne ich meine Schulter an seine. Früher, als wir noch jünger waren, haben wir oft hier gesessen und gemeinsam Musik gehört.

Ich ziehe den Stöpsel aus meinem Ohr und reiche ihn an meinen Bruder weiter. Mit einem Lächeln im Gesicht nimmt er ihn entgegen.

»Kein Heavy Metal?«, fragt er.

Ich beiße mir auf die Unterlippe, da ich nicht weiß, was ich sagen soll. »Ich mag auch andere Musik«, erkläre ich mit schmollendem Unterton.

Leise lachend wuschelt er mir durch meine Haare. »Weiß ich doch. Ich kenne das Harry-Styles-Poster an der Innenseite deines Schrankes.«

Mit großen Augen drehe ich mich zu ihm: »Verrat es niemandem oder ich kille dich.« Miles lacht laut los und braucht eine ganze Weile, bis er sich wieder beruhigt.

Ich boxe ihm mit meinem Ellbogen in den Bauch und mache mich von ihm los. »Das ist mein Ernst«, sage ich böse, doch er verdreht nur die Augen.

Dann grinst er plötzlich wieder. »Du hast Josh für Harry Styles gehalten.« Man sieht Miles an, dass er sich wirklich bemüht, nicht laut loszulachen.

»Meine Augen waren geschwollen und ich war müde von der

langen Fahrt«, verteidige ich mich zuerst. Doch dann sickert die Erkenntnis schnell in mein Gehirn. »Josh hat dir davon erzählt?« Meine Stimme überschlägt sich fast.

Miles setzt sich etwas aufrechter hin. »Josh spricht oft über dich.«

Erstaunt weiten sich meine Augen und ich vergesse sofort, dass ich ein paar Sekunden zuvor noch ein kleines bisschen sauer auf meinen guten Freund war.

»Kommt ihr überhaupt zum Reden? Bei den ganzen Partymarathons, an denen ihr teilnehmt?«

Miles seufzt. »Josh geht nicht mehr ganz so oft aus wie zu Beginn des Semesters«, erklärt er mir.

»Ach so?« Ich weiß nicht, was ich dazu sagen soll.

Ein leichtes Lächeln zuckt an seinen Mundwinkeln. »Er hängt ziemlich oft am Telefon.«

»Mit mir?«

»Unter anderem.«

»Mit wem noch?«

Er zögert kurz, dann sagt er: »Will!«

»Will?«

Einige Sekunden bleibt es still zwischen meinem Bruder und mir, bis ich leise frage: »Miles? Läuft zwischen den beiden etwas?« Ich bin mir nicht mehr sicher, wieso ich diese Frage gestellt habe, aber sie brennt mir schon lange auf der Seele.

Miles zuckt leicht zurück und sieht mich an, als hätte ich ihn gefragt, ob er schon mal einen Song von *Iron Maiden* gehört hat. »Was? Zwischen Will und … ich dachte, sie sind nur Freunde?«

»Das sagt Josh auch immer.«

»Dann stimmt es bestimmt auch. Er würde dich niemals belügen.«

»Meinst du?«

»Auf jeden Fall.« Kurz hält er inne. »Wobei sie vor ein paar Wochen beide ziemlich angetrunken bei uns in der WG aufgetaucht sind und danach einen ziemlichen Radau in Joshs Zimmer veranstaltet haben. Aber wieso interessiert dich das?«

»Nur so«, sage ich schnell.

»Aha.«

Etwas genervt will ich wissen: »Miles …?«

»Mia.«

Ich boxe ihm gegen die Schulter. »Du hast dieses *Aha* schon früher in genau diesem Tonfall rausgehauen, wenn du mich auf etwas aufmerksam machen wolltest.«

Miles bläst seine Backen wie ein Kugelfisch auf. Auch die Angewohnheit kenne ich bereits von ihm. Nach einer Weile entlässt er die angehaltene Luft geräuschvoll und sagt: »Ich wollte nur mal nachhören, ob du dich vielleicht in etwas verrennst.« Er macht eine kurze Pause. »Mit Josh.«

»Weil er …« … *schwul* ist, möchte ich sagen, doch Miles unterbricht mich.

»Ja, genau.« Er streckt seinen Daumen in die Luft und beginnt eine Aufzählung. »Weil er, auch wenn er nun öfter zu Hause ist, trotz allem noch ständig auf Achse ist.« Nun gesellt ein zweiter Finger dazu. »Weil er eine Menge Partys feiert.« Ein dritter. »Weil er verdammt weit weg von Naples wohnt.«

»Mach dir keine Gedanken. Wir sind nur Freunde.« Ich verstehe, dass mein Bruder mich warnen will. Josh ist ein guter Freund für mich, aber wenn er beim Ausgehen mal den Richtigen für ihn trifft, kann es passieren, dass er dann nicht mehr so viel Zeit für mich hat. Und da die Telefonate seit einiger Zeit zu meinem Leben gehören, könnte es mir den Boden unter den Füßen wegreißen, wenn wir wirklich plötzlich weniger Kontakt hätten. Ich verstehe also, worauf er hinauswill.

Aber auch wenn ich meinen Bruder gerade zu beruhigen versuche, kann ich mir dennoch kein Lächeln abringen. Das eigenartige Gefühl in meinem Magen hält mich davon ab.

»Dann ist ja alles in Ordnung«, meint Miles und steht umständlich auf. »Ich muss dann bald mal los zu Mason und Harper.«

Ich lächle Miles an. »Es ist schön, dass du heute auflegst.« Silvester ohne meinen Bruder wäre auch wirklich nur halb so toll.

Er nickt begeistert. »Finde ich auch.« Als ein Auto in unsere Auffahrt fährt, dreht er sich in diese Richtung. »Außerdem habe ich ja niemanden, mit dem ich ins neue Jahr feiern kann«, murmelt er und erweckte den Eindruck, als würde er sich selbst bemitleiden. »Also kommt mir die Ablenkung ganz gelegen.«

Belustigt schüttele ich meinen Kopf. »Ich glaube, dein Problem ist eher, dass du dich nicht entscheiden kannst, mit welchem Mädchen du den Abend verbringen sollst.« Mein Bruder ist nicht unbedingt ein Beziehungstyp, aber ich bin mir ganz sicher, dass er heute noch jemanden findet, der ihm hinter den Turntables Gesellschaft leistet.

Neugierig sehe ich zu dem Wagen und als ich Josh hinter der Windschutzscheibe erkenne, springe ich erfreut auf. »Er ist da!«, rufe ich und bin mir sicher, dass ich ein Lächeln im Gesicht trage, das selbst dem Joker aus Batman Konkurrenz macht.

»Und schon bin ich wieder abgeschrieben«, meint Miles mit einem leichten Schnauben. Als ich ihn jedoch ansehe, zwinkert er mir zu und geht auf seinen Mitbewohner zu. Sie begrüßen sich mit einem ziemlich kompliziert aussehenden Handschlag.

Hibbelig hüpfe ich von einem Fuß auf den anderen, bis ich endlich an der Reihe bin und Josh begrüßen darf, der mir bereits mit einem breiten Lächeln im Gesicht entgegenblickt. Ich nehme alles zurück. Josh sieht aus wie der Joker. Nicht ich.

»Lange nicht gesehen«, versuche ich eine möglichst coole Begrüßung. Ich habe immer noch Miles Worte, von wegen ich soll mich in nichts verrennen, in den Ohren. Womöglich hat er wirklich recht. Denn ich will nicht, dass es auf Josh so wirkt, als würde ich auf ihn stehen. Er hat auf meinen rein freundschaftlichen Kuss am Pier bereits eigenartig reagiert. Und auch wenn Josh sich vielleicht irgendwann einen festen Partner sucht und wir nicht mehr fünfzehn Mal am Tag telefonieren, möchte ich derzeit nicht auf eine Sekunde, die er mir schenkt, verzichten.

Deshalb reiße ich mich besser zusammen, bevor ich ihn noch durch eine unbedachte Handlung vergraule.

Josh teilt meine Bedenken wohl nicht, denn er zieht mich in eine feste Umarmung und murmelt in meine Haare: »Viel zu lange, wenn du mich fragst.« Ich drücke meine Nase fest in sein T-Shirt und inhaliere seinen Geruch. Ich frage ihn irgendwann, ob er mir den Duft in Flaschen abfüllt, da ich zu selten in den Genuss komme und viel öfter eine Dosis Josh bräuchte.

Ich spüre, dass Miles Joshs Arme von mir pflückt. »Behalt mal besser deine Pfoten bei dir«, murrt mein Bruder. »Du bist bei Mia viel zu touchy.«

Sanft drücke ich mich von Josh weg und sehe verwundert zu Miles. »Das hast du gerade nicht wirklich gesagt.«

Der sieht mich mit seinem Oh-doch-Blick an, während er herausfordernd seine Augenbrauen in die Höhe zieht.

Aus dem Augenwinkel sehe ich, wie Josh seine Hände in die Taschen seiner Jeans stopft und unbehaglich zwischen uns hin und her sieht. Offensichtlich fühlt er sich gerade ein bisschen unwohl. Irgendwie muss es auch wirklich komisch für Josh sein, dass ich ihn so unter Beschlag nehme, obwohl er doch der Mitbewohner meines Bruders ist.

Nachdem Miles und ich uns noch einige Sekunden anstarren, dreht er sich einfach um und geht die Auffahrt entlang, da der Wagen unserer Eltern am Straßenrand parkt.

*Was zur Hölle war das denn?*

Nach ein paar Metern überlegt er es sich offensichtlich anders und kommt wieder zurück: »Kannst du mich zu Mason fahren?«, fragt er an Josh gewandt.

Der sieht nicht sonderlich begeistert aus, nickt aber. Im Normalfall würde ich Miles dazu verdonnern, sich von unseren Eltern chauffieren zu lassen, aber die haben es vorgezogen, ohne uns ins neue Jahr zu feiern und sind bereits mittags zu Tante Sophie, Moms Schwester, aufgebrochen.

Die Jungs frage ich dann: »Soll ich mitkommen?«

Ich hätte mich wohl besser erkundigt, ob ich mit*darf*, da sowohl Josh als auch Miles den Kopf schütteln.

Also bleibt mir nichts anderes übrig als ihnen nachzusehen, während sie in Joshs Wagen steigen, den er anschließend rückwärts aus der Ausfahrt fährt.

Eine ganze Weile stehe ich vor dem Haus, während ich an meiner Unterlippe herumnage und ins Nichts starre. Seit dem frühen Nachmittag habe ich hier draußen auf Josh gewartet und hatte nun nicht mal die Chance, mehr als zwei Sätze mit ihm zu wechseln.

Ich seufze laut und marschiere hinein, um in meinem Kleiderschrank nach einem passenden Outfit für die Party zu suchen. Entgegen meinen Gewohnheiten fische ich dieses Mal kein schwarzes Bandshirt vom Stoß, sondern betrachte mit schief gelegtem Kopf die Kleider, die ich besitze, aber eher selten trage. Es ist nicht so, dass ich mich in Kleidern unwohl fühle … eher, dass ich sie für einen besonderen Anlass aufspare, der dann doch nie eintritt.

Meine Hand wandert wie automatisch zu einem weißen Bandeaukleid mit ausgestelltem Rock. Eine ziemlich krasse Veränderung vom Emo-Style zum adretten Mädchen von nebenan, aber bei der Anprobe habe ich mich damals wie eine Prinzessin darin gefühlt. Eigentlich habe ich es voriges Jahr für die Schulabschlussparty gekauft, mich dann aber doch für ein schwarzes Kleid entschieden. So wie immer, nichts Besonderes. Aber heute habe ich das Gefühl, dass ich gesehen werden will, also wieso nicht? Vielleicht wird es Zeit, die alte Mia, die Ethan nachgetrauert hat, endlich hinter mir zu lassen. Und wie könnte man diesen Vorsatz besser in die Tat umsetzen, als mit einer kleinen Typveränderung ins neue Jahr zu starten?

Trotz allem noch etwas unsicher, schnappe ich mir das Teil und gehe ins Badezimmer. Kann ja nicht schaden, wenn ich die Zeit nutze, um mich für die Party zurechtzumachen.

* * *

Eine Stunde später tusche ich zum gefühlt zwanzigsten Mal meine Wimpern. Ich habe darauf verzichtet, meine Augen wie sonst mit schwarzem Eyeliner zu umranden. Auch den dunklen Lidschatten habe ich weggelassen und dafür rosa Lipgloss aufgelegt. Ich sehe ganz anders aus, fühle mich aber trotzdem gut.

»Mia«, höre ich Joshs Stimme durch die geschlossene Tür. »Wo bist du?«

»Hier drinnen.«

Gedämpft höre ich ihn rufen. »Wo ist *hier drinnen*?«

Lachend antworte ich: »Im Badezimmer.«

»Darf ich reinkommen?« Dieses Mal klingt seine Stimme ganz nah. Bestimmt steht er vor der Tür und wartet darauf, dass ich ihn hereinbitte.

»Klar«, sage ich, während ich bereits auf die Tür zulaufe, um die Klinke nach unten zu drücken. »Aber du darfst nicht lachen!«

»Wieso sollte ich –« Mitten im Satz verstummt Josh und macht große Augen. »Wow, Mia. Du siehst …« – er fährt sich durch seine Haare – »atemberaubend aus.« Ich reiße meine Augen auf, da ich nicht mit einem solchen Kompliment gerechnet habe. Als ich mich bei ihm bedanken will, plaudert er drauflos: »Ich meine, du hättest mir auch nackt gut gefallen …« Josh räuspert sich einige Male. »Was ich dir sagen möchte, ist, dass du mir in diesem Kleid besonders gut gefällst. Du siehst aber eigentlich immer gut aus.«

Ich lächele Josh an, während ich mich gegen den Türrahmen lehne. »Danke!«

Sein Kompliment lässt mein Herz aufgeregt in der Brust hüpfen und ich nehme einen tiefen Atemzug, um es wieder zu beruhigen.

»Wo warst du so lange?«, frage ich. Ich klinge leicht zickig, obwohl ich eigentlich nicht den Eifersüchtige-Freundin-Tonfall benutzen wollte.

Wenn es Josh aufgefallen ist, dann sieht er charmant darüber hinweg. »Ich habe mich ein wenig mit Mason unterhalten. Damals, als er Miles bei seinem Einzug in die WG geholfen hat, haben wir uns ziemlich gut verstanden.«

Ich lache leise. »Für Jacksons Geschmack ein bisschen zu gut.«

Josh verdreht seine Augen. »Der hat doch keinen Grund, auf mich eifersüchtig zu sein.«

»Weil er viel schöner ist als du?«, ziehe ich ihn auf.

»Haha.« Josh schüttelt seinen Kopf. Seine Haare, die dabei in seine Stirn fallen, sind seit meinem Besuch in Tallahassee noch länger geworden und reichen ihm bereits bis über seine Schultern. Leicht schnippt Josh mit seinem Zeigefinger gegen meine Nase. »Nein! Weil Mason nur Augen für Jackson hat.«

Danach drängt er sich an mir vorbei ins Badezimmer. »Kannst du mir Unterwäsche und ein frisches T-Shirt bringen?«

Perplex starre ich Josh hinterher und sage mit etwas Verzögerung, aber nicht ohne Sarkasmus in der Stimme: »Selbstverständlich, Josh. Natürlich kannst du bei uns duschen. Soll ich dir sonst noch etwas bringen? Handtücher oder jemanden, der dich entkleidet, zum Beispiel?«

Josh schnaubt leise und zieht sich einfach sein Oberteil aus. Ich starre ihn dabei an und … verdammt … ist das Sabber in meinem Mundwinkel? Nicht fähig, meinen Blick abzuwenden, starre ich auf Joshs nackte Brust. Im Gegensatz zu Ethan wirkt sein Oberkörper nicht so massig, ist jedoch schön definiert. Der Anblick bringt mich dazu, über meine Unterlippe zu lecken, die sich plötzlich furchtbar trocken anfühlt.

Ich zucke zusammen, als Josh mit den Fingern vor meinem Gesicht schnippt. »Erde an Mia. Fragst du dich gerade, ob Harry Styles ohne Hemd genauso gut aussieht wie ich?«

Kann ich mir nicht vorstellen. Nach diesem Gedanken fährt mein Gehirn vollständig in den Schlummermodus. Ich registriere, wie Josh einen Schritt auf mich zu macht und besorgt fragt: »Mia? Hast du einen Schlaganfall?«

»Ich … was?«

Josh beugt sich etwas zu mir. »Geht es dir gut?«

»Ja, dein Striptease hat nur kurz mein Gehirn gelähmt.« Aber ich bin mir sicher, dass es jede Sekunde wieder voll hochgefahren ist.

Josh schiebt die Unterlippe vor. »Dabei hatte ich nicht mal Musik.«

Ich sehe Josh in seine blauen Augen. »Brauchst du nicht. Du machst Harry auch so Konkurrenz.« Ehrlich gesagt würde ich das Harry-Poster jederzeit gegen eines von Josh auswechseln. Oben ohne versteht sich.

Fragend blickt Josh mir entgegen. »Wieso? Strippt der neuerdings auch?«

Bedauernd hebe ich meine Hände. »Leider nicht. Vielleicht sollte ihm das aber mal jemand vorschlagen.«

»Finde ich auch.«

»Ehrlich?«

Josh zwinkert mir zu und ich … werde unruhig, weil er mir so nahe ist. »Natürlich nicht.«

Nervös greife ich nach dem Stoff meines Kleides und beginne ihn zu kneten. Wieso zum Teufel bringt Josh mich plötzlich so sehr aus der Fassung?

Bestimmt habe ich mich viel zu lange von Männern ferngehalten. Immer wenn mich einer meiner Schulkollegen auf ein Date einladen wollte, habe ich abgelehnt. Und ich bin auch froh, dass ich mich heute um keine Verabredung bemühen musste, sondern den Abend entspannt mit Josh verbringen kann. Meinem Kumpel.

Um ihn nicht länger anzustarren, frage ich: »Wo hast du deine Tasche hingestellt?«

Prompt folgt seine Antwort: »Steht in deinem Zimmer.«

»Schläfst du heute nicht bei Miles?«

Josh, der nur in seinen Jeans vor mir steht, sieht mich mit schief gelegtem Kopf genau an. »Nein, der tritt mich nachts bestimmt aus seinem Bett.« Wir haben kein Gästezimmer und die Couch im Wohnzimmer ist ebenfalls nicht besonders groß. Deshalb schlafen unsere Freunde eigentlich immer bei uns. Allerdings besitzen sowohl Miles als auch ich ein Bett, das nur ein bisschen breiter als ein Einzelbett ist.

»A-a-also schläft du bei mir?«, stottere ich. Ich weiß nicht, wieso mich der Gedanke an Josh und mich gemeinsam in einem Bett so nervös macht. Wir sind doch Freunde! Sind wir doch, oder?

Verlegen kratzt Josh sich an seinem Kopf. »War eine blöde Idee. Vergiss es. Mason hat angeboten, dass ich die Nacht in ihrem Gästezimmer verbringen kann.«

»So? Hat er das?«, sage ich wieder mit der Eifersüchtige-Freundinnen-Stimme. Jackson wird nicht besonders angetan von dieser Idee sein.

»Ja?« Es klingt mehr nach einer Frage als nach einer Antwort.

Ich weiß wirklich nicht, ob es mir gefällt, wenn Josh bei Mason übernachtet. Immerhin ist er doch hier, um mit mir auf die Party zu gehen. Sollte er dann nicht auch … ich weiß nicht … wieder mit mir nach Hause gehen?

Also sage ich: »Nein, du solltest Mason nicht solche Umstände machen und einfach hier schlafen. Bei mir. In meinem Bett.« Was ich aber denke, ist Folgendes: *Du sollst hier bei mir schlafen, weil ich nicht möchte, dass du so weit von mir weg bist. Das bist du viel zu oft. Und ich möchte nicht eine Sekunde deines Aufenthalts in Naples vergeuden.*

»Okay«, ist alles, was er rausbringt.

Ich antworte ebenfalls: »Okay.« Danach fällt mir ein, dass Josh eigentlich duschen wollte und ich sein Zeug holen sollte. Ich zeige in die ungefähre Richtung meines Zimmers: »Ich hole dann mal …«

Josh nickt. »Ja, danke.«

Kopfschüttelnd husche ich in mein Zimmer. Langsam denke ich, dass mein Gehirn dieses Mal nicht neu startet, sondern lieber im Schlummermodus bleibt. Ich benehme mich doch wirklich komisch.

Bei Joshs Tasche angekommen, geht es mir noch nicht wirklich besser, denn ich krame Unterwäsche, Socken und ein weißes Hemd heraus, das gut zu meinem Kleid passt, und mir den Zustand meiner geistigen Verwirrtheit noch ein weiteres Mal vor Augen führt. Partnerlook. Wie konnte es so weit mit mir kommen?

Zu meinem Glück besitzt Josh keine weiße Hose, also greife ich mir eine hellblaue Jeans. Socken soll er sich selbst holen.

Schnell laufe ich den Weg zurück zum Badezimmer, mache aber zwischendurch einen kleinen Stopp im Flurschrank, um ein Handtuch zu besorgen. Das Erste, was ich wahrnehme, als ich den Raum betrete, ist, dass die Dusche läuft. Mit gesenktem Blick gehe ich auf die Kommode zu und lege alle Sachen darauf ab.

Josh fragt: »Mia?«

Ich sehe auf und betrachte den verschwommenen Josh dabei, wie er seine Haare schamponiert. *Nicht weiter nach unten sehen*, rede ich mir gut zu. *Bleib in unverfänglichen Regionen.*

»Ja?«, presse ich hervor.

»Danke.«

Schnell verlasse ich das Bad und verschließe die Tür, gegen die ich mich auch gleich lehne. Das Bild des nackten Josh, bedeckt von tausenden Wasserperlen, hat sich gerade in meine Netzhaut gebrannt.

Irgendwie hat mich das Bild an das Albumcover von Harry Styles erinnert, nur … tausendmal besser. Beim CD-Booklet wäre ich niemals auf die Idee gekommen, es abzulecken. Bei Josh allerdings …

Ich schüttele meinen Kopf, als könnte ich die Bilder so wieder verbannen. Ich werde ihn jedes Mal, wenn ich meine Augen schließe, sehen. Mist.

Ich lecke mir über meine trockenen Lippen und stelle mir vor, wie ich einen Wassertropfen von seiner Haut … *Jetzt reicht's aber!*, schimpfe ich mich selbst. Ich hämmere mit meinem Kopf zweimal gegen die Tür in meinem Rücken, als ich jedoch ein »Herein« von drinnen höre, eile ich in mein Zimmer, um meine Tasche zu packen.

Sollte ich noch mal unter einem Vorwand zurückgehen und ihm … vielleicht ein zweites Handtuch bringen? Für die Haare? Dann könnte ich einen weiteren Blick auf ihn werfen.

Nervös stopfe ich lauter Krempel in die Clutch, nur um zehn Sekunden später wieder alles auszuleeren und wieder von vorne die wichtigsten Sachen hineinzustopfen.

Ob Josh Hilfe beim Abtrocknen braucht? *Mia! Reiß dich zusammen.*

Langsam bewege ich mich in Richtung des Schlafzimmers meiner Eltern, aber nicht ohne an der Badezimmertür Halt zu machen. Ich lege meine Hand auf den Türgriff und ziehe sie sofort wieder weg.

*Was stimmt nicht mit mir?*

Viel schneller als zuvor haste ich weiter, damit ich mir von meiner Mutter ein paar hohe Schuhe leihen kann. Um mich abzulenken, probiere ich ein Dutzend Paar, bis ich mich schließlich für eines entscheide.

»Bin fertig. Wir können los«, höre ich Josh rufen. Wenn er jetzt ohne Shirt aus dem Badezimmer kommt, dann kann ich für nichts garantieren.

Auf unsicheren Beinen stöckele ich zurück zu Josh, damit wir bald aufbrechen können. »Let's get this party started«, murmele ich leise.

# Kapitel 11

Verständnislos sieht Josh mich an. »Möchtest du nicht lieber deine Schuhe ausziehen?«

Mit vor Schmerz zusammengebissenen Zähnen sage ich zu ihm: »Wieso?« Keine Ahnung, warum ich das tue. Denn ja: Ich möchte diese Stolperfallen auf jeden Fall loswerden.

Josh macht mit seinem Zeigefinger eine kreisrunde Handbewegung. »Damit du wieder aufrecht stehen kannst?« Er lehnt sich neben mich gegen die Wand im Wohnzimmer von Masons und Harpers Eltern. »Ich kann immer noch nicht glauben, dass Mason hier wohnt.«

»Wieso?«, frage ich ihn.

Josh lacht. »Ich habe noch nie ein so großes Haus gesehen wie das hier.« Ja, Mason wohnt ziemlich imposant. Von außen wirkt es nicht wie ein Einfamilienhaus, sondern eher wie ein Hotel. Könnte vermutlich an den zahlreichen Spots liegen, die die Fassade beleuchten. Und an den hunderttausend Räumen, die es hier gibt. Vielleicht ist aber auch nur das Wohnzimmer schuld, das fast so groß wie ein Ballsaal ist.

»Wenn man öfter hier ist, gewöhnt man sich daran«, antworte ich ihm. »Frag mal Jackson. Ich kann mich noch erinnern, dass er mich vor seinem ersten Besuch hier angerufen und gefragt hat, ob hier eigentlich mehrere Familien wohnen oder nur Masons.«

Josh lacht auf und greift in einer beiläufigen Geste nach meiner Hand. Mit dem Kopf nickt er zu meinen Beinen.

»Wir könnten durch die ganze Villa tanzen, wenn du die Dinger loswirst.«

Argwöhnisch betrachte ich das feiernde Volk um mich herum. Es wirkt so, als hätten Mason und Harper die ganze Schule eingeladen, denn es ist so voll, dass ich außer Miles – der hinter dem DJ-Pult steht – und einer wild herumspringenden Harper – der ein ziemlich verliebt aussehender Dan nicht von der Seite weicht – noch keine Bekannten getroffen habe.

Nachdem ich in meinem Kopf kurz alle meine Optionen durchgegangen bin, mache ich Josh einen Vorschlag: »Ich lasse meine Schuhe hier stehen und kühle meine Füße kurz im Pool. Und wenn ich mich dann nicht mehr fühle, als würde ich auf glühenden Kohlen stehen, können wir tanzen. Deal?«

Schnell streckt mir Josh seine Hand entgegen, in die ich sofort einschlage. »Deal!«, bestätigt er. »Magst du vorgehen und ich besorge uns in der Zwischenzeit etwas zu trinken?«

Wild nicke ich mit dem Kopf. Das hört sich sogar ziemlich perfekt an.

Ich schlüpfe aus meinen Schuhen und betrachte sie ein paar Sekunden. Hoffentlich stehen die auch später immer noch hier, denn wenn ich ohne die High Heels nach Hause komme, killt mich meine Mutter. Die Schuhe aber mitzunehmen, ist im Moment keine Option, denn ich will so viel Abstand wie nur möglich zwischen mich und diese Teufelstreter bringen.

Mit einem »Bis gleich« und einem kurzen Winken verabschiede ich mich von Josh – und den Schuhen –, dann schieben wir uns in unterschiedlichen Richtungen durch das Partyvolk. Ich bin mir allerdings ziemlich sicher, dass ich mich viel zaghafter durch die Menschenmenge bewege als mein Kumpel. Was vermutlich ganz allein der Angst zuzuschreiben ist, die mir im Nacken sitzt. Immerhin könnte mir jemand auf meine schmerzenden Füße treten.

Zu meiner Erleichterung schaffe ich es durch den Raum bis zur Terrassentür, wo die Sitzgelegenheiten des Wohnzimmers zusammengestellt wurden, so dass eine riesige Tanzfläche entstanden, aber noch genug Platz ist, um nach draußen zu treten.

Froh, die potentiellen Auf-den-Fuß-Steiger hinter mir gelassen zu haben, nehme ich einen tiefen Atemzug. Masons Eltern haben echt verdammt viel Kohle und das bemerkt man auch im Garten. Das Gras ist akkurat gestutzt und hat einen wunderschönen satten Grünton. Wäre die Tür hinter mir geschlossen und die harten Beats somit eingesperrt, könnte ich bestimmt das Meer rauschen hören, da das Haus der Bennetts direkt am Strand liegt. Dass sie dennoch einen Pool haben, der halb so groß ist wie unser Haus, führt mir vor Augen, was für ein bescheidenes Leben ich im Gegensatz zu Mason und Harper führe.

So schnell ich kann, humpele ich auf das Wasser zu und strecke meine Füße mit einem wohligen Seufzer in das kühle Nass. Sofort jagt eine Gänsehaut über meinen Körper. Die aufgeheizte Luft, die im Inneren des Hauses geherrscht hat, steht im krassen Gegensatz zu der frischen Brise, die nun vom Meer hierherweht und mir meine schwarzen Haare ins Gesicht wirbelt.

»Hey«, höre ich plötzlich die Stimme des Menschen, dem ich heute am allerwenigsten alleine begegnen wollte.

Ethan setzt sich ungefragt neben mich.

Ich drehe meinen Kopf zu ihm und muss feststellen, dass er immer noch gut aussieht. Er trägt eine kurze Hose – wenn ich es nicht besser wüsste, würde ich behaupten, dass er gar keine langen besitzt – und ein grünes Shirt, das ich ihm geschenkt habe. Ich hätte erwartet, dass mein Herz bei diesem Gedanken einen Schlag aussetzt, doch es passiert nichts.

»Na, bist du gar nicht bei deinen Freunden?«, frage ich ihn.

»Es gab mal eine Zeit, da waren wir Freunde«, weicht er meiner Frage aus.

Ich lache leise. »Ethan, wir waren nie Freunde«, erkläre ich ihm mit tadelndem Tonfall. Früher kannten wir uns kaum, bis

Ethan beschloss, dass er mit mir zusammen sein möchte. Bis zu dem Tag, an dem er das nicht mehr wollte.

Er räuspert sich leicht. »Vielleicht hätten wir das besser sein sollen.«

Ich verschränke die Arme vor der Brust und betrachte Ethan eine ganze Weile stumm. »Weißt du, zu Beginn des neuen Schuljahres hätte ich dir widersprochen«, sage ich leise. »Aber nachdem nun fast vier Monate vergangen sind, muss ich dir leider zustimmen.«

Aufgrund meiner Worte weiten sich Ethans Augen. Bestimmt hat er nicht damit gerechnet. »Meinst du das ernst?«

»Ja, auf jeden Fall. Wären wir nur Freunde gewesen, dann hättest du dich niemals so intensiv um mich bemüht und in mein Herz hättest du dich ebenfalls nicht geschlichen.« Ich schüttele meinen Kopf. »Du hast mich einfach in dich verliebt gemacht.« Ich schiebe leicht meine Unterlippe vor und sehe ihn an wie ein schmollendes Kleinkind.

»Es tut mir leid«, entschuldigt sich Ethan bei mir.

»Ab jetzt verlange ich jedes Mal einen Dollar, wenn du das sagst.«

»Dass es mir leidtut?«

Statt einer Antwort strecke ich Ethan meine Hand entgegen. Er starrt eine Weile darauf. Zur Verdeutlichung sage ich: »Ich meine das ernst mit dem Geld!«

Ethan stopft seine Hand umständlich in seine Hosen und gibt mir einen 5-Dollar-Schein. »Für die nächsten vier Mal«, lässt er mich wissen.

Das Geld nehme ich entgegen und stopfe es oben in den Ausschnitt meines Bandeaukleids.

Mein Exfreund schnaubt. »Du bist verrückt.«

»Ich weiß. Es gibt Menschen, die schätzen meine Art.«

Ethan greift nach meiner Hand. »Mia, das tue ich auch. Das habe ich immer getan. Das war einer der Gründe, weshalb ich unbedingt mit dir zusammen sein wollte. Ich habe mir so sehr gewünscht, dass ich mich mit der Zeit richtig in dich verliebe, weil du eine wirklich außergewöhnliche Person bist. Ich habe alles versucht, damit es funktioniert …«

Ich schüttele Ethans Hand ab. »Willst du mir jetzt damit kommen, dass es nicht an mir lag, sondern an dir?« Mit meinem Fuß wirbele ich etwas Wasser im Pool auf, um mich abzulenken. Vielleicht auch, um mich ein wenig abzukühlen. Denn es tut zwar nicht mehr weh, mit Ethan zu sprechen, aber ein kleines bisschen Wut kocht jedes Mal in mir auf, wenn er mit seinen Entschuldigungen anfängt.

»Aber es ist so. Du bist so ein tolles Mädchen und ziemlich perfekt. Leider habe ich mich lange Zeit, bevor ich mit dir zusammengekommen bin, bereits in eine andere verliebt.«

Ich zucke zurück, da mich die Wucht seiner Worte völlig unvorbereitet trifft.

»D-d-das heißt«, stottere ich, »dass du die ganze Zeit über, während du mit mir zusammen warst, eigentlich gar nicht richtig mit mir in einer Beziehung warst?«

»Doch, das war ich.«

»Nein«, widerspreche ich. »Nicht mit dem Herzen. Nicht so wie ich.«

»Es tut mir so leid!« Gott sei Dank habe ich bereits fünf Mäuse im Voraus bekommen. Nicht auszudenken, wenn ich ihm nun meine Hand entgegenstrecken müsste, denn ich habe keine Lust mehr, ihn zu berühren.

Nicht einmal beiläufig. Nicht einmal aus Versehen.

»War es immer Emily?« Ich mache eine kurze Pause und verbessere mich. »Ist es Emily?«

Ethan schweigt, doch ich nehme das zaghafte Nicken wahr. Ich weiß nicht, was ich darauf sagen soll. Ehrlich gesagt bin ich ziemlich fassungslos.

Das, und auch ziemlich wütend. Immerhin hat mir mein Freund, von dem ich dachte, dass er mich liebt, die ganze Zeit über etwas vorgespielt.

»Willst du nicht etwas sagen?«, fragt Ethan nach einer Weile.

»Was möchtest du hören? Danke, Ethan, dass du mir nicht nur das ganze Jahr, sondern jetzt auch den Silvesterabend verdirbst?«

»Nein. Eher etwas in der Art, dass du mir verzeihst?«

»Scheiße, ist das dein Ernst? Erwartest du, dass ich dir jetzt eine Absolution für dein Verhalten erteile? Sorry, aber da bist du bei mir an der falschen Adresse.« Ich lache laut auf, obwohl mir absolut nicht nach Lachen ist.

Ethan sieht verzweifelt aus, als er wieder spricht: »An wen soll ich mich denn dann wenden? Ich fühle mich absolut beschissen und ich wollte dir das nie antun. Ich wollte nie mit Em schlafen.« Er schüttelt heftig den Kopf. »Alle Entscheidungen, die ich getroffen habe, waren absolut falsch.«

Freudlos murmele ich: »Versuch es mal beim Papst. Vielleicht will der deine Entschuldigungen hören.« Erst danach sickern seine Worte nach und nach in mein Gehirn und mein Mund steht vor Empörung einige Sekunden sperrangelweit offen.

»Du hast mit Emily geschlafen?«, hauche ich tonlos. Gefühllos. Vielleicht auch mit kühler Resignation.

Ich hatte immer die Hoffnung, dass Ethan Emily nur geküsst hat und ich bin froh, dass ich die Erkenntnis, dass die beiden Sex hatten, erst heute gewonnen habe. Denn jetzt bin ich so weit über die Sache mit Ethan hinweg, dass ich nicht mehr daran zerbreche.

Stinksauer bin ich natürlich immer noch, aber … egal. Lassen wir das.

Abwehrend streckt Ethan seine Hände in die Luft und zieht seinen Kopf ein. »Es war nur einmal.«

»Ja, da kann ich mir jetzt auch nichts von kaufen«, blaffe ich ihn an. Ich sollte einfach verschwinden und mir das alles nicht antun. Und ich kann mir selbst nicht erklären, warum ich es nicht einfach tue. Vielleicht ist es der Gedanke, dass Ethan mir diesen ganzen Mist jetzt erzählen soll, damit mich die Geschichte nicht ins neue Jahr verfolgt.

Ich reibe mir mit meinen Zeige- und Mittelfingern über die Schläfen. Ethan sieht mir wohl an, dass ich einen Moment brauche, um mich zu sammeln, und hält brav seine Klappe.

»Okay«, sage ich nach einer Weile. »Wir reden jetzt ein einziges Mal über die Geschichte und versuchen dann, alles hinter uns zu lassen.«

Ethan nickt mit zusammengepressten Lippen. »Auf jeden Fall.«

Seine unter der Oberfläche brodelnde, aber deutlich sichtbare Euphorie teile ich zwar nicht, aber ich ziehe das jetzt trotzdem durch.

»Also, du hast mit Emily geschlafen«, fasse ich zusammen. »Während wir noch zusammen waren?« Ich lasse es absichtlich wie eine Frage klingen.

»Ja.«

»Bei dem Campingausflug?« Ich spare es mir, laut zu erwähnen, dass alle außer Miles und mir dabei waren. Das war ja offensichtlich zu seinem Vorteil. »Und du hast dir mit Emily ein Zelt geteilt?«

»Ja.«

»Und dann kam eines zum anderen und ihr seid in der Kiste gelandet?«

Ethan seufzt. »So … war es nicht. Emily erfuhr an diesem Tag, dass Mason mit Jackson zusammen ist und ich habe sie … getröstet.«

»Hat ja wirklich gut geklappt. War es schön?« Okay, eines ist nun klar: Erstens sollte ich nachdenken, bevor ich spreche. Und zweitens: Offensichtlich bin ich ein Masochist, denn wieso zum Teufel habe ich diese Frage gestellt?

Auch Ethan weiß offensichtlich nicht, wie er damit umgehen soll, denn er zögert sichtlich. »Schon … irgendwie. Aber ich hatte auch ein schlechtes Gewissen dir gegenüber.« Noch viel weniger, als dass ich diese Frage gestellt habe, kann ich fassen, dass er sie auch noch beantwortet.

»Super, dass du überhaupt einen Gedanken an deine Freundin verschwendet hast.« Ehrlich, wieso tue ich mir das an? Ach ja … neues Jahr und so weiter.

»Gut. Du hast ja dann auch mit mir Schluss gemacht. Aber wieso zum Teufel bist du dann nicht mit Emily zusammen?«

Ethan vergräbt sein Gesicht zwischen seinen Händen, so dass ich ihn nur noch gedämpft höre: »Weil sie es bereut. Oder bereut hat. Keine Ahnung.«

Skeptisch ziehe ich meine Augenbrauen hoch. »Wie meinst du das?«

»Emily war in einer Ausnahmesituation und ich habe das ausgenutzt. Ich wollte kein Arsch sein, war ich aber trotzdem. Dir und ihr gegenüber. Nachdem wir … na, du weißt schon … hat sie mir eine Abfuhr erteilt und gesagt, dass ich nicht mit dir Schluss machen soll, weil sie nicht am Ende unserer Beziehung schuld sein wollte.«

Verständlich. Wer will das schon? Ich weiß, dass auch Mason eine Weile mit seinen Schuldgefühlen gegenüber Emily zu kämpfen hatte. Manchmal frage ich mich, ob alle Freundeskreise so kaputt sind wie unserer. Oder ob wir uns überhaupt noch *Freunde* nennen dürfen. »… nie wieder etwas passiert.« Mist. Ich sollte mich mehr auf Ethan konzentrieren, denn vielleicht verpasse ich hier gerade etwas ganz Entscheidendes. Oder auch nicht. »Emily sieht, wie du leidest und obwohl ich mir sicher bin, dass sie mich ebenfalls sehr gerne mag, sind wir nicht zusammen.«

Ich sehe Ethan lange an und wäge jedes meiner Worte gründlich ab, bevor ich es ausspreche. »Ihr braucht auf mich keine Rücksicht nehmen«, sage ich dann zu Ethan. »Nicht mehr! Von mir aus bekommst du jetzt meinen Segen oder was auch immer du erwartest.« Bei meinen Worten beginnen seine Augen zu strahlen. »Aber tu mir einen Gefallen.«

»Jeden!«, sagt er sofort.

»Lass ihr Zeit. Emily hat im Moment genug andere Probleme. Sie sollte sich darauf konzentrieren, gesund zu werden.«

Ethan nickt und scheint zu verstehen, worauf ich hinauswill. »Ja, ich denke, es ist am besten, wenn sie sich auf ihre Therapie konzentriert. Sie wird ihre ganze Kraft in der Klinik brauchen und soll keine Gedanken an uns verschwenden.«

Sehe ich auch so, denn es macht keinen Sinn, seine Probleme dadurch lösen zu wollen, dass man nichts mehr isst. Ich hoffe, dass Emily das klar wird.

Ich räuspere mich kurz. »Weißt du, wann es losgeht?«

»Nach den Feiertagen.«

»Ich hoffe, sie bekommt die Hilfe, die sie braucht.« Und das meine ich ganz ernst. Auch wenn viel zwischen uns vorgefallen ist, wünsche ich mir, dass Emily wieder gesund wird.

»Ich auch.«

Wir schweigen kurz, bis ich Ethans Name ausspreche.

»Ja?«

»Du kannst jetzt verschwinden«, sage ich mit einem Lachen in der Stimme.

Auch aus seiner Kehle stiehlt sich ein belustigter Laut. »Okay. Ich gehe dann mal die anderen suchen.«

»Viel Spaß dabei«, sage ich und sehe ihm nach, während er auf das Haus zugeht. Dabei entdecke ich Josh, der einige Meter entfernt auf einer Sonnenliege sitzt und zwei Bierflaschen und zwei rote Becher neben sich stehen hat. Ich rappele mich ebenfalls hoch und gehe auf ihn zu.

»Wie viel hast du gehört?«, möchte ich wissen.

Er streckt mir eine Flasche entgegen, von der ich einen großen Schluck nehme, da die Quasselei meine Kehle ausgetrocknet hat.

»Nicht viel. Ich war außer Hörweite, aber trotzdem in deiner Nähe«, sagt er und sieht mich dabei so verträumt an, dass mein Herz einen kleinen Satz macht. »Wie fühlst du dich?«

»Ganz ehrlich? Ein wenig ausgelaugt. Emotional.«

»Brauchen wir Eis und Eierlikör?«

Sofort schüttele ich meinen Kopf. »Nein, komischerweise nicht.«

»Du gehst ziemlich erwachsen mit der ganzen Sache um.«

Ich bin nicht sicher, ob ich Josh da zustimme, denn ich habe immer wieder kleine Aussetzer, zum Beispiel, wenn ich mir mal wieder vorstelle, wie ich Ethan ein Bein stelle, doch im Moment bin ich einfach froh, dass ich nun endlich die gesamte Wahrheit kenne, obwohl ich genau das eigentlich nie wollte. Aber weiterhin mit der Ungewissheit zu leben, was wirklich zwischen Ethan und Emily vorgefallen ist, hätte mich wohl davon abgehalten, mit der Sache abzuschließen. Es ist doch so, dass man sich in schwachen Momenten über solche Fragen am meisten den Kopf zerbricht.

»Nein, tue ich nicht«, sage ich zu Josh und greife nach dem Becher. Ich stoße mit ihm an und exe das Getränk. Gleich darauf nehme ich einen Schluck vom Bier. »Denn ich gebe mir jetzt ordentlich die Kante, weil ich nicht damit klarkomme, dass Ethan nie in mich verliebt war.« Darüber werde ich wohl nicht so schnell hinwegkommen. Immerhin habe ich nie an seiner Liebe gezweifelt.

»Ich weiß nicht, ob das so eine gute Idee ist.« Während er das sagt, liegt die Stirn meines Kumpels in Falten.

»Oh doch! Und du unterstützt mich dabei. It's Partytime!«

# Kapitel 12

»'s is gleich Middanaaacht«, lallt Josh. Echt jetzt? Ich halte mir mein Handgelenk vor die Augen, um die Uhrzeit zu checken. Blöd nur, dass ich erstens keine Uhr trage, und mir zweitens den Inhalt meines Bechers in den Ausschnitt kippe.

»S-s-supa«, zische ich wie eine Schlange.

Ich beuge meinen Kopf nach unten und versuche das klebrige Zeug aufzulecken, stoße aber an die Grenzen meines Körpers. Ich habe einfach keine so lange Zunge wie dieser Kiss-Sänger. Es gibt Dinge, an denen kann nicht einmal Alkohol etwas ändern.

»Waddema«, sagt Josh. Ich brauche ein paar Sekunden, bis ich sein Kauderwelsch in »Warte mal« übersetzt habe. Pfff ... der Typ ist aber auch betrunken.

Erschrocken will ich zurückweichen, da Josh plötzlich in meinem Ausschnitt hängt. »Ich maaach das«, lässt er mich noch wissen, bevor er seine Zunge über mein Dekolleté wandern lässt.

*Eigentlich* sollte ich Josh jetzt von mir wegdrücken. Mache ich nur nicht. Denn mein Herz beginnt plötzlich aufgeregt zu schlagen und ich kralle meine Hände in seinen Haaren fest. Ob Josh das Klopfen in meiner Brust bemerkt? Vermutlich nicht, da er damit beschäftigt ist, den Alkohol aus dem Stoff meines Kleides zu saugen. Hoffentlich hört er niemals damit auf. Wenn er allerdings wieder nüchtern wird, bemerkt er vermutlich, dass ich kein Junge bin, den er da abschleckt. Gehört Josh zu den Männern, die, wenn sie betrunken sind, plötzlich hetero werden?

Ich runzele meine Stirn. Irgendetwas stimmt bei diesem Gedankengang nicht. Waren es nicht Heteromänner, die betrunken … Wo war ich gerade? Josh und seine Zunge lassen es nicht zu, dass ich auch nur einen annähernd vernünftigen Gedanken –

»Josh«, höre ich plötzlich meinen Bruder ganz laut durch den Raum rufen und drehe mich zum DJ-Pult. Verdammt. Hat der da gerade ein Mikrophon in der Hand? »Nimmst du bitte deine Zunge aus dem Ausschnitt meiner Schwester?«

Meine Wangen leuchten bestimmt in einem herrlichen Rotton. Dabei wäre Pink doch viel schöner. Sofort zuckt Joshs Kopf zurück und er sieht mich mit großen Augen an. »Isch schwör, isch hadde grade Miles' Stimme im Kopf, der mia gesagt hat, isch soll das«, er deutet auf mein Dekolleté, »nicht tun.«

Ich bemerke, dass sich der Großteil der Menge zu uns gedreht hat, um uns interessiert zu mustern, aber ich tue jetzt einfach mal so, als würde ich das nicht bemerken. Ungerührt sage ich: »Die Stimme kam nich ausm Kopf, sondern ausm Lautsprecher.«

»Dea had das mitbekomm?«

Mein Cousin und sein Freund steuern auf uns zu. Mason grinst Josh an, der die Geste umgehend erwidert, ohne auf Jacksons säuerlichen Gesichtsausdruck zu achten. »Ich würde sagen, das hat so ziemlich jeder in diesem Haus mitbekommen.«

Josh sieht mich bedauernd an. »Sorry. Das is siemlich peinlich.«

Ich mache einen Schritt auf ihn zu, stelle mich auf die Zehenspitzen und lecke über seinen Hals. Salzig. Würde gut zu Tequila passen. »Isses dia jetz weniga peinlich?«, frage ich ihn.

Leise höre ich meinen Cousin murmeln. »Für euch bestimmt. Der Rest der Gäste kann sich nicht entscheiden, ob sie eher angewidert oder belustigt sein sollen.« Kann ich verstehen, denn ich bin mir selbst nicht sicher, wie ich das finde.

Josh sieht mich mit ziemlich verklärtem Blick an. »Isch finds subba.«

Ja, so etwas in der Richtung hatte ich aufgrund seines Alkoholspiegels schon befürchtet.

Plötzlich quiekt jemand neben uns. »Ihr seid soooo süß!«

Mit hochgezogenen Augenbrauen drehe ich mich zu … oh! Cool. Harper ist da. »Habbbaaaaa«, kreische ich und umarme meine Freundin. »Weissu, ich hab dich so vermisst. Wia müssn wieda viel mehr machen mitnanda.«

Harper lacht leise auf. »Ich erinnere dich in ein paar Tagen daran.«

Ich zeige mit dem Finger auf sie. Allerdings verschätze ich mich etwas mit der Distanz und stupse ihr gegen die Nase. »Gudde Idee.«

Josh hat sich in der Zwischenzeit hinter mich geschlichen und seinen Kopf an meine Schulter gelegt. Gut so. Dann kann er nicht mehr aus meinem Kleid trinken.

Ich lege meinen Kopf schief und frage Harper: »Wosn Dan?«

Statt meiner Freundin antworten Mason und Jackson gleichzeitig: »Der holt den Sekt.«

Mason sieht Jackson in die Augen, zieht ihn an sich und dann küsst er meinen Cousin. Ich kann mir gerade so das *Awwwwwww* verkneifen.

Meine Mundwinkel wandern weit nach oben. Wenn man Jackson und Mason beobachtet, merkt man, wie verliebt die beiden ineinander sind.

Ich drehe meinen Kopf so, dass ich Josh ansehen kann und bemerke, dass er Mason und Jackson ebenfalls betrachtet. Ob er sich auch manchmal nach dem sehnt, was die beiden teilen?

Harper schreit: »Huhuuuu, Dan!« Sie winkt wie eine Verrückte, um ihren Freund auf sich aufmerksam zu machen. »Hier sind wir.«

Leider vergeht meine gute Laune, als ich sehe, dass Dan seine Schwester Emily im Schlepptau hat, dicht gefolgt von Ethan. Juhuuuu.

Dann ist ja die ganze Truppe, bis auf meinen Bruder, versammelt. Der hat ein Mädchen im Arm und winkt mir zu. Jaja, jetzt ist er wieder freundlich, nachdem er seine doofe Durchsage gemacht hat.

Die Menge beginnt den Countdown für das neue Jahr zu zählen und mir wird klar, dass ich von Pärchen umringt bin.

Mason und Jackson.

Dan und Harper.

Und auch wenn mir der Gedanke nicht gefällt: Ethan und Emily.

Als die Menge bei eins angekommen ist, will ich mich umdrehen, um Josh ein gutes neues Jahr zu wünschen, erstarre aber mitten in der Bewegung, denn … Ethan gibt Emily einen keuschen Kuss auf den Mund.

Ich hätte es kommen sehen müssen. Ganz ehrlich. Es ist Mitternacht. Und Ethan liebt dieses Mädchen.

Aber zu sehen, wie mein Exfreund eine andere küsst, lässt mich endgültig begreifen, dass nichts mehr so ist, wie es war. Und ich weiß nicht, wieso mich die Erkenntnis plötzlich innehalten lässt. Mich nahezu lähmt, wo ich doch Ethan quasi ein paar Stunden zuvor noch meinen Segen gegeben habe.

Plötzlich spüre ich Joshs Hand auf meiner Wange, die mich irgendwie wieder zurückbringt. Weg von der Vergangenheit. Weg von Ethan und Emily.

Josh – mein Josh – dreht mich die letzten Zentimeter zu sich und sieht mir tief in die Augen. Er lehnt seine Stirn gegen meine: »Lass dir davon nich das neue Jahr verderben.«

»Was soll ich dann tun?«, frage ich schlagartig ernüchtert, wobei es mich große Mühe kostet, den allgemeinen Jubel zu übertönen. Eigentlich hätten wir uns in die Arme fallen und uns ein schönes neues Jahr wünschen sollen, stattdessen belaste ich Josh mal wieder mit meinen Problemen.

»Zeig allen, dass du drüber hinweg bist«, fordert er mich auf.

Was erwartet er von mir? Dass ich blöde grinsend durch die Gegend springe und mich mit Alkohol gegen dieses seltsame

Gefühl wehre, das in mir aufsteigt und mich verwirrt? Weil es kein Schmerz ist, sondern etwas anderes, das ich nicht wirklich definieren möchte? Oder soll ich mir einfach eingestehen, dass es Eifersucht ist? Eifersucht auf das, was ich auch haben könnte, wenn ich meine Zeit nicht mit Ethan verschwendet hätte?

Denn dann muss ich ihn enttäuschen. Das klappt nicht! Habe ich nämlich bereits versucht.

Überwältigt von dem Gefühlschaos in mir drinnen stelle ich mich auf Zehenspitzen und wispere in sein Ohr: »Aber wie?«

Ich ziehe mich ein klein wenig zurück, um Josh ansehen zu können, doch er folgt mir sofort. Er lässt nicht zu, dass ich mich von ihm entferne. Als sein Gesicht nur noch wenige Millimeter von meinem entfernt ist, sagt er leise »So!« und überbrückt den Abstand zwischen uns.

Seine Lippen treffen auf meine und diese Berührung ist gleichzeitig nichts … und alles.

Nichts ist sie nur, weil sie für ihn keine Bedeutung hat. Er macht es nur, damit ich mich besser fühle. Weil er mein Freund ist und alles für mich tun würde. Wohingegen dieser Moment für mich einfach alles ist, denn mir wird mit einem Schlag klar, dass meine Gefühle für Ethan verschwunden sind. Vielleicht habe ich sie aber auch einfach auf Josh übertragen. Und das halte ich wirklich für eine außerordentlich dumme Idee.

Diese wird nur noch davon getoppt, mich eng an Josh zu schmiegen und den Kuss, den er mir gibt, zu erwidern. Zuerst zaghaft, doch nach ein paar Sekunden des stummen Herantastens bereits stürmischer. Josh stupst mit seiner Zungenspitze leicht gegen meine Lippen, bevor er den Kuss intensiviert. Meine Hände, die zuvor tatenlos nach unten hingen, lege ich zuerst in seinen Nacken, entscheide mich jedoch um und lasse sie in seine Haare gleiten. Ich habe sie nicht berührt, seit ich ihm damals die schreckliche Frisur gemacht habe, dennoch fühlt sich die Geste seltsam vertraut an. So als hätte es immer so sein müssen. Und das macht mir Angst. Verdammte Angst.

Ich klammere mich regelrecht an Josh fest, während mein Herz aufgeregt in meiner Brust schlägt. Die Party, die rund um uns tobt, habe ich bereits völlig ausgeblendet, denn ich konzentriere mich nur noch auf den Jungen, der seine Hände nahezu fanatisch über meinen Körper wandern lässt. Ich habe das Gefühl, dass wir beide uns noch nicht nah genug sind und klammere mich deshalb ebenso an Josh fest, wie er sich an mich festklammert.

Von weit her höre ich alle »Fröhliches neues Jahr!« rufen, doch mit dem Gedanken, nun einem nach dem anderen um den Hals zu fallen, kann ich mich gerade nicht wirklich anfreunden. Ich bemerke, dass mich immer wieder mal jemand antippt oder meinen Namen ruft, aber ich kann und will mich einfach nicht von Josh lösen. Und ihm geht es offensichtlich ebenso.

Joshs Hände liegen auf meinem unteren Rücken und sie brennen sich fast durch mein dünnes Kleid. Ich kann die Wärme spüren, als würde ich nackt vor ihm stehen. Vielleicht tue ich das auch. Emotional gesehen, denn Josh weiß bestimmt, dass ich nicht wahllos irgendwelche Typen küsse und es *immer* etwas zu bedeuten hat, wenn ich es tue.

Als er den Kuss noch ein bisschen intensiver werden lässt und unsere Zungen sich in immer schnellerem Tempo umschmeicheln, kapituliert mein Körper und meine Beine knicken leicht weg. Doch ich falle nicht, denn Josh hält mich. Er fängt mich auf, so wie er es immer tut. Er ist mein verdammter Anker, ohne den ich einfach durchs Leben treiben würde.

Angst durchflutet mich. Ich meine … bevor ich mich wieder auf einen Jungen einlasse, sollte ich doch erstmal wieder mit mir selbst und meinem Leben klarkommen, oder? Ich darf nicht weiterhin darauf hoffen, dass Josh für mich da ist und meine Probleme mit seiner unbeschreiblichen Art in den Hintergrund rücken lässt. Was ist, wenn ich mein Herz wieder an den Falschen verschenke? Immerhin liegen meine Lippen gerade auf denen von Mr. Regenbogen.

Leider halten mich meine ganzen Gedanken nicht davon ab, Josh weiterhin mit allem zu küssen, was ich zu geben habe. Auch wenn es vielleicht ein Fehler ist und ich dadurch meinen besten Freund verliere.

# Kapitel 13

*Josh*

*Frühling*

Ich liege auf meinem Bett in der WG und werfe mein Smartphone neben mich, nachdem ich versucht habe, Mia zu erreichen. Zum wiederholten Mal. Ohne eine Reaktion von ihr, versteht sich.

Seufzend setze ich mich auf und schwinge meine Beine aus dem Bett, stütze die Ellbogen auf den Knien ab und vergrabe mein Gesicht in den Händen, um … Ja, was eigentlich?

Ach ja. Um mich selbst zu bemitleiden, wie bereits die letzten Monate.

Und das alles wegen dieses Mädchens, das mir einfach nicht mehr aus dem Kopf – und auch nicht an sein verdammtes Telefon – geht. Ich verstehe nicht, wieso sie sich nicht mehr bei mir meldet … wobei … eigentlich verstehe ich es nur allzu gut.

Wieso zum Teufel muss ich auch so ein verdammter Idiot sein? Ich habe es schamlos ausgenutzt, dass Mia am Silvesterabend betrunken war und einfach nicht über die Konsequenzen nachgedacht. Mia war noch nicht so weit. Ich hätte sie nicht küssen sollen, egal wie sehr ich mich seit unserem ersten Treffen danach gesehnt habe.

Verfluchte Scheiße. Ich habe dieses Mädchen das erste Mal gesehen, mit den vom Weinen verquollenen Augen und der geröteten Nase und wusste: Die ist es. Was irgendwie eigenartig ist, denn sonst kann ich mit Mädchen, die heulen, nichts anfangen. Wenn meine Schwestern den Tränen nahe sind, fühle ich mich immer so schrecklich hilflos und weiß nicht, was ich sagen soll. Bei Mia jedoch habe ich immer das Gefühl, zu wissen, was sie braucht.

Nur die Küsse am Silvesterabend … die hat sie nicht gebraucht. Seit diesem Tag verfluche ich mich jede Sekunde dafür, dass ich es überstürzt habe.

Wenn ich nur an dieses völlig abgefuckte Gespräch zurückdenke, das wir am Neujahrstag geführt haben, kommt mir noch immer das Kotzen.

* * *

Langsam öffne ich meine Augen, weiß jedoch schlagartig, wo ich mich befinde. Bei wem ich mich befinde. Neben meiner Mia.

Sie hat ihr Bein über meines gelegt und ihr Kopf ruht auf meiner Brust. Mit der Hand streichele ich sanft über ihren nackten Rücken und als ich die Bettdecke ein bisschen anhebe, bemerke ich, dass ich noch meine Boxershorts trage. Mia hat ebenfalls noch ihr Höschen an.

Gestern hätten wir fast miteinander geschlafen, aber wir waren beide betrunken. Nicht zu betrunken, um es trotzdem zu tun, aber ich wollte nicht, dass es so passiert. Nicht mit ihr. Bei jeder anderen wäre es mir scheißegal gewesen, doch bei Mia ist vieles anders.

Ich ziehe sie näher an mich, einfach weil ich es kann und weil sie die meiste Zeit viel zu weit weg ist. Ich wünschte, es wäre immer so wie in diesem Moment.

Langsam beginnt sie sich in meinen Armen zu bewegen. Ich kann auf die Sekunde genau den Zeitpunkt bestimmen, in dem sie realisiert, in wessen Armen sie liegt – es ist der, in dem sie sich plötzlich komplett versteift. Ich vermute, dass sie auch das Atmen eingestellt hat.

Um sie zu beruhigen, streichele ich weiter sanft über ihren Rücken und sage: »Mia? Alles in Ordnung?«

Offensichtlich nicht, denn sie drückt ihre Handflächen gegen meine Brust und stemmt sich hoch. Als sie vor mir sitzt, kann ich nicht anders als auf ihre Brüste zu starren. Ich würde mich gerne dafür entschuldigen, dass ich ein hormongesteuerter Arsch bin, aber noch viel lieber würde ich jetzt einfach … Verdammt! Wieso greift sie jetzt nach dem Bettzeug und hält es vor sich?

Mia schüttelt immer wieder ihren Kopf und gerade, als ich meine Hand an ihre Wange legen will, um sie zu zwingen, damit aufzuhören, sagt sie: »Hatten wir gestern Sex?«

Ich erstarre mitten in der Bewegung. »Kannst du dich nicht mehr erinnern?«

»N-nein«, stottert sie und sieht mir aus aufgerissenen Augen entgegen.

»An gar nichts mehr?«, frage ich nach. Ich meine … okay, wir waren beide betrunken, aber dass sie einfach alles vergessen hat. Die Berührungen … die wirklich phantastischen Küsse.

Mia beißt sich auf die Lippe und wendet den Blick. »Ich erinnere mich an Mitternacht. Daran, dass …« Sie unterbricht sich und zögert weiterzusprechen. Ihrem Gesicht ist regelrecht abzulesen, wie unangenehm ihr die Situation ist. »Wir haben uns gemeinsam auf den Heimweg gemacht.« Heimweg ist gut … der hat nämlich gefühlte Stunden gedauert, da wir ihn knutschend hinter uns gebracht haben. »Danach … weiß ich nichts mehr.«

Ich stütze mich auf den Ellbogen ab. Die Erkenntnis, dass sie nichts mehr vom weiteren Verlauf des Abends weiß, pisst mich gerade ziemlich an, weil er für mich alles bedeutet hat.

»Ich kann dich beruhigen«, blaffe ich etwas ungehalten und schaffe es nicht, den bitteren Unterton zu vermeiden. »Ich habe dich nicht gevögelt.«

Sie zuckt aufgrund meiner Wortwahl stark zusammen. Ihr

gegenüber nehme ich solche Sätze sonst nicht in den Mund, aber Scheiße noch mal … endlich hat das Warten ein Ende und jetzt macht sie sofort wieder einen Rückzieher. Meinetwegen.

Leise murmelt sie: »Gut zu wissen.«

Was zur Hölle …? Ich glaube, ich verhöre mich gerade. »Was soll das bedeuten?«

Sie presst die Lippen aufeinander, doch dann kommen die Worte so schnell aus ihrem Mund, dass sich ihre Stimme fast überschlägt. »Dass ich froh bin, dass wir keinen Fehler gemacht haben.«

Ich brauche einige Sekunden, um den Sinn dahinter zu verstehen, und ziehe dann meine Augenbrauen in die Höhe. »Aha. Ein Fehler!« Ich muss an mich halten, um nicht wie ein Irrer irgendwogegen zu schlagen. Vielleicht ist das Gesicht ihres Exfreundes dafür eine gute Option? Die Idee gefällt mir gut, dennoch reiße ich mich zusammen und frage: »Wie genau kommst du darauf?«

»Na ja, weil du doch …« Mia spricht nicht weiter und ich ärgere mich maßlos über sie, denn es gibt tausend Möglichkeiten, wie sie diesen verdammten Satz hätte beenden können.

… weil du so verdammt gut aussiehst.

… weil du viel zu viel Party machst und das mit uns nicht klappen würde.

… weil wir zu weit auseinanderwohnen.

… weil du offensichtlich in mich verliebt bist und ich nicht in dich.

… weil … keine Ahnung. Vielleicht weil sie Ethan immer noch liebt!

Fuck! Das wird es sein. Ich stehe auf, um Mia nicht länger ins Gesicht blicken zu müssen. Ich sehe mich nach meiner Tasche um, kann sie aber im ersten Moment nicht finden. Deshalb greife ich nach der Hose, die ich gestern Abend getragen habe. Ich werfe Mia mein Hemd zu, das bis eben noch auf dem Boden gelegen hat und das sie sich sofort überzieht.

Schweigend gehe ich auf das Fenster zu und starre mit vor der

Brust verschränkten Armen nach draußen auf meinen Wagen. Ich sollte gehen. Nach Hause verschwinden und den Rest der Feiertage mit meiner Familie verbringen.

Nicht bei dem Mädchen bleiben, für das ich nur ein guter Freund bin.

In meiner Brust zieht es ziemlich heftig und ich habe das Gefühl, mich jede Sekunde übergeben zu müssen. Das liegt aber nicht am Alkohol, den ich gestern getrunken habe. Ich bin mir ziemlich sicher, dass es mein verdammtes Herz ist. Dafür, dass Mia mich solche Schmerzen fühlen lässt, würde ich gerade alles tun, um sie nicht mehr sehen zu müssen.

Meine – offensichtlich – unerwiderten Gefühle für dieses Mädchen bringen mich dazu, dass ich mich selbst verfluche. Dabei bin ich sonst ein entspannter Typ.

Eigentlich wollte ich nie eine feste Freundin. Mein Leben war gut, so wie es war. Bis auf einmal dieses schwarzhaarige Mädchen mit dem Bandshirt vor mir stand und alles durcheinandergebracht hat. Allem voran mich.

Hätte ich mich gestern besser zurückhalten sollen? Was ist, wenn diese unüberlegte Situation das zerstört hat, was Mia und ich in den letzten Monaten aufgebaut haben? Immerhin werden meine Gefühle für sie nicht einfach verschwinden, wenn wir keinen Kontakt mehr haben. Zumindest denke ich das.

Verdammt noch mal! Ich hätte mich wirklich zusammenreißen sollen. Gestern war eindeutig der falsche Zeitpunkt. Ich wollte zu früh zu viel – meine Feinfühligkeit lässt gerade aber auch zu wünschen übrig, wenn man mal an ihre Vorgeschichte denkt. Mia sollte diejenige sein, die das Tempo bestimmt.

Also drehe ich mich um, bereit, mich zu entschuldigen, erschrecke jedoch tierisch, da Mia sich angeschlichen hat und nur wenige Zentimeter entfernt ein wenig unbeholfen vor mir steht.

Bevor sie noch etwas Dummes sagen kann, tue ich das lieber: »Du hast recht. Wir sind nur Freunde. Das gestern Nacht war ein alkoholbedingter Fehler und wir sollten die ganze Geschichte vergessen.« Ich blicke zu Mia hinunter. Sie steht in meinem Hemd vor mir und sieht so unglaublich schön aus. Am liebsten würde ich sie in meine Arme ziehen und …

»Tun wir einfach so, als wäre nichts passiert«, schlage ich vor.

Mia starrt mich eine Weile fast regungslos an, macht dann aber zaghaft einen Schritt in meine Richtung. Ich lege meinen Arm um sie und ziehe sie an meine Brust.

Die Berührung ist gleichzeitig die Hölle und der Himmel auf Erden. Sie ist mir gerade so nah und doch weiter entfernt als je zuvor.

* * *

»Alter, musst du kotzen?«, fragt Miles.

Ich hebe meinen Kopf und sehe meinen WG-Kumpel im Türrahmen lehnen. Neben ihm steht Will, der mich mit hochgezogenen Augenbrauen ansieht.

Will schüttelt den Kopf. »Nee, so sieht der immer aus, wenn er an seine Mi –«

»Will«, fahre ich ihn an. Das Thema Mia ist zwischen Miles und mir eine etwas heikle Sache. Er findet es nicht besonders cool, dass wir uns geküsst haben. Nicht, weil er mich nicht leiden kann – wie er mir versichert hat –, sondern einzig und allein aus dem Grund, dass er mich aufgrund meines ständigen Wechsels in puncto Frauen – seine Worte, nicht meine – nicht unbedingt als perfekten Freund für seine kleine Schwester sieht. Dass ich in Mia verliebt bin, weiß er nicht. Er denkt, dass die wilde Knutscherei zwischen Mia und mir einfach eine von vielen in meinem Leben war. Und so ungern ich es zugebe, ich kann ihn verstehen. Denn von seiner Position aus betrachtet, bin ich eben kein Unschuldslamm. Ich würde gerne behaupten, dass ich Mia gesehen und nie wieder eine andere Frau angefasst habe. Aber das wäre gelogen. So was von. Ich bin ein ziemliches Arschloch, das versucht, sein langweiliges Leben mit Frauen und zahlreichen Partys zu füllen. Oder besser, ich *war* so ein Typ, denn endlich finde ich die Frau, für die es sich lohnt, mein Leben umzukrempeln, und dann will sie das gar nicht.

Also habe ich mich weiterhin amüsiert, bis Weihnachten kam.

Seit damals – das muss ich mir eindeutig selbst zugutehalten – habe ich keine anderen Frauen mehr angefasst. Jeden Kuss, den ich einer Studienkollegin oder einem dahergelaufenen Partygirl geben würde, wäre nach den Küssen, die ich mit Mia ausgetauscht habe, nur ein billiger Abklatsch.

Das höchste der Gefühle war ein Kuss von Will auf die Wange, ohne den ich meinen Freund einfach niemals loswerde. Darauf besteht er bereits seit Jahren und ich bin nicht homophob genug, um ihm sein Abschiedsritual zu verwehren.

Miles dreht sich leicht zu Will. »Was wolltest du eben sagen?«

Will wirft mir einen bösen Blick zu und sagt dann lächelnd an Miles gewandt: »Nichts, nichts. Nur dass Joshy immer erst ein bisschen in sich gehen muss, bevor er mich in einen Schwulenclub begleitet.« Ich hasse es, wenn er mich so nennt.

»Bitte was?«, frage ich ihn. Wir waren erst gestern gemeinsam in seinem Lieblingsclub und so sehr ich ihn auch auf seiner Suche nach einem Typen unterstütze, zwei Tage hintereinander sind mir dann echt too much.

Mit einem überheblichen Grinsen im Gesicht lässt Will mich wissen: »Ja, natürlich. Du weißt ja, wie das läuft. Unterstützt du mich bei der Suche nach meinem Traummann, helfe ich dir im Gegenzug bei den Frauen.«

Plötzlich mischt Miles sich ein: »Dann verzichte *ich* besser auf deine Hilfe. *Joshy*« – Na toll, jetzt nennt er mich auch noch so! – »ist in letzter Zeit nur selten in weiblicher Begleitung anzutreffen.«

*Liegt daran, dass ich deine Schwester liebe, du Armleuchter,* würde ich ihm gerne entgegenschreien, halte mich aber zurück. Doch es ändert nichts an den Tatsachen. Es fühlt sich sogar falsch an, mit anderen Frauen zu flirten.

Da ich aber nicht wie ein Weichei dastehen will, sage ich: »Warte mal auf Spring Break. Da werde ich bestimmt mehr Mädels aufreißen als du.«

Miles lacht amüsiert. »Mann, ich lege auf. Mir werden die Bikini-Babes die Bühne eintreten.«

»Na, dann weiß ich ja, wo ich mich aufhalten muss, um deinen Schnitt zu versauen.«

Will geht kopfschüttelnd auf mich zu und quetscht sich an mir vorbei ins Bett: »Seid ihr dann damit fertig, eure Penislänge zu vergleichen?«

»Noch lange nicht«, sagen Miles und ich wie aus einem Mund und grinsen uns dabei dämlich an.

Will räuspert sich. »Also, wenn ihr wollt, kann ich gerne mal nachmessen.« Er wackelt mit seinen Augenbrauen und sieht so aus, als würde ihm seine Idee wirklich gut gefallen.

»Ganz bestimmt nicht«, murre ich, während Miles sicherheitshalber ein paar Schritte zurück in den Flur macht.

»I-ich lasse euch mal besser alleine«, stottert Miles peinlich berührt von Wills Direktheit und wirft die Tür ins Schloss.

Tadelnd sehe ich zu meinem besten Freund. »Und weg ist er.«

»Dank mir später«, meint Will schelmisch grinsend.

So ein Spinner! Ich schüttele den Kopf und lasse mich neben ihn auf das Bett sinken. Gemeinsam starren wir an die Decke.

Leise frage ich: »War das dein Ernst mit dem Club?«

»Natürlich«, kommt es sofort von ihm. »Du willst doch sowieso niemanden aufreißen, also wäre es doch Zeitverschwendung, in einen normalen Club zu gehen. Von mir aus können wir aber auch in eine Bar. Ist ja Mittwoch.«

Manchmal habe ich das Gefühl, ich sollte weniger ausgehen. »Meinst du nicht, wir könnten heute mal zu Hause bleiben? DVDs schauen?«

»Wenn du fummeln willst, komm doch nicht mit so einer Ausrede, sondern sag es direkt.«

Ich wäre ja schockiert, wenn ich Will nicht schon mein ganzes Leben kennen würde und nicht wüsste, dass er niemals mit mir rummachen würde. Er ist wie ein Bruder für mich. Wobei … eigentlich ist er ebenfalls wie eine meiner Schwestern. Vielleicht mag ich ihn deshalb so gerne.

»Ich meine es ernst«, maule ich. »Mir steht nicht der Sinn nach Ausgehen.«

»Weil …?«

»Frag nicht so blöd.«

»Wegen Mia«, seufzt mein Kumpel. »Warum überrascht mich das jetzt nicht?« Eine Weile bleibt es stumm in meinem Zimmer, doch lange hält er nicht seine Klappe. »Ich glaube, sie braucht nur noch eine Weile, bis sie kapiert, was sie an dir hat.« Will dreht sich auf die Seite, stützt seinen Arm auf dem Bett ab und lehnt sich darauf. Interessiert blickt er mir entgegen. Manchmal kommt es mir vor, als wäre er der einzige Mensch, der sich wirklich für mein Mia-Dilemma interessiert. Na gut, ich hab es auch sonst niemandem gesagt.

Ich lege meinen Arm über meine Augen, um mich vor seinen neugierigen Blicken zu schützen. »Alter«, murmele ich, »es sind Monate seit dem Kuss vergangen. Mo-na-te. Wenn sie bisher nicht vor Sehnsucht nach mir zerfließt, sehe ich auch für die Zukunft schwarz.« Ist ja auch egal. »In zwei Wochen sind wir bereits am Panama City Beach, dann kann ich versuchen, Mia zu vergessen.«

Nun nehme ich doch meine Hand vom Gesicht, um beide Arme lustlos in die Luft zu werfen. »Yeah. Spring Break, Baby«, feiere ich ohne Elan.

»Also, ich freue mich darauf«, quatscht Will dazwischen.

Ich seufze und sehe ihn an. »Weil du irgendwelche Typen aufreißen willst. Und ich werde mich so fühlen, als würde ich Mia betrügen, wenn ich eine andere anfasse. Also knalle ich mich vermutlich nur völlig betrunken auf eine Liege und lasse mich von der Sonne grillen.«

Angewidert verzieht Will sein Gesicht. »Klingt nicht gerade nach Spaß.«

»Ist es bestimmt auch nicht.«

»Dann lade Mia doch ein.« Als würde das die Sache besser machen. Dann würde ich sie die ganze Zeit über nur heimlich anschmachten und mich wie der letzte Idiot fühlen, weil das eigentlich nicht mein Ding ist. Außerdem hat sie auch gar keine Ferien und ich denke nicht, dass ihre Eltern sie einfach eine Woche blaumachen lassen.

Andererseits … irgendwie wäre es schön, wenn sie dabei wäre. In mir sträubt sich alles, die folgenden Worte auszusprechen, dennoch murmele ich: »Wie denn, wenn sie sich erstens nie meldet und zweitens auch gar nicht frei hat?«

Will sieht mich an, als wäre ich komplett verblödet. »Sie kann doch am Wochenende kommen.« Er hat recht. »Ich habe das Gefühl, dass du langsam absichtlich nach Gründen suchst, um sie nicht sehen zu müssen.« Auch damit liegt er richtig. Täusche ich mich oder klingt mein bester Freund ein kleines bisschen vorwurfsvoll?

Ich komme nicht dazu, länger über seine Worte nachzudenken, denn in der nächsten Sekunde klingelt mein Handy, als hätten Will und ich es heraufbeschworen. Ich nehme es vom Nachttisch. Mia. Tatsächlich.

Ich strecke Will das Display entgegen und er rappelt sich mühsam auf. »Ich gehe mal deine Mitbewohner ein bisschen quälen.«

»Musst du nicht«, sage ich, während ich bereits den Anruf entgegennehme.

»Weiß ich«, sagt er auch schon. »Mache ich aber trotzdem. Bis später, Loverboy.«

# Kapitel 14

Kopfschüttelnd starre ich Will hinterher. Es kommt mir vor, als würde es eine Ewigkeit dauern, bis er den Raum verlässt und die Tür endlich hinter ihm ins Schloss fällt.

Unsicher kommt Mias Stimme aus dem Hörer. »Josh? Bist du da?«

Oh. Genau. Vermutlich hätte ich etwas sagen sollen, nachdem ich den Anruf angenommen habe. »Bin ich. Hey.«

Sie räuspert sich. »War das eben Will?«, möchte sie wissen.

Ich setze mich auf und lehne mich mit meinem Oberkörper gegen die Wand.

»Ja, er hat sich gerade wie eine alte Frau aus meinem Bett gekämpft und nervt nun vermutlich den erstbesten Mitbewohner, den er finden kann«, erzähle ich ihr.

»Oh, habe ich euch gestört?«, möchte sie wissen.

»Mia«, sage ich ganz sanft. »Du störst nie.« Ich bin doch echt erbärmlich. Wieso lasse ich für sie sofort alles stehen und liegen?

»Gut.«

Danach höre ich nichts mehr, also versuche ich das Gespräch am Laufen zu halten, weil … ich ein verfluchter Masochist bin und ich lieber eine stockende Unterhaltung mit Mia führe als gar keine. »Ich habe dich heute ein paarmal angerufen. Warst du beschäftigt?«

Ich klinge ziemlich eifersüchtig. Bin ich leider auch.

»Jackson und ich waren gemeinsam unterwegs.« Wieder eine Pause. »Einkaufen.« Okay. Mit Jackson kann sie jederzeit etwas unternehmen. Er ist schwul und ihr Cousin. Also keine Konkurrenz für mich.

»In letzter Zeit macht ihr ziemlich oft was miteinander«, bohre ich weiter nach.

»Jackson und Mason … machen gerade eine schwierige Phase durch«, lässt Mia mich nach kurzem Zögern wissen. Davon habe ich noch gar nichts mitbekommen, aber wie auch, wenn Mia sich so selten meldet?

»Ärger im Paradies?«, frage ich nach.

Sie seufzt. »Eher in der Schule. Hab ich dir schon mal von Joey erzählt?«

Ich spare mir an dieser Stelle den Kommentar: *Ja, als wir noch regelmäßig miteinander telefoniert haben.* Natürlich weiß ich von dem Idioten, der versucht, Mason und Jackson das Leben zur Hölle zu machen. Ich antworte ihr: »Kann mich noch an ihn erinnern.«

»Okay. Auf jeden Fall hat er ein paar andere aufgestachelt, die immer wieder blöde Kommentare loslassen. Und so wie es aussieht, zieht Mason sich immer mehr von Jackson zurück. Er redet nicht mit ihm darüber, aber ich nehme an, dass ihn die Kommentare mehr treffen, als er zugibt.«

»Warum denkst du das?«

»Laut Jackson spielt Mason immer den Coolen, der alles im Griff hat. Aber in ihm drin sieht es anders aus.«

Typisch! Wir Männer machen eben lieber alles mit uns selbst aus, als mit unseren Kumpels über Probleme zu quatschen. Außer man hat so einen penetranten Freund wie Will, dann wird man dazu gezwungen, über solche Dinge wie Gefühle – bei diesem Worte schüttele ich mich leicht – zu sprechen.

»Na dann weiß Jackson ja offensichtlich, wo das Problem liegt«, sage ich etwas ungehalten.

Mias Stimme wird ebenfalls etwas lauter: »Nein, weiß er eben nicht. Keine Ahnung, ob Mason ihn abschießen will oder was auch immer.«

»Dann sollte er ihn vielleicht einfach fragen«, fahre ich Mia an, bereue es aber eine Sekunde später schon wieder.

»Sag mal, kann es sein, dass ich dir gerade mit meinem Anruf die Tour vermasselt habe und du jetzt angepisst bist?«

Was zur Hölle …?

»Ich weiß ja nicht, ob du mir irgendwann auch mal zuhörst oder das nur mein Job bei dir ist, aber: Ich. Bin. Zu Hause.« Wie zum Teufel sollte sie mir denn da die Tour vermasseln? »Heute steht keine Party an«, sage ich auch noch zur Verdeutlichung.

Mit Daumen und Zeigefinger massiere ich mir meine Schläfen. Verdammt noch mal. Wieso streiten wir denn jetzt miteinander? Ich hasse das.

Mia scheint ebenfalls der Meinung zu sein, denn plötzlich kommt es kleinlaut durch die Leitung: »Tut mir leid, Josh.«

Einen tiefen Atemzug später lasse ich sie wissen: »Nein, Mia … Ich muss mich entschuldigen.« Ich schüttele leicht den Kopf. »Heute ist einfach nicht mein Tag.« Das ist es in letzter Zeit nie.

»Da kann ich mir nur anschließen.«

»Wieso, was ist passiert?«

»Sollte nicht ich das fragen?«, murmelt sie. Bestimmt hängt ihr mein ungerechtfertigter Vorwurf noch nach.

»Nein, besser nicht.« Jetzt am Telefon einen Seelenstrip hinzulegen und theatralisch zu gestehen, dass ich sie liebe, ist wohl keine gute Idee. »Erzähl du mir von deinem Tag. Hat Jackson dir eine Glitzerjeans weggeschnappt, auf die du scharf warst?«, versuche ich uns auf gewohntes Terrain zu bugsieren. Dumme Sprüche sind die Grundlage unserer Freundschaft.

»Haha. Jackson würde sich niemals eine solche Hose kaufen«, gibt Mia lachend zu bedenken. »Aber wenn ich das nächste Mal eine sehe, nehme ich sie dir mit.«

Ich grinse wohl ziemlich dämlich vor mich hin. »Wenn sie von dir ist, würde ich sie vielleicht sogar tragen.«

»So wie ich deine Kette jeden Tag trage?«

Wie bitte? Will sie mir jetzt sagen, sie findet die Kette genauso doof wie eine Hose mit Glitzer? »Jetzt sag bloß, du magst sie nicht«, frage ich ehrlich erstaunt.

»Natürlich mag ich sie. Ich liebe sie und würde sie niemals abnehmen.«

Jetzt ist es amtlich: Ich grinse wie ein Volldepp. »Dann ist es ja gut, aber was war heute los? Geht es dir nicht besonders?«

»Josh, wenn wir miteinander telefonieren, fühle ich mich immer gut.«

»Ich dachte nur, weil du dich so selten meldest.«

»Jackson nimmt mich ziemlich ein«, lautet ihre ausweichende Antwort. »Und ich mache auch wieder ziemlich viel mit Harper.« Sie zögert einige Sekunden. »Und mit Emily.«

Laut rufe ich: »Waaaas?« Erstens dachte ich, Emily ist noch im Krankenhaus – oder wo auch immer sie was gegen ihre Essstörung tut –, und zweitens war der letzte Stand der Dinge, dass sie Mia genau dafür hasst.

»Ist sie nicht mehr bei ihrem Therapiedings?« Ich weiß echt nicht, wieso ich diese dumme Frage stelle.

Zu meinem Glück hält mich Mia nicht für beschränkt und antwortet in normalem Tonfall: »Nein, sie ist seit zwei Wochen wieder da.«

Ich überlege einige Sekunden, wie ich meine nächste Frage am besten formuliere, entscheide mich aber für: »Wie sieht sie aus? Geht es ihr besser?«

Mia murmelt leise etwas, was ich nicht verstehe. Lauter sagt sie: »Sie wirkt … das hört sich jetzt bestimmt dumm an, aber sie wirkt irgendwie wieder glücklicher. Ausgeglichener. Man sieht Emily wieder öfters lachen.«

Ich schlucke, bevor ich sage: »Ich dachte, du würdest Emily aus dem Weg gehen, wenn sie wieder zurückkommt.« Ihr und Ethan.

Ich höre ein Schnauben. »Das geht irgendwie nicht besonders

gut, wenn man einen gemeinsamen Freundeskreis hat und jeden Tag in der Cafeteria gemeinsam zu Mittag isst.«

Ich lehne mich zurück. »Ich dachte, dass du immer nur mit Jackson und Mason …? Sind die anderen jetzt ebenfalls …?« Es fällt mir schwer, diesen Satz auszusprechen, ohne allzu neugierig oder eifersüchtig zu klingen. Zu meinem Glück versteht mich Mia, auch wenn ich nur Wortfetzen von mir gebe.

»Na jaaaa«, kommt es langgezogen durch die Leitung. »Nachdem Emily in stationärer Behandlung war und ich mich mit Ethan ausgesprochen habe, gab es eigentlich keinen vernünftigen Grund mehr, warum wir nicht wieder alle zusammen essen sollten.«

Vor meinem inneren Auge erscheint ein Bild von Mia und Ethan, wie sie sich gegenseitig mit Pommes füttern. Ich weiß, dass sie nicht wieder zusammen sind, es gibt also keinen vernünftigen Grund, warum mir mein Gehirn so einen Schwachsinn vorgaukelt, außer dem offensichtlichen: Ich bin eifersüchtig.

»Und jetzt ist Emily auch wieder da und ihr seid alle wieder glücklich miteinander vereint?«, frage ich mit schneidendem Tonfall.

Ich kann direkt vor mir sehen, wie Mia die Augen verdreht, bevor sie antwortet: »So ungefähr. Es ist nicht mehr so wie früher, aber je mehr Zeit vergeht, desto besser wird es und ich erkenne wieder die alte Emily. So, wie sie war, bevor das mit Mason den Bach runtergegangen ist.«

Ich räuspere mich. »Ist es nicht komisch zwischen euch?«

»Nein, bisher war es ganz in Ordnung. Sie hat sich bei mir bedankt und sich entschuldigt!«

»Dafür, dass sie mit Ethan gevögelt hat?«

»Na ja«, druckst sie herum. »Zuerst mal dafür, dass sie behauptet hat, sie hasst mich. Im selben Atemzug hat sie mir auch dafür gedankt, dass ich mich wie eine richtige Freundin verhalten und ihren Eltern von ihrem Problem erzählt habe.« Gemeinsam mit Ethan, dem Idioten.

»Das ist ja schön«, würge ich hervor. Ich freue mich wirklich für sie, aber warum klingt es dann nicht so? Vielleicht weil ich Angst habe, dass ich meinen Platz in ihrem Leben wieder verliere, jetzt, wo sie ihren Freundeskreis zurückhat.

»Na ja … schön ist nicht das Wort, das ich gewählt hätte«, murmelt Mia plötzlich. »Weißt du … Ethan und Emily sind jetzt zusammen.«

Etwas irritiert frage ich nach: »Wie jetzt? Ich dachte, sie wollte das deinetwegen nicht? Weil sie dir ja mehr oder weniger den Freund ausgespannt hat.« Ich schüttele meinen Kopf, da ich einfach nicht fassen kann, wie Mia über die ganze Sache einfach so hinwegsehen kann. Sie liebt Ethan doch immer noch, oder? Sonst wären *wir* bestimmt ein Paar. In der nächsten Sekunde erstarre ich. Scheiße … vielleicht hat sie aber auch einfach absolut kein Interesse an mir und ich verrenne mich in die ganze Sache.

Mia bekommt von meinen Gedanken nichts mit und erzählt weiter: »Zuerst wollte sie auch nicht mit ihm zusammen sein, aber als sie von der Therapie zurückkam und wir uns ausgesprochen haben, gab ich ihr mein Okay.«

Ich habe keine Ahnung, was ich dazu sagen soll, denn in meinem Kopf geht es zu wie in meiner Lieblingsdisco um Mitternacht.

Irgendwann bin ich dann aber doch wieder fähig, meine Gedanken zu sortieren, und frage: »Also, *Mutter Teresa*, du kannst mir nicht erzählen, dass es für dich absolut in Ordnung ist, dass Emily mit Ethan zusammen ist.«

Leicht schlage ich meinen Kopf gegen die Wand hinter mir. »Es ist auch wirklich eigenartig, die beiden miteinander zu sehen. Ich glaube, sie halten sich absichtlich zurück, wenn ich in der Nähe bin, aber was ist, wenn sie das mal nicht tun?« Ich höre sie tief einatmen. »Ehrlich gesagt graut es mir vor dem Tag«, lässt Mia mich wissen.

Gut, ich könnte mir auch Aufregenderes vorstellen als mit drei Pärchen rumzuhängen und ihnen beim Knutschen zuzusehen.

Vor allem, wenn einer davon mein Exfreund ist und die andere Person diejenige, für die er mich sitzengelassen hat.

Da ich keine Ahnung habe, wie ich Mia gut zureden soll und ob sie das überhaupt will, schweige ich ein paar Sekunden. Sie plappert jedoch einfach weiter: »Und Dan kommt zu Spring Break vom College nach Hause, dann habe ich wirklich ausschließlich Pärchen um mich herum. Wenn er nicht hier ist, bleibt mir wenigstens noch Harper, die nicht die ganze Zeit mit Herzen in den Augen herumläuft.«

»Stimmt ja, er ist ja auch bereits am College«, murmele ich. Ich hadere einige Sekunden mit mir, doch dann biete ich ihr an: »Wenn du nicht in Naples bleiben willst, könntest du Spring Break mit uns verbringen?«

Mia räuspert sich. »Bei uns sind keine Ferien«, erinnert sie mich.

»Dann komm doch am Wochenende.«

Ihre Stimme klingt eine Oktave höher, als sie fragt: »In die WG?«

Verdammt. Offensichtlich haben weder Miles noch ich Mia etwas von unseren Panama-City-Plänen erzählt. Ich fühle mich, als hätte ich es absichtlich verschwiegen. »Nein«, sage ich vorsichtig. »Wir fahren ein paar Tage an den Strand.«

»Ach so.« Täusche ich mich oder klingt Mia gerade eigenartig? »Alkohol und Studenten in Bikinis und Badehosen?«, will sie dann zögerlich wissen.

»Sieht ganz so aus.«

Mit einem leisen Lachen stimmt Mia zu. »Cool, ich bin dabei.«

Ich reiße mich gerade wirklich zusammen, nicht laut zu jubeln. Meine nach oben wandernden Mundwinkel kann ich allerdings nicht dazu bewegen, sich wieder ein bisschen zu senken.

So gechillt wie möglich sage ich zu Mia: »Wir haben ein Apartment gemietet, da finden wir bestimmt noch ein Plätzchen für dich.« Am besten in meinem Bett.

Leider stört Mia meine abschweifenden Gedanken, indem sie weiterspricht. »Hört sich gut an. Wer ist wir?«

»Miles, Will, Tom und Chris.«

»Okay.« Mehr kommt nicht von Mia und ich frage mich, was gerade in ihrem Kopf vorgeht. Vielleicht überlegt sie bereits, was sie einpacken soll.

»Ich sollte dann wohl mal besser auflegen«, sage ich leise. Eigentlich ist es genau das Gegenteil von dem, was ich will, aber ich muss zu den anderen und ihnen klarmachen, dass ich Mia gerade auf unseren Trip eingeladen habe.

»Hm. Ja, gut. Hören wir uns in den nächsten Tagen, um Genaueres zu besprechen?« Mia klingt ein bisschen schüchtern.

»Natürlich. Falls du an dein Telefon gehst.« Meine Stimme klingt leicht vorwurfsvoll, aber ich bemühe mich auch gar nicht, es zu unterdrücken.

»Auf jeden Fall«, verspricht sie mir. Vielleicht quält sie ja bereits das schlechte Gewissen.

»Bis bald«, verabschiede ich mich. »Ich vermisse dich.«

»Und ich dich erst«, ist das Letzte, was ich von Mia höre, bevor die Leitung unterbrochen wird.

Ich starre noch ein paar Minuten auf mein Smartphone, bis ich mich endlich aufrappele, um den anderen von unserem Spring-Break-Überraschungsgast zu erzählen.

# Kapitel 15

Als ich eine Parklücke am Flughafen entdecke und Wills Wagen abstellen kann, hole ich tief Luft. Ich habe immer noch die belustigten – und betrunkenen – Stimmen meiner Freunde im Ohr, die bereits wieder dabei waren, Unmengen an Bier in sich hineinzuschütten. Keiner konnte verstehen, wieso ich Mia unbedingt vom Flughafen abholen wollte, da ich dafür seit gestern auf Alkohol verzichtet habe. Für Mia würde ich sogar mein ganzes Leben lang keinen Fusel mehr trinken. Was sind da schon zwei Tage, wenn ich dafür das Wochenende mit ihr verbringen kann?

Da ich spät dran bin, springe ich auch gleich aus dem Wagen und jogge zur Ankunftshalle. Als ich auf die Anzeigetafel blicke, sehe ich, dass Mias Flieger bereits gelandet ist. Es kann also nicht mehr lange dauern.

Ich würde gerne von mir behaupten, dass ich jetzt einen Strauß Rosen, ein selbstgebasteltes Schild – natürlich mit ihrem Namen darauf – dabeihabe, aber offensichtlich bin ich zu dämlich für so was. Und auch dafür, ihr zu gestehen, dass ich sie liebe. Vielleicht irgendwann mal nach Spring Break. Der Neujahrsabend hat mir ja gezeigt, was passiert, wenn man es überstürzt … dann bekommt man seine Zukünftige nämlich nicht einmal mehr ans Telef –.

»Mia!«, schreie ich laut, als ich sie endlich erblicke. Ich wackele wild mit meinen Armen, weil ich mich so freue, sie endlich wiederzusehen.

Als ich Mason neben Mia hertrotten sehe, fällt die Freude gleich wieder von mir ab.

*Was will der denn hier?*

Mia kommt auf mich zu und lässt sich in meine Arme sinken. Sofort sagt sie: »Es tut mir leid, ich erkläre dir alles später.« Als sie sich von mir löst, deutet sie mit dem Kopf in Masons Richtung.

Kann sie etwa Gedanken lesen? Oder habe ich die Worte eben laut ausgesprochen?

Ich zucke mit den Schultern und halte Mason meine Hand hin. »Hey, Mann«, begrüße ich ihn. »Wie geht's dir?«

Mia, die schräg hinter Mason steht, schüttelt wild den Kopf und lässt ihren Finger einmal quer über ihren Hals gleiten. Ähm? Was habe ich denn falsch gemacht?

Mason ergreift meine Hand und schüttelt sie lustlos. »Geht so. Wo gibt's den Alkohol?«, will er im selben Atemzug wissen.

Ich reiße meine Augen weit auf und schiele zu Mia, die abwinkt und mit den Lippen ein stummes »Später« formt.

Also wirklich, mit Mias Freundeskreis wird es nie langweilig. Ich greife nach ihrer Tasche, um sie ihr zum Wagen zu tragen. Da ich die Situation mit Mason komisch finde, mache ich einen blöden Scherz: »Soll ich dir deine Tasche auch tragen?«

Zu meiner Verblüffung antwortet Mason: »Hab nichts dabei.«

Mia drängt sich dicht an mich, während wir nach draußen gehen. »Mason sollte mich nur zum Flughafen fahren, hat sich aber spontan entschlossen mitzukommen.«

Ja, klar. So ein spontaner Trip nach Panama City, um mit tausend Studenten Spring Break zu feiern, kommt bestimmt öfter vor, als man denkt.

»Das heißt, du hast kein Zimmer?«

Mit regungsloser Miene murmelt Mason: »Ich finde schon was.«

Hm-hm. Will teilt sein Bett bestimmt gerne mit Mason. Ich weiß, dass mein bester Freund eine Schwäche für blonde Kerle hat.

Ich überlege eine Weile, ob ich ihm das antun kann, entscheide mich aber dagegen. Will ist nicht gerade für seine Zurückhaltung bekannt, wenn er betrunken ist. »Du kannst bei mir schlafen«, biete ich Mias Kumpel an. Ich kann jeden Bonuspunkt brauchen, den ich irgendwie bekommen kann. Und einem Freund von Mia ein Bett anzubieten, bringt mir sicher ein paar davon.

Mia zupft leicht am Ärmel meines T-Shirts. »Ich dachte, ich schlafe bei dir?« Da gehen sie dahin, meine Bonuspunkte …

»Jaaaa«, sage ich langgezogen, da ich mich in meinem Kopf selbst mit tausend Schimpfwörtern beleidige. Vollidiot ist dabei noch das netteste. Wieso habe ich es vor ein paar Sekunden noch für eine gute Idee gehalten, Mason ein Bett anzubieten?

Um noch irgendetwas zu retten, sage ich schnell: »Dann schlaf du bei mir. Wir bringen schon jeden unter.«

Sie erwidert nichts darauf und wir verlassen stumm den Flughafen. Beim Wagen angekommen, halte ich Mia die Tür auf und helfe ihr beim Einsteigen. Erst dann gehe ich zum Kofferraum, um ihre Tasche hineinzuwerfen. Als ich die Klappe zuwerfe, lasse ich meinen Kopf einmal dagegen knallen.

»Alles okay?«, fragt Mason und sieht mich mit hochgezogenen Augenbrauen an.

»Nicht wirklich«, murmele ich. »Aber wird schon.«

Er will bereits hinten einsteigen, zögert dann aber noch mal: »Ist es wirklich okay, dass ich hier bin?«

Seine Worte bringen mich zum Auflachen. »Jetzt bist du ja schon da.«

»Ich könnte immer noch wieder zurückfliegen.«

»Zu Jackson«, erinnere ich.

Er reagiert gar nicht auf meine Worte, sondern öffnet die Autotür und knallt sich auf den Rücksitz.

»Spring Break«, sagt er wenig motiviert, während ich noch einmal tief Luft hole.

Warum stehe ich noch mal auf Mia? Ach ja, weil sie das unglaublichste Mädchen ist, das ich jemals getroffen habe. Für ihre verkorksten Freunde kann das Mädel ja nichts. Wobei Mason eigentlich schon ziemlich okay ist. Jackson auch, wenn er mich mal gerade nicht anpampt, weil er denkt, ich will ihm seinen Lover ausspannen. Idiotisch. Aber das macht die Liebe nun mal mit uns. Sie macht uns zu Deppen.

* * *

Nachdem wir den Wagen zuvor in einer Seitenstraße geparkt haben, befinden wir uns endlich in unserem Ferienappartement.

Ich öffne die Tür mit den Worten: »Fühlt euch wie zu Hause« und mache eine einladende Handbewegung.

Mason geht sofort nach drinnen. »Welches ist dein Zimmer?« Ich deute mit der Hand in die entsprechende Richtung und Mason stürmt sofort davon. Oh, Scheiße. Wieso macht er das? Meine Geste war jetzt keine Einladung für ihn, es sich dort gemütlich zu machen. Eigentlich wollte ich meine unüberlegten Worte von vorhin zurücknehmen, weil ich verdammt noch mal viel lieber mit Mia in einem Bett schlafen möchte als mit Mason.

Als ich ihm nachlaufen will, greift Mia nach meinem Arm und hält mich zurück. Alter, dieses Mädel hat aber auch Kraft.

Mit schief gelegtem Kopf blickt sie zu mir hoch. »Können wir uns mal kurz unterhalten?«

»In der Küche?«, stelle ich eine Gegenfrage.

»Gerne.« Sie bleibt stehen und wir starren uns eine Weile an. »Wo ist denn die Küche, Josh?«

Verdammt. *Fang endlich wieder an zu denken, Alter!*

Schnell drehe ich mich um und gehe zur Küche. Wobei das Wort für diesen Raum eine übertriebene Bezeichnung ist. Es gibt zwei Herdplatten, einen Geschirrspüler und einen Kühlschrank. Da wir uns die letzten Tage vorwiegend flüssig ernährt haben oder essen waren, war es uns bisher egal, wie der Raum aussieht.

Ich lasse mich auf einen der Stühle fallen und drehe den anderen mit meinem Fuß so, dass auch Mia Platz nehmen kann.

»Es tut mir leid wegen Mason«, beginnt sie gedämpft das Gespräch.

Ich lehne mich ein wenig zurück. »Dass du ihn mitgebracht hast?« Ich winke ab. »Ist schon okay. Es wird jetzt vielleicht ein bisschen eng hier, aber …« Den Satz lasse ich absichtlich unbeendet.

»Du hast ihm angeboten, dass er bei dir schlafen kann.« Täusche ich mich oder klingt ihre Stimme leicht vorwurfsvoll?

Meine Stimme klingt leicht belegt, als ich spreche: »Ein Moment geistiger Umnachtung. Sorry! Sollen wir Mason bei Miles einquartieren?«

Mia zuckt leicht mit den Schultern. »Die beiden kennen sich schon jahrelang. Ich denke, dass das bestimmt die beste Option wäre. Immerhin hast du ihn … wie oft gesehen? Zweimal?«

Ich lächle sie an. »Und dich habe ich öfter getroffen?«

Mia schiebt kurz ihre Unterlippe vor. »Wenn man tageweise zählt, waren es mindestens fünf Treffen.« Zehn! Es waren zehn, wenn man jeden Tag für sich rechnet. Sie kam Dienstagabends nach Tallahassee und blieb bis Sonntag. Dann war ich zwei Tage vor Weihnachten bei ihr zu Hause und den letzten Tag im alten und den ersten im neuen Jahr.

Aber wer zählt schon mit … Natürlich sage ich das nicht laut, denn es genügt doch, wenn ich weiß, dass ich ein Waschlappen bin, der jede Begegnung tausend Mal in seinem Kopf nachspielt.

Stattdessen stehe ich auf und nehme zwei Bier aus dem Kühlschrank, die ich auch gleich öffne. Eines reiche ich Mia, vom anderen nehme ich einen großen Schluck.

»Okay.« Noch ein Schluck. »Vielleicht schlafen wir ja auch gleich auf Sonnenliegen am Stand«, schlage ich vor, um das Thema abzuhaken.

Mia lächelt leicht. »Das könnte mir gefallen.«

»Ich glaube, mir auch.« Jetzt – reichlich verspätet – stoße ich mit meiner Flasche gegen ihre. »Auf einen schönen Urlaub.«

Sie wiederholt meine Worte und grinst. »Ich bin froh, dass ich hier bin.«

Um das Gespräch wieder zurück auf Mason zu lenken, sage ich: »Obwohl du zu Hause nur noch mit zwei Pärchen am Strand liegen müsstest!«

Mia lacht. »Aber wenn ich nicht zu dir geflogen wäre, würde sich Mason auch noch in Naples aufhalten.« Da hat sie natürlich recht.

»Und wieso hat er dich begleitet? Konnte er sich am Flughafen nicht von dir losreißen?« Ich ziehe meine Augenbrauen in die Höhe und wackele damit.

»Neeeein«, antwortet sie langgezogen, scheint aber offensichtlich zu überlegen, was oder vielleicht auch wie viel sie mir erzählen soll. »Dass es mit Jackson und Mason nicht so gut läuft, habe ich ja schon erzählt.«

Ich nicke, während ich die Bierflasche zu meinem Mund führe.

»Ja«, meint sie. »Und das ist auch schon das Kernproblem. Mason spricht nicht über … was auch immer und zieht sich einfach zurück.« Das ist mies. Andererseits sollte ich wohl nicht über Mason urteilen, denn ich gehe mit meinen Gefühlen für Mia jetzt auch nicht gerade hausieren.

Also sage ich: »Er ist eben ein Mann, deshalb macht er Sachen lieber mit sich selbst aus.« Mache ich ja auch, wenn ich nicht gerade Will nötige, die Ich-liebe-Mia-Ansprache zum tausendsten Mal anzuhören.

Mia sieht mich an, als wäre ich verrückt. »Ernsthaft?«

»Ja, wenn er so weit ist, wird er mit Jackson reden.«

Mia lacht freudlos auf. »Falls der dann noch mit ihm spricht.«

»Wieso sollte er nicht?«

»Na jaaaa«, druckst sie herum. »Niemand weiß, wo Mason ist.«

Ich stehe auf und ziehe sie ebenfalls hoch. Aus ihrem Mund kommt ein überraschtes »Huch«, da sie vermutlich nicht damit gerechnet hat.

Weil ich zu viel Kraft angewendet habe, knallt sie gegen meinen Oberkörper. Oh, das fühlt sich gut an. Ich lege meine Hand auf ihre Hüfte und streichele mit meinem Daumen leicht über die nackte Haut, die aus ihrem verrutschten T-Shirt herausschaut. Mein Herz klopft aufgeregt in meiner Brust und ich beuge mich ein wenig vor.

Gerade noch rechtzeitig fällt mir ein, wie unser letzter Kuss geendet hat, also wandele ich den sich anbahnenden Kuss in letzter Sekunde in eine Umarmung um. *Gratulation, Josh. Situation gerettet!*

So, wo war ich jetzt eigentlich? Ach ja, genau. Ich wollte Mia dazu bringen, Jackson oder sonst jemandem Bescheid zu geben, wo Mason sich aufhält. »Mia?«, flüstere ich in ihr Ohr, bevor ich mich wieder ein Stückchen zurückziehe. »Was stimmt mit euch Kids aus Naples nicht, dass ihr vor euren Problemen immer davonlaufen müsst?«

Haha, sagt der Typ der am Neujahrsmorgen die Flucht ergriffen hat, um weiteren Aussprachen aus dem Weg zu gehen. Aber egal, es geht hier nicht um mich.

»Liegt vielleicht an der Meeresluft«, versucht Mia einen Witz zu machen.

Mir steht ausnahmsweise aber mal nicht der Sinn nach Scherzen. »Was tust du, wenn Jackson erfährt, wo Mason ist, und er mitbekommt, dass du die ganze Zeit über wusstest, wo sein Freund ist?«

Scheiße, bin ich gut als Moralapostel. Ich bräuchte auch öfter mal jemanden wie mich an meiner Seite, der mich aufhält, dumme Dinge zu tun. Zum Beispiel nackt über den Campus zu laufen und »Wir flitzen!« zu schreien. Aber zu meiner Verteidigung: Ich habe das mal in einem Film gesehen und wollte es unbedingt selbst machen.

Mia, die von meinen eigenartigen Gedankengängen nichts mitbekommen hat, lässt ihre Schultern hängen. »Du hast recht.« Vielleicht sollte ich Guru werden. Ist bestimmt aufregender als das Dasein als Lehrer.

Ich grinse Mia an. »Worauf wartest du dann noch? Klemm dir dein Telefon ans Ohr und ruf Jackson an.«

Sie zögert sichtlich, holt dann aber ihr Telefon aus einer Tasche ihrer Shorts. Ich mag es, dass Mia kein Handtaschenmädchen ist. Obwohl sie mir ja sehr gut gefallen hat, als sie am Silvesterabend in diesem wirklich verdammt heißen Kleid, den hohen Schuhen und dieser Tasche, die wie eine übergroße Geldbörse aussieht, gegenüberstand.

Mit meinem Zeigefinger deute ich zu den Zimmern. »Ich geh dann mal … du brauchst bestimmt deine Privatsphäre.«

Sie sieht mich an. »Du musst nicht gehen.«

Ich glaube, dass es nicht hilfreich ist, wenn ich bei dem Telefonat neben ihr sitze, also schüttele ich meinen Kopf. »Ich sehe mal nach dem Sorgenkind. Komm einfach zu uns, wenn du fertig bist.«

Mit diesen Worten gehe ich in mein Zimmer. Mason hat das Bett in Beschlag genommen und starrt an die Decke. Irgendwie tut er mir ja schon leid, wie er da so liegt und offensichtlich nichts mit sich anzufangen weiß.

»Hey, Mann«, begrüße ich ihn. Ich schiebe den Stuhl, auf dem ich meine Klamotten abgelegt habe, zum Bett und setze mich mit vor der Brust verschränkten Armen vor ihn.

Da Mason nichts erwidert, frage ich ihn: »Willst du über irgendetwas reden?« Es kommt mir so vor, als würden wir eine Therapiesitzung abhalten, nur dass Mason statt auf der Couch eben auf einem Bett liegt.

»Nein, alles okay«, lässt er mich mit tonloser Stimme wissen.

Gespielt verstehend nicke ich. »Ja, so siehst du auch aus.« Den sarkastischen Tonfall kann ich gerade nicht zurückhalten, doch Mason scheint es sowieso nicht mitzubekommen.

Ich schlüpfe aus meinen Flip-Flops und lege meine Beine auf dem Bett ab. Das zwingt Mason dann doch zu einer Reaktion. »Alter, nimm deine Quadratlatschen von meinem Bett.« Ich denke ja gar nicht daran.

»Erstens ist das hier mein Bett.« In dem ich gerne mit Mia schlafen würde. Also, das Schlafen mit den geschlossenen Augen und nicht … wobei … das eigentlich auch, aber nicht, solange wir noch nicht zusammen sind. Super, ich verliere den Faden. »Und zweitens …«, ich überlege kurz und beginne dann zu fluchen. »Verdammt! Es gibt kein Zweitens.«

Offensichtlich findet Mason mich gerade ziemlich witzig, denn er lächelt das erste Mal, seit er aus dem Flieger gestiegen ist.

Mit hoffentlich vertrauenswürdigem Tonfall frage ich: »Was ist los?«

»Du erinnerst mich gerade an Jackson«, gibt Mason zu. Jaaaaaa, ganz bestimmt. Man könnte uns glatt für Zwillinge halten, so ähnlich sehen wir uns.

»Kann es sein, dass du eine Brille brauchst?«, frage ich Mason.

Der verdreht seine Augen und sagt: »Doch nicht vom Aussehen, du Idiot.«

»An meine Schönheit kommt eben so schnell niemand ran«, scherze ich.

Trocken gibt Mason zurück: »Ich kann mich schon gar nicht mehr zurückhalten.«

»Ich wundere mich auch schon, wieso du noch nicht an meinen Lippen klebst.«

Mason lacht leise. »Das meine ich. Ihr habt dieselbe Art von Humor.« Danach macht er eine kurze Pause. »Und Jackson fragt mich auch immer, ob ich mit ihm reden will.«

Ich zucke mit den Achseln. »Vielleicht weil er sich dafür interessiert, wie es dir geht?«, führe ich ihm die Beweggründe seines Freundes vor Augen. Ich sollte wirklich mal darüber nachdenken, die Studienrichtung zu wechseln … ich würde einen verdammt guten Therapeuten abgeben.

Mason bleibt eine Weile stumm und starrt nach oben. Ich lege meinen Kopf in den Nacken und folge seinem Blick. Na, die Decke hat aber auch schon mal bessere Zeiten gesehen.

Mason räuspert sich kurz, bevor er wieder spricht: »Wieso willst du wissen, was los ist? Wir kennen uns kaum.«

Ich seufze tief. »Du bist ein cooler Typ. Ich mag dich«, beginne ich mal mit den offensichtlichen Dingen. »Außerdem bist du ein Freund von Mia.«

Mason dreht sich auf die Seite und sieht mich an. »Du magst sie, oder?«

»Sehr sogar.« Warum ich meine Gefühle Mason gegenüber offenlege, weiß ich nicht. Vielleicht weil er mich direkt darauf angesprochen hat. »Aber jetzt geht es nicht um mich, sondern um Jackson und dich.«

Sofort verdunkelt sich seine Miene wieder.

»Hat er dich betrogen? Oder liebst du ihn nicht mehr?«, wage ich einen Schuss ins Blaue.

Mason keucht auf. »Was? Bist du verrückt? Ich glaube nicht, dass er mich betrügt. Und natürlich liebe ich ihn. Was für eine Frage.«

Ich mache große Augen und lehne mich etwas nach vorne. »Wo liegt dann dein Problem?«

Mason hebt seinen Arm an und legt ihn über seine Augen. »Ich … es macht mich fertig … diese ewigen Anfeindungen in der Schule. Das zerrt an meinen Nerven.«

Ich nehme einen tiefen Atemzug. »Und denkst du, für Jackson ist das leicht? Ich würde dir raten, dass du mit ihm sprichst und ihm sagst, was dich bedrückt. Ihr solltet den Scheiß zusammen durchstehen.«

Ich werfe Mason einen Blick zu, von dem ich hoffe, dass er ihn zum Einlenken bringt. Da er aber so aussieht, als hätte ich irgendeinen Mist von mir gegeben, mache ich einen anderen Vorschlag: »Da du das aber vermutlich nicht hören willst, biete ich dir einfach ein Bier an.«

Mason setzt sich auf und sieht mich ein kleines bisschen irritiert an. »Das war es jetzt? Wir gehen ein Bier trinken?«

Ich nicke. »Jap. Und wir genießen Spring Break.« Vielleicht hat ja Mason eine alkoholbedingte Offenbarung, die ihn dazu bringt, sich mit seinem Freund auszusprechen. Und wenn nicht, haben wir wenigstens alle ein bisschen Spaß.

# Kapitel 16

Ich dränge mich dicht an Mia und lege meine Arme von hinten auf ihre Hüfte. Endlich berühre ich wieder ihre nackte Haut. Leider nur, weil sie ein Bikini-Oberteil zu einem Jeansrock trägt und nicht, weil ich endlich einen Schritt vorwärts, in Richtung Geständnis, gemacht habe. Ich schüttele meinen Kopf, da ich selbst nicht glauben kann, dass es das ist, was ich will. Früher wollte ich Partys ohne Ende, jetzt würde ich alles aufgeben, wenn ich dafür Mia bekomme.

Gemeinsam schieben wir uns durch die Menschenmenge, dicht gefolgt von Mason. Um uns herum befinden sich gutgelaunte Studenten, die Spring Break in vollen Zügen genießen.

Mia dreht ihren Kopf zu mir. Als sie mit mir spricht, streift ihr Atem mein Gesicht und mein Herz gerät außer Kontrolle. Dieses Mädchen macht mich noch fertig. Es wäre zu leicht, sie jetzt zu küssen, aber ich halte mich zurück. Die Frage ist nur, wie lange noch. Es grenzt nahezu an Folter, meine Lippen nicht auf ihre zu legen.

»Wie bitte?«, frage ich nach. Ich habe kein Wort verstanden. Was aber nicht an der Musik liegt, sondern an meinen abschweifenden Gedanken.

Mia schnaubt, wiederholt dann aber ihre Frage: »Meinst du, wir finden die anderen?« Wenn nicht, ist es mir auch egal. Jedoch wäre es nicht schlecht, wenn wir Mason irgendwo abstellen könnten. Der angepisste Ausdruck, den er zur Schau trägt, drückt ein wenig auf meine Partylaune. Ich mache dann gleich bei der nächsten Bar Halt und kaufe ihm ein Getränk. Dieses leicht debilbetrunkene Grinsen fehlt definitiv in seinem Gesicht.

»Wir finden sie bestimmt«, verspreche ich Mia.

Keine zehn Minuten später sehe ich auch schon Miles. Gut, ich wusste, dass er wie die Tage zuvor an diesem Strandabschnitt auflegen wird. Der Rest meiner Kumpels treibt sich bestimmt ebenfalls ganz in der Nähe herum.

»Schau, da ist Miles«, mache ich Mia auf ihren Bruder aufmerksam.

Sie sieht in alle Richtungen, nur nicht in die, auf die es ankommt. Ich nehme ihren Kopf und drehe ihn so, dass sie Miles endlich sieht.

Mason stellt sich neben uns und fragt: »Wow, er legt hier auf?«

Sieht fast so aus. Weil ich aber kein Arsch bin, kläre ich ihn auf: »Er ist rund um Tallahassee bereits eine kleine Berühmtheit.«

Mason nickt anerkennend. »Das habe ich noch gar nicht mitbekommen.«

Mia greift nach Masons Oberarm, um ihn dazu zu bringen, sie anzusehen. »Ich auch nicht. Manchmal glaube ich, wir leben in irgendeiner Blase.« Kein Wunder bei den Dramen, die sich in Mias Clique abspielen. Aber ich habe das Gefühl, dass jetzt endlich langsam alle ihren Scheiß geregelt haben und bald wieder der Alltag einkehrt. Also, falls Mason jetzt auch mal seinen Arsch hochbekommt. Und ich sollte mir mal ein Beispiel an meinen eigenen Ratschlägen nehmen und diese ebenfalls befolgen.

»Wenn man euch so zuhört, könnte man denken, ihr lebt irgendwo in den Everglades.«

»Wir wohnen ziemlich nah dran«, sagt Mason besserwisserisch. So, jetzt ist der Zeitpunkt gekommen, an dem wir offiziell Alkohol brauchen.

Ich sehe mich suchend nach der Bar um. »Wollt ihr Miles begrüßen oder etwas trinken?«, frage ich an die beiden gewandt.

Mia bewegt abwägend ihren Kopf hin und her. »Zuerst trinken. Dann Miles«, entscheidet sie und auch Mason nickt zustimmend. Guter Plan.

Ich gehe vor und greife nach Mias Hand, um sie nicht zu verlieren. Als ich einen Blick zurückwerfe, sehe ich, dass auch Mason ihre Hand hält, um nicht im Gewimmel verlorenzugehen. Ich drehe meinen Kopf und starre auf das Ziel. Die Bar! Nebenbei versuche ich irgendwie gegen meine – völlig unnötige – Eifersucht anzukämpfen. Scheiße noch mal. Mason ist vergeben. Noch dazu an einen Typen.

Ein kleines bisschen frustriert lehne ich mich gegen den Tresen. Ohne auf Mia und Mason zu achten, winke ich der Kellnerin und bestelle drei Bier und Jelly-Shots. Als das – zugegebenermaßen ziemliche hübsche – Barmädchen die Getränke vor mir abstellt, lächelt es mich an. »Ausweis bitte.«

Ich verdrehe meine Augen und murmele ein »Ernsthaft?«, während ich meine ID-Card aus den Taschen meiner Badehose fummele.

Genervt strecke ich ihr die Karte gemeinsam mit etwas Bargeld entgegen. Ich spüre, wie jemand seine Arme auf meine Schultern legt. Keine Sekunde später schiebt sich Mias Kopf an mir vorbei und sie späht auf meinen Ausweis.

»Seit wann bist du einundzwanzig?« Als sie zu mir hochsieht, habe ich das Gefühl, sie mit irgendetwas beleidigt zu haben.

»Seit drei Wochen«, antworte ich verwirrt.

Mason lacht leise und greift sich ein Bier. »Ich gehe dann mal zu Miles.« Etwas leiser flüstert er noch: »Viel Spaß. Ich bin gespannt, wie du aus dieser Sache wieder rauskommst.«

Viel zu gerne hätte ich Mason gefragt, was *diese Sache* eigentlich ist und wie zum Teufel ich da hineingeraten konnte, doch Mias Gesichtsausdruck hält mich davon ab. Dazu kommt noch, dass wir Mason besser nicht alleine hier herumlaufen lassen sollten, da er sonst vielleicht noch Dummheiten macht. Andererseits hat Miles bestimmt ein Auge auf seinen Kumpel.

Ich habe auch gar nicht die Chance, Mason hinterherzulaufen, da ich einer ziemlich wütend aussehenden Mia gegenüberstehe. »Und du bist nicht auf die Idee gekommen, mir zu erzählen, dass du Geburtstag hattest?«

Nein, ehrlich gesagt nicht. Es war einfach ein Tag wie jeder andere. Ich war mit den Jungs unterwegs und außer, dass ich mit meinen Eltern und meinen Geschwistern telefoniert habe, gab es nicht wirklich etwas zu berichten.

»Nein?«

»Aha.« Mia verschränkt die Arme vor der Brust und greift nach dem Bier, von dem sie einen hastigen Schluck nimmt.

Frauen. Ich greife ebenfalls nach meinem Getränk, doch bevor ich auch nur daran nippen kann, fragt Mia: »Hattest du eine schöne Party?«

Ich reibe mir mit einer Hand über das Gesicht. »Es gab keine Party.«

Mias Miene ändert sich plötzlich und sie sieht mich einfühlsam an. »Das heißt, niemand hat mit dir gefeiert?«

Ich druckse etwas herum. »Na ja. Nicht direkt. Wir waren schon unterwegs, aber nicht wegen meines Geburtstags.«

Sie nimmt meinen Ausweis vom Tresen. Vielleicht, um sich das Datum einzuprägen. »Nächstes Jahr kommst du mir nicht so leicht davon«, murmelt sie.

Ich grinse sie an. »Ich stelle mich dann schon mal auf eine Überraschungsparty ein.«

Mia streckt mir die Zunge raus. »Deine einzige Überraschung wird sein, dass du keine Party bekommst.«

Ich zucke mit den Schultern. »Wenn du mich stattdessen besuchst, brauche ich auch gar keine Feier.«

Mia sieht zu mir hoch und erinnert mich gerade ein kleines bisschen an Schneewittchen, mit der hellen Haut, den schwarzen Haaren und den roten Lippen. Ich hebe meine Hand und streiche ihr zärtlich eine Haarsträhne aus dem Gesicht. Danach lasse ich meinen Daumen zu ihren Lippen wandern und berühre sie sanft. Mir ist klar, dass ich gerade dabei bin, meine Fehler zu wiederholen, aber ich kann nicht anders. Ich fühle mich, als wäre Mia ein Magnet und ich ihr passendes Gegenstück.

Bevor noch mehr solcher schnulzigen Gedanken durch meine Gehirnwindungen rauschen, werde ich zum Glück von lauten Rufen abgelenkt.

»Happy Birthday!«, schreit Tom in mein Ohr, so dass ich danach fast taub bin. Unbeirrt klopft er mir auf die Schulter, fast so, als hätte er nicht bemerkt, dass ich gerade vorhatte, Mia zu küssen. Ich weiß im Moment wirklich nicht, ob ich ihm wegen der Störung dankbar oder böse sein soll. Gemeinsam stehen Will und Chris da und grinsen mir entgegen. »Hast du echt gedacht, du kommst uns ohne Geburtstagsparty davon?«

Ich nicke. »Ja, habe ich.« Danach drehe ich mich zu Mia und stupse ihr gegen die Nase, weil sie mich grinsend ansieht. »Wusstest du davon?«

Sie lacht leise und nickt. »Glaubst du echt, dass ich keine Ahnung habe, an welchem Tag du Geburtstag hast?«

Puh, keine Ahnung, was ich gedacht habe. Vielleicht, dass ich mich gerade riesig in die Scheiße manövriere?

Ich habe mich zwar gewundert, da ich aber keine große Sache aus meinem Geburtstag gemacht habe, habe ich angenommen, sie weiß den Tag nicht. Was mir aber sehr wohl aufgefallen ist, war, dass sie, obwohl sie es versprochen hat, nicht so oft gemeldet hat, wie ich es mir gewünscht hätte.

»Hast du deshalb so selten angerufen?«, platze ich heraus. »Weil du dich nicht verraten wolltest?«

Mia nickt. »Unter anderem. Du weißt, wie schlecht ich lügen kann. Ich wollte mich nicht verplappern und die Überraschung verderben.«

Ich zögere kurz, bevor ich frage: »Wärst du also auch zu Spring Break gekommen, wenn ich dich nicht eingeladen hätte?«

Ein breites Lächeln erscheint auf Mias Gesicht. »Natürlich, und zwar als Überraschungsgast, aber du musstest ja unbedingt in die Planung eingreifen.« Wohl eher Will. Er hat mich doch auf die Idee gebracht, Mia einzuladen. Allerdings frage ich mich jetzt, ob er zu dem Zeitpunkt nicht bereits wusste, dass Mia vorhatte zu kommen.

Mein bester Freund drängt sich nun ebenfalls zu mir und wedelt wild mit seinen Armen. Er drückt mir einen Kuss auf die Lippen und ich werde etwas rot. Ich habe eigentlich kein Problem, wenn er mich zum Abschied auf die Wange küsst, aber auf den Mund muss doch nicht sein. Nicht neben Mia. Aus dem Augenwinkel sehe ich, wie sie einen Schritt zurück machen will, doch ich taste nach ihrer Hand und ziehe sie wieder an meine Seite.

Lächelnd lasse ich meinen Blick über die Gruppe schweifen. »Ihr habt so viele Leute eingeladen? Nur für mich?«, sage ich und zeige auf die Studenten um uns herum.

Chris zieht die Augenbrauen hoch: »Träum weiter. Aber wir haben etwas viel Besseres.«

Auch Will nickt begeistert und zieht eine Krone … Scheiße … ein Diadem aus seinem Beutel, den er immer auf seinem Rücken trägt. Als ich genauer hinsehe, überlege ich, einfach davonzulaufen, damit sie mir dieses goldfunkelnde Ding mit dem rosa Plüsch und der fett darauf prangenden Einundzwanzig nicht in meine Haare stecken. Hätten sie nicht einfach einen ganz normalen Partyhut besorgen können? Nein, ich muss hier wie Prinzessin Lillifee rumlaufen. Zur Krönung spüre ich auch noch, wie jemand an meinen Haaren herumnestelt. Aus dem Augenwinkel nehme ich wahr, dass es Mia ist. Zum Glück. Bei jedem anderen hätte ich die Hand sofort weggeschlagen.

Mit offenen Haaren, dem scheußlichen Diadem und der Badehose muss ich wie der größte Idiot auf Erden aussehen. Aber hey, ich brauche auch keine anderen Mädchen mehr aufreißen. Solange ich Mia mit meinem gewöhnungsbedürftigen Outfit nicht vertreibe, ist alles in bester Ordnung.

Da sie etwas kleiner als ich ist, kommt ihr Will zu Hilfe und hebt sie ein Stückchen hoch, damit sie besser in meinen Haaren herumfuhrwerken kann.

Tom lacht: »Machst du ihm wieder die scheußliche Frisur, mit der er auch schon mal auf dem Campus war?«

Mia stimmt mit ein. »Auf jeden Fall. Es steht ihm einfach zu gut.« Irgendwann schneide ich mir meine Haare einfach ab und dann kommt niemand mehr auf die blöde Idee, mir komische Hörnchen auf den Kopf zu zwirbeln.

Will greift wieder in seinen Turnbeutel und ich strecke ihm abwehrend meine Hände entgegen. »Wenn du mir jetzt einen Zauberstab oder ein Tutu reichst, muss ich dich k. o. schlagen«, warne ich ihn.

Sofort kontert er: »Hab dich nicht so, Prinzessin.«

Ich ziehe Mia ein Stückchen näher an mich. »Die einzige Prinzessin, die ich hier sehe, halte ich in meinem Arm«, sage ich.

Ich bemerke, dass Mia ihren Kopf zu mir hochstreckt, doch ich vermeide es, sie anzusehen. Irgendwie kann ich das gerade nicht, weil ich keinen Bock darauf habe, eine weitere Abfuhr zu erhalten. Will säuselt ein *Awwww*, während ich von Tom und Chris als Schleimer betitelt werde.

Ich gehe gar nicht darauf ein, sondern hypnotisiere Wills Beutel, aus dem er eine Flasche Hochprozentiges zieht.

Das sind Geschenke, mit denen ich etwas anfangen kann. Wobei ich mich heute besser zurückhalten sollte. Wenn mein Sprachzentrum wieder angegriffen wird und ich meine Finger nicht mehr von Mia lassen kann, sollte ich besser die Reißleine ziehen. Aber noch ist es ja nicht so weit und ich bin noch Herr meiner Sinne. Mit einem Grinsen nehme ich ihm die Flasche Whiskey aus der Hand.

* * *

Jap. Ich bin ein bisschen beduselt. Definitiv. Und benebelt genug, um mir in Kürze mit einer Bastelschere meine Haare zu schneiden. Irgendwie habe ich gerade ein Déjà-vu, nur ist dieses Mal kein Kaugummi involviert.

Warum lasse ich mich noch mal auf den Mist ein? Ah, ja. Genau! Will wollte mich nur dieses belämmerte Diadem abnehmen lassen, wenn ich nicht mehr wie ein Mädchen aussehe. Darum sitze ich jetzt weit abseits von der Party auf einer Sonnenliege, mit Will in meinem Rücken. Mia mustert mich mit verschränkten Armen von oben herab.

Tadelnd schüttelt sie ihren Kopf. »Du willst das jetzt echt durchziehen, weil der da«, sie zeigt mit dem Finger auf meinen besten Freund, »nicht von seinem Standpunkt abweichen will?«

Will knurrt hinter mir. »Isch hab ’nen Namen.« Habe ich erwähnt, dass Will betrunken ist?

Ich grinse Mia an und kümmere mich nicht weiter um das Lallen meines Kumpels. »Jap. Will ich.«

Sie verschränkt ihre Arme vor der Brust. »Ihr seid doch echt Idioten.« Bald ein Idiot mit neuem Haarschnitt und ohne Diadem. Ich will mich jetzt nicht zu weit aus dem Fenster lehnen, aber für mich ist das bestimmt eine Win-win-Situation. Hoffe ich.

Ich drehe mich zu Will, um ihm mein Okay zu geben: »Los geht’s.«

Mia murmelt etwas und ich spüre Wills Hände bereits an meinem Kopf, als sie einen Schritt nach vorne macht. »Soll ich das nicht besser übernehmen? Immerhin bin ich nüchtern.« Sie nickt mir zu. »Fast«, fügt sie dann noch hinzu.

Doch ich lehne ab: »Ich habe nicht vergessen, wie du Frisuren machst, Mia. Ich lasse dich ganz bestimmt nicht meine Haare schneiden.«

Sie schiebt ihre Unterlippe vor, sieht aber offensichtlich ein, dass ich mit meinen Worten mitten ins Schwarze treffe. Mit ihrer Hand macht sie eine wedelnde Handbewegung. »Dann tu, was du nicht lassen kannst.«

»Werde ich auch.« Entschlossen nicke ich. »Los, Will«, feuere ich meinen besten Freund an.

»Isch mach das jetz wirklisch«, höre ich ihn von hinten säuseln.

»Hör auf zu quatschen.« Das Diadem wird mir – endlich – abgenommen und ich spüre bald darauf einen Lufthauch in meinem Nacken.

Mia beobachtet stumm, was hinter mir geschieht. Obwohl ich mich besser auf Will konzentrieren sollte, kann ich meinen Blick nicht von Mia lösen. Sie sieht in dem schwarzen Bikinioberteil und dem Jeansrock einfach so verdammt hübsch aus. Natürlich habe ich bemerkt, wie der eine oder andere Typ sie interessiert angeschaut hat und hatte deshalb den ganzen Tag über meinen Arm um ihre Schulter geschlungen, damit auch der letzte Volldepp noch mitbekommt, dass dieses Mädchen zu mir gehört. Dass es leider nicht – noch nicht – so ist, muss ja keiner wissen.

Ich zucke leicht zusammen, als Will »Ferdisch!« lallt, weil er mich damit aus meiner stummen Betrachtung gerissen hat. Ich drehe mich zu ihm um, doch er hat sich nach hinten sinken lassen und den Unterarm über seine Augen gelegt. Ja, soll er nur. War bestimmt verdammt anstrengend, meine Haare zu schneiden.

Ich stehe auf und gehe auf Mia zu. »Was meinst du?«, frage ich, als ich ganz dicht vor ihr stehe.

Sie muss ihren Kopf weit in den Nacken legen, um zu mir aufzublicken. »Sieht gut aus.« Dann hebt sie ihre Hand und wuschelt mir durch die Haare, lässt aber viel zu schnell wieder davon ab.

»Ehrlich?«

»Ganz ehrlich«, sagt sie leise und schenkt mir einen dieser Blicke, bei denen ich immer das Gefühl habe, dass sie vielleicht doch mehr von mir will.

Ich hätte ewig so nah bei Mia stehen bleiben können, aber ihr Telefon hasst mich offensichtlich, da es wie verrückt klingelt.

Mia zieht es mit entschuldigendem Gesichtsausdruck aus der Tasche ihres Rockes und die Sängerin trällert weiterhin fröhlich *He likes boys.* Ich frage mich, was ich für einen Klingelton habe.

Mit meinem Mund forme ich stumm die Worte: »Wer ist es?«, was eigentlich dumm ist, denn wem, außer Mason und Jackson, würde sie wohl gerade dieses Lied zuordnen. Na ja, Will käme ebenfalls noch in Frage. Sie scheint es zu verstehen und murmelt »Jackson«, kurz bevor sie den Anruf annimmt und ihn begrüßt. Mia muss eine begnadete Lippenleserin sein.

»Was? Wo bist du?«, fragt sie nach. Keine Ahnung, was genau er antwortet, aber es dauert eine Weile, bis Mia sagt: »Gut, wir holen dich und bringen dich zu Mason.«

Als sie aufgelegt hat, sieht sie mit Dackelblick zu mir. »Holst du Jackson mit mir ab?«

Mit großen Augen sehe ich sie an. »Vom Flughafen?«

»Nein. Er hat sich mit einem Taxi an die Strandpromenade fahren lassen und will sich jetzt mit Mason aussprechen.«

»Okay. Ich komme mit«, stimme ich mit einiger Verzögerung zu. Ich deute mit dem Kopf in Richtung unseres Zieles. »Dann los.«

Wir sind bereits ein paar Schritte gegangen, als Mia fragt: »Was ist mit Will?«

Ich zucke mit den Schultern. »Der soll sich ein bisschen ausruhen. Wir können ihn ja später wieder abholen.«

»Würdest du mich auch einfach hier liegen lassen?«, bohrt sie nach.

Entsetzt sehe ich sie an. »Auf keinen Fall. Aber der kann schon auf sich selbst aufpassen.« Weil ich aber nicht mehr dazu sagen will, greife ich nach ihrer Hand und ziehe sie hinter mir her. Jackson freut sich bestimmt darauf, mich zu sehen.

# Kapitel 17

Dem Gesichtsausdruck von Jackson nach zu urteilen, freut er sich über unser Wiedersehen ungefähr so sehr wie über einen Zahnarztbesuch.

Und mir entgleisen fast die Gesichtszüge, als ich seine Reisegesellschaft sehe. Hätte er nicht erwähnen können, dass er nicht alleine kommt? Neben Masons Schwester Harper, die an ihren Freund Dan gelehnt dasteht, erblicke ich auch Ethan und Emily. Arm in Arm.

Ich bemerke, dass Mia kurz ins Straucheln gerät, als sie die anderen erkennt, jedoch ziehe ich sie unbeirrt weiter, auch wenn es mich ärgert, dass Ethan hier ist. Wenn er dabei ist, sind das vermutlich nicht die besten Voraussetzungen, Mia näherzukommen. Als ich vor dem Grüppchen stehe, winke ich kurz in die Runde und halte Jackson meine Hand entgegen. »Hey, Mann«, begrüße ich ihn.

Er schlägt ein und murmelt: »Hey.«

Bei Mia fällt die Begrüßung weit inniger aus, denn er zieht sie kurz an seine Brust. Ich reiche nun auch den anderen die Hand.

»Was macht ihr hier?«, frage ich in die Runde. »Kleiner Wochenendtrip?« Ich lächle in die Runde, während Mia ihre Freundinnen und Dan kurz umarmt.

Der zwinkert mir zu. »Wir sind die moralische Unterstützung.« Ich finde es gut, dass Mias Freunde inzwischen wieder zusammenhalten, egal wer von ihnen gerade wieder Dummheiten macht.

Ich registriere am Rand, wie Mia vor Ethan stehen bleibt, kurz innehält und zu überlegen scheint. Ihm die Hand zu reichen, wäre wohl ein bisschen zu förmlich, dafür, dass die beiden einmal zusammen gewesen sind. Vermutlich beobachte nicht nur ich, wie sich die beiden verhalten. Jedoch hätte ich nicht damit gerechnet, dass Ethan Mia einfach kurz an sich zieht und ihr etwas unbeholfen auf die Schulter klopft. Mein Hals fühlt sich an, als hätte ich ihn mit billigem Fusel verätzt. Ich weiß, dass da nichts mehr läuft, aber zu sehen, wie sie sich umarmen, ist komisch. Ich drehe mich zur Seite, um zu sehen, wie Emily mit der Situation umgeht, doch sie strahlt mit der Sonne Floridas um die Wette, während sie ihren Freund dabei betrachtet, wie er seine Ex umarmt.

Zu meinem Glück lenkt Jackson mich erfolgreich ab. »Wo ist Mason?«, fragt er mit deutlicher Beunruhigung in der Stimme.

Hoffentlich noch dort, wo wir ihn zurückgelassen haben. Verdammt, wir hätten echt mal ein bisschen auf ihn achtgeben sollen.

»Bei Miles«, sagt Mia zaghaft, die plötzlich wieder neben mir steht. Ihre Antwort hat eher wie eine Frage geklungen, was auch Jackson nicht entgangen sein dürfte.

Er seufzt genervt auf. »Ihr wisst es also nicht?«

Um ihn ein bisschen aufzubauen, murmele ich: »Er ist bestimmt bei Miles. Komm mit, dann haben wir gleich Gewissheit.«

Sofort bückt er sich nach der kleinen Reisetasche, die zu seinen Füßen steht. Wenigstens ist er ein bisschen besser vorbereitet als sein Freund. Bestimmt hat Jackson ein paar Unterhosen für Mason dabei, denn so gut ich Mason auch leiden kann, so weit, dass ich ihm meine Boxershorts leihe, kommt es in diesem Leben wohl nicht mehr.

Mit meiner Hand wedele ich in die ungefähre Richtung, in die wir müssen. »Dort finden wir ihn bestimmt.«

Als wir bereits ein paar Schritte gegangen sind, fällt Jackson wohl auf, dass wir seine Freunde stehengelassen haben. Ich habe es schon früher gemerkt, aber es hätte mich auch nicht gestört, wenn wir Ethan einfach hiergelassen hätten. Wie soll Mia denn jemals über ihren Ex hinwegkommen, wenn sie ihn immer wieder sieht?

Jackson, der es eilig hat, zu Mason zu kommen, fragt an die anderen gewandt: »Kommt ihr?«

Harper schüttelt den Kopf: »Wir kümmern uns erst um eine Unterkunft.« Schnell senke ich den Blick auf meine Flip-Flops, da ich keine Lust habe, ihnen Asyl anzubieten. Das kann ich immer noch machen, sollte wirklich jedes Hotel der Stadt ausgebucht sein.

Jackson nickt. »Meldet euch einfach später.« Und schon steuert er wieder auf die Strandpromenade zu.

»Wie geht's dir damit, dass plötzlich alle hier sind?«, frage ich Mia leise. »Immerhin wolltest du von zu Hause weg, um nicht von lauter Pärchen umgeben zu sein.«

Ich werfe ihr einen kurzen Blick zu, bevor wir die Straße überqueren. Jackson geht immer noch zwei Schritte vor uns. Der hat es aber auch wirklich eilig.

Ihre Stimme klingt wackelig, als sie sagt: »Na ja. Vielleicht habe ich dieses Pärchending ein wenig aufgebauscht.« Sie lächelt entschuldigend. »Eigentlich wusste ich ja schon, dass ich Spring Break mit dir verbringen werde, aber ich war mir nicht sicher, ob du das wirklich willst.« Ich sehe, wie sie schluckt. »Andererseits war ich aber auch wirklich froh, dass ich das Wochenende nicht mit ihnen verbringen muss. Ich habe es also durchaus so gemeint und wollte wirklich nicht in Naples bleiben.«

Ich kratze mich am Kopf. »Und jetzt sind sie hier.«

Sie nickt. »Das sind sie, aber es ist okay.«

»Wie meinst du das?«

»Es ist in Ordnung, weil du bei mir bist«, lautet ihre einfache Antwort.

Mein zusammengeschrumpeltes Herz klopft aufgeregt und ich würde noch gerne etwas sagen, da wir aber gerade die Strandpromenade verlassen und die Musik von Schritt zur Schritt lauter wird, ist jetzt nicht der passende Zeitpunkt dafür.

Wir drängen uns – mal wieder – durch die ganzen Feiernden. Da ich wie ein Verdurstender nach jeder noch so kleinen Berührung von Mia giere, verschränke ich unsere Hände miteinander. So oft, wie ich Mia betatsche, müsste sie doch endlich mal begreifen, dass ich mehr von ihr will. Oder nicht? Ich verhalte mich ja nicht gerade unauffällig, aber ob sie es mitbekommt oder nicht: Von mir aus könnten wir stundenlang händchenhaltend durch die Gegend laufen. Leider stehen wir aber viel zu schnell vor Miles' DJ-Pult.

»Oh, oh«, entkommt es Mia und auch ich starre ein klein wenig schockiert auf den sonst so coolen Mason, der auf jeder Party lieber an der Bar lehnt und das Geschehen betrachtet. Eigentlich.

Jackson schiebt sich an uns vorbei, um sehen zu können, was Mia diesen Ausruf entlockt hat und erstarrt mitten in der Bewegung, als er einen wild tanzenden Mason sieht. Auf der Bühne. Nur in Badehose.

Nach einer Weile kommt endlich wieder Bewegung in Jackson.

»Sollen wir hinterher?«, frage ich, an Mia gewandt.

Sie schüttelt den Kopf. »Nein, wir sollten uns nicht einmischen. Also, nicht noch mehr. Sie sprechen sich bestimmt aus.«

Ich nicke zustimmend. »Gehen wir an die Bar?«

»Ich hätte Hunger«, lässt Mia mich wissen und ich kann es ihr nicht verübeln. Seit ich Mia und Mason am frühen Vormittag vom Flieger abgeholt habe, haben wir nichts zu uns genommen.

Ich grinse sie an. »Dann lass uns etwas zu essen besorgen.« Wir diskutieren noch eine Weile herum, wohin wir gehen.

Nachdem wir uns schon in Bewegung gesetzt haben, zögert Mia: »Sollen wir Mason und Jackson einfach hierlassen?«

Als ich wieder auf die Bühne sehe, knutschen die beiden wild herum, was zu traurigen Mienen bei einigen von Masons Tanzpartnerinnen führt. »Ausgesprochen haben sie sich wohl nicht«, stelle ich fest, »aber es sieht auch nicht so aus, als würden sie sich bald trennen.«

Mia sieht zu den Jungs und schüttelt den Kopf. »Solche Dramaqueens. Lass uns abhauen.«

»Nur zu gerne.«

Wir schlendern los und ich darf das erste Mal an diesem Tag Zeit mit Mia alleine verbringen.

* * *

Ich würde jetzt gerne von mir behaupten, dass ich Mia in ein romantisches Restaurant ausführe, doch ich halte ihr nicht die Tür eines Edelitalieners auf, sondern die von McDonald's.

Immerhin sind wir nicht auf Hochzeitsreise, sondern beim Spring Break.

Leider hatten ungefähr zehntausend andere Feiernde dieselbe Idee, denn der Laden ist bis auf den letzten Platz besetzt. Mia dreht sich fragend zu mir um. »Was sollen wir machen?«

Ich zucke unschlüssig mit den Schultern. »Etwas mitnehmen oder kurz warten, um zu sehen, ob ein Platz frei wird«, schlage ich zwei verschiedene Möglichkeiten vor.

Mia legt den Kopf schief und knabbert an ihrer Unterlippe herum. Am liebsten würde ich sagen: *Lass das. Das ist mein Job!* Doch ich schaffe es, mich zurückzuhalten. Irgendwann sollte man mir einen Orden verleihen, weil meine Selbstgeißelung nahezu asketische Züge annimmt.

Als Mia dann doch noch aufhört, ihre Unterlippe zu malträtieren, lässt sie mich wissen: »Ich würde mich schon gern irgendwo hinsetzen.« Und ich würde immer alles tun, was Mia von mir möchte. Mit ein, zwei Ausnahmen vielleicht.

Ich lege meine Hand um ihre Schulter. »Na dann sehen wir uns mal um und suchen uns ein nettes Plätzchen«, sage ich mit einem Grinsen im Gesicht.

Leider bröckelt mein Lächeln, als Mia plötzlich losstürmt und laut »Emily! Harper!« schreit. Ihre Freundinnen sitzen gemeinsam mit ihren Freunden an einem runden Tisch, an dem – leider – auch noch Platz für mich und Mia ist.

Na toll. Mia und mir ist es offensichtlich nicht vergönnt, Zeit zu zweit zu verbringen, aber ich musste ja unbedingt einen auf Ronald McDonald machen, anstatt sie ordentlich auszuführen. Da ich ihr nicht unbedingt neben ihrem Exfreund meine Liebe gestehen will, muss ich wohl oder übel einen besseren Zeitpunkt abwarten.

Dass ich das überhaupt tun muss, zerrt an meinen Nerven. Keine Frau, mit der ich so offensichtlich geflirtet habe, hat so lange gebraucht wie Mia, bis sie kapiert, was Sache ist. Sie ist meinen Gefühlen ihr gegenüber irgendwie blind und ich werde den Eindruck nicht los, dass ich jetzt endlich mit ihr Klartext sprechen muss, wenn ich möchte, dass das mit uns beiden etwas wird.

»Mia?« Ich versuche ihre Aufmerksamkeit wieder auf mich zu ziehen. »Ich hole uns mal was zu essen. Was soll ich dir mitbringen?«

Sie zuckt mit den Schultern. »Pommes und einen Burger? Ich bin nicht wählerisch.« Sofort ist sie wieder in ein Gespräch mit ihren Freunden vertieft.

Ich schüttele meinen Kopf und gehe in Richtung der Theke, um meine Bestellung aufzugeben. Natürlich muss ich mich erst am Ende einer meilenweiten Schlange anstellen. Was sonst.

Ich stopfe die Hände in meine Hosentaschen und starre missmutig auf den Stiernacken des Typen vor mir, als mich eine Berührung zusammenzucken lässt.

Ich drehe mich mit der Hoffnung um, dass Mia mir gefolgt ist. Leider steht Emily vor mir.

»Hey.«

Ich hebe meine Hand zum Gruß.

Emily versteckt ihre Hände hinter dem Rücken und fragt: »Stört es dich, wenn ich mich zu dir stelle? Ich habe noch ein bisschen Hunger und dachte mir, ich hole mir noch etwas.« Ja, klar!

Emily sieht immer noch nicht aus, als würde sie tonnenweise Fastfood in sich hineinstopfen, also bin ich ehrlich verwundert, dass sie sich sogar nachholt. Aber ich habe ja auch keine Ahnung, was sie bis jetzt gegessen hat. Vielleicht hat sie ja nur an einem Salatblatt geknabbert.

»Ich weiß, was du denkst«, sagt sie.

»Kannst du denn Gedanken lesen?«

Sie schnaubt. »Nein, aber dein abschätzender Blick über meinen Körper liegt bestimmt nicht daran, dass du mich heiß findest.«

Entschuldigend zucke ich mit den Schultern. »Tut mir leid.«

»Dass du mich nicht heiß findest? Muss es nicht.« Emily ist schlagfertig und das erste Mal bekomme ich eine Ahnung davon, wieso Mia und sie sich trotz allem gut verstehen.

Ich verdrehe meine Augen. »Nein, ich finde dich wirklich nicht heiß.« Über ihren Kopf hinweg sehe ich zu dem einzigen Mädchen, das ich scharf finde.

»Ich weiß.« Sie sagt es ganz normal, als wüsste sie darüber Bescheid, wie sehr ich auf Mia abfahre. Vielleicht merken es mir auch einfach alle an. Alle außer Mia!

Die Schlange bewegt sich und Emily und ich machen einen Schritt nach vorne. Ich starre wieder auf den Typen vor mir, als Emily sagt: »Kann ich mal mit dir reden?«

Erstaunt sehe ich sie an. »Das tun wir ja schon.«

Sie schnaubt. »Na ja, aber nicht richtig.«

Emily verwirrt mich. »Ähm …? Über was willst du denn mit mir reden?«

»Darüber, dass du mich nicht leiden kannst.«

Volltreffer. Emily rangiert derzeit auf meiner persönlichen Hitliste ganz weit unten, aber nicht, weil sie ein unangenehmer Mensch ist, sondern einzig und allein aus dem Grund, weil sie Mia verletzt hat.

»Also, dass ich dich nicht leiden kann, ist übertrieben. Du bist eben Mias Freundin und damit muss ich wohl klarkommen.«

Emily fixiert den Boden einige Sekunden, bevor sie mich wieder ansieht. »Du kannst nicht verstehen, wie Mia über die Sache mit Ethan hinwegsehen konnte, oder?«

Ich ziehe eine Grimasse. »Erwischt.«

Sie seufzt. »Wie sollst du auch? Ich kann es ja selbst nicht, aber ich freue mich jeden Tag darüber, dass sie die Größe besitzt und mir meinen Fehler verziehen hat.« Mir ist klar, dass Emily damals ebenfalls in einer Extremsituation war, aber deshalb eine der besten Freundinnen zu hintergehen, ist ziemlich … schwach. Und je länger ich Emily wortlos anstarre, desto klarer wird mir, wie unrecht ich habe. Emily ist nicht schwach. Nicht mehr, denn sie hatte die Stärke, gegen ihre Erkrankung – ganz ehrlich, das Mädchen hatte meiner Meinung nach bestimmt irgendwelche psychischen Probleme – gekämpft.

Ich seufze. »Hör mal, Emily, es ist doch nicht wichtig, was ich von dir denke«, sage ich zu ihr. »Wichtig ist, dass du dir verzeihen kannst und dich wohl fühlst, wenn du dich im Spiegel ansiehst.«

Ich sehe Emily schlucken. »Das tue ich. Jetzt wieder, auch wenn es mir lange Zeit schwergefallen ist. Dass Mia mir verziehen hat, hat mir ehrlich gesagt geholfen.«

Mia ist der wohl am wenigsten nachtragende Mensch, der jemals auf Erden gewandelt ist. Gleich nach Jesus. Aber ich kenne sie jetzt gut genug, um zu wissen, dass sie eben ziemlich harmoniebedürftig ist, denn es ist fast unmöglich, mit ihr zu streiten. Eigentlich sollte es mich viel mehr wundern, dass sie nicht nach drei Wochen – gut, das ist vielleicht etwas übertrieben – sofort wieder mit Emily und Ethan befreundet war. Dass Mia die Versöhnung, Vergebung – oder wie man es auch immer nennen möchte – bis Silvester hinauszögern konnte, liegt vermutlich nur an der Tatsache, dass sie den beiden so lange aus dem Weg gegangen ist.

Ich lege meinen Kopf schief und sage zu Emily: »Mia mag dich. Und ich mag Mia. Vermutlich sehen wir uns auch in Zukunft noch oft, deshalb wollte ich dir sagen, dass du ganz in Ordnung bist.« Etwas unsicher füge ich hinzu: »Denke ich zumindest.«

Emily sieht nicht so aus, als würde sie meine Antwort zufrieden stellen. »Wir kennen uns ja auch kaum und das, was du von mir weißt, ist zum Großteil negativ. Aber ich werde mich bemühen, dir zu zeigen, dass ich auch gute Seiten habe. Für Mia.« Sie holt kurz Luft. »Weil ich weiß, dass ihr deine Meinung wichtig ist.«

Ich wackele mit den Augenbrauen. »Okay, challenge accepted!« Ziemlich sicher wird sie mich irgendwann überzeugen können, dass sie nur das Beste für Mia will und bis dahin werde ich einfach versuchen, mit Emily klarzukommen. Wie sie gesagt hat: für Mia.

Unser Gespräch wird durch die Dame am Schalter unterbrochen, die wissen will, was wir zu essen möchten.

»Ich lade dich ein«, biete ich Emily an.

Sofort erwidert sie: »Das kann ich nicht annehmen.«

»Natürlich kannst du. Sieh es als Zeichen des guten Willens.«

Emily scheint immer noch unsicher zu sein, doch der wartende Gesichtsausdruck der Kassiererin zwingt sie zu einer Entscheidung. Sie zuckt mit den Schultern und gibt ihre Bestellung auf: »Einen Bic Mac bitte.« Ich mache große Augen. »Was denn? Ich habe doch gesagt, ich habe Hunger.«

Ich schüttele belustigt meinen Kopf. »Schon okay. Ich freue mich, dass du wieder Spaß am Essen hast.«

Danach bestelle ich für Mia und mich ebenfalls etwas zu essen. Gemeinsam mit Emily gehe ich zurück zu unserem Tisch und ich gebe es wirklich nicht gerne zu, aber nachdem ich eine Weile mit allen am Tisch gesessen habe, verstehe ich ein bisschen besser, was Mia und ihre Freunde verbindet.

Nur Ethan kann ich immer noch nicht leiden …

# Kapitel 18

Das Wochenende vergeht viel zu schnell. Und ich komme bei Mia keinen Schritt weiter, obwohl wir uns sogar ein Zimmer teilen, da Mason und Jackson Miles' Zimmer übernommen haben. Mias Bruder schläft abwechselnd bei Tom oder Chris.

Obwohl ich jede Sekunde mit Mia verbringe, benehme ich mich weiterhin wie ein verdammter Feigling und verpasse immer wieder den richtigen Moment. Und ich möchte ihr nicht meine Liebe gestehen, wenn ich Angst haben muss, dass sie es am nächsten Tag nicht mehr weiß.

Es ist aber wirklich eine scheiß Situation, denn immer, wenn ich den passenden Moment gefunden habe, stören unsere Freunde. Entweder grätscht Will dazwischen oder Mia wird von Emily und Harper in Beschlag genommen.

In meine Gedanken versunken, lehne ich am Bartresen und beobachte Mia dabei, wie sie mit ihren Freundinnen tanzt. Ich freue mich für Mia, dass sie sich wieder mit den beiden versteht und gönne es ihr von ganzem Herzen. Ich würde es mir aber auch gönnen, wenn ich endlich ihr fester Freund wäre. Je länger ich Mia anstarre, desto mehr Gedanken mache ich mir darüber, dass ich meinen Platz, den ich in den letzten Monaten in ihrem Leben eingenommen habe, genauso schnell wieder verliere, wie ich ihn bekommen habe.

Frustriert kralle ich mich an meinem Getränk fest, denn so unsicher kenne ich mich gar nicht. Ich fahre mir durch meine

Haare und fühle mich dabei nicht wie ich selbst, obwohl meine neue Frisur gar nicht mal so schlecht aussieht. Dafür, dass Will betrunken war, hat er wirklich gute Arbeit geleistet.

Ich muss jetzt noch lachen, wenn ich daran denke, wie schockiert er am nächsten Morgen über meine Haare war. Mein bester Freund konnte sich doch tatsächlich nicht mehr daran erinnern, dass er es war, dem ich meinen neuen Haarschnitt zu verdanken habe.

Als jemand den Platz neben mir einnimmt, sehe ich kurz auf. Eine junge Frau hat sich neben mich gestellt und betrachtet mich lächelnd. »Möchtest du etwas trinken?«, fragt sie mich.

Das ist wohl die schlechteste Anmache der Welt. Leider komme ich nicht dazu, das dem Mädchen zu sagen, da sich jemand einmischt.

»Nein, danke. Er hat bereits.« Ich würde jetzt gerne erzählen, dass Mia eifersüchtig war und deshalb zu mir geeilt ist, um ihr Territorium zu markieren, aber nein. Leider hat sich Ethan zu uns – oder besser gesagt mir – gesellt.

Ich nehme einen Schluck von meinem Bier und lächele bedauernd zu dem Mädchen. »Er hat recht.« Danach drehe ich ihr den Rücken zu, während ich darüber nachdenke, ob Ethan mit seinen Worten gemeint hat, dass ich schon eine Freundin habe oder eher, dass ich ein Getränk in meinen Händen halte.

»Ich hätte das schon alleine geschafft«, lasse ich ihn wissen. Also wirklich. Der Poloshirt-Träger verhält sich, als wäre ich zu dämlich, um eine Wasserstoffblondine abzuwimmeln.

Abwehrend streckt er seine Hände in die Luft. »Schon gut. Ich wollte mich nicht einmischen.« Ja, ja! Kann ja im Nachhinein jeder behaupten.

Das »Hast du aber« liegt mir bereits auf der Zunge, ich halte es jedoch zurück. Stattdessen lenke ich meinen Blick wieder auf Mia und beobachte, wie sie sich mit einem Lächeln im Gesicht zur Musik bewegt.

»Sie ist toll, oder?«, fragt Ethan mich.

Da ich einfach mal annehme, dass er nicht über seine Exfreundin spricht, beziehe ich mich bei meiner Antwort auf Emily. »Kann schon sein.« Bei meinem Gespräch mit ihr bei McDonald's habe ich das erste Mal realisiert, dass Emily ein Mädchen mit ziemlich vielen Problemen und einem geringen Selbstbewusstsein zu sein scheint. Kaum zu glauben, da sie mich ein bisschen an diese *Victoria's Secret*-Unterwäschemodels erinnert.

»Du klingst nicht besonders begeistert.« Ich drehe mich zu ihm und erst jetzt nehme ich seinen etwas verwirrt wirkenden Gesichtsausdruck wahr.

»Erstens kenne ich sie kaum und zweitens ist sie auch gar nicht mein Typ«, erkläre ich ihm. Die Anmerkung, dass sie seine Freundin ist, spare ich mir jetzt einfach mal.

»Als du sie auf der Silvesterparty geküsst hast, hatte ich aber einen anderen Eindruck.«

Was zum Teufel …? »Wie bitte?« Hat er etwa die ganze Zeit Mia gemeint? »Sprechen wir gerade über Mia?«

Ethan sieht mich an, als wäre ich verrückt. »Ja. Von wem denn sonst?«

Ich drehe mich um. »Über Emily«, lasse ich ihn wissen.

Er lacht laut auf. »Dachtest du, ich will dir meine Freundin schmackhaft machen?« So einem Idioten wie Ethan würde ich so ziemlich alles zutrauen.

Ich zucke mit den Schultern. »Ehrlich gesagt, weiß ich nicht, was in deinem Gehirn so vor sich geht. Immerhin warst du so blöd und hast Mia betrogen.« Ich weiß nicht, wieso ich das jetzt laut ausgesprochen habe …

Zurücknehmen werde ich es aber auch nicht.

Ethan lehnt sich in vertraulicher Pose neben mich an den Tresen. »Willst du mir jetzt Mia wieder schmackhaft machen?«, will er mit hörbarem Erstaunen in der Stimme wissen.

So weit kommt's noch! »Bist du verrückt?«, frage ich. Als ich Ethan das erste Mal gesehen habe, dachte ich, er ist ein ganz netter Typ. Jetzt kann ich ihn jedoch nicht mehr leiden. Emily hatte vielleicht ihre Gründe, warum sie mit Ethan geschlafen hat, doch Ethan ist meiner Meinung nach einfach nur ein Arsch. Man betrügt sein Mädchen nicht. Schon gar nicht, wenn sie so toll ist wie Mia.

Ich ziehe meine Augenbrauen hoch. »Glaubst du, ich bin masochistisch veranlagt, dass ich sie zurück in deine Arme treibe?«

Ethan schüttelt den Kopf. »Keine Ahnung. So gut kennen wir uns ja auch nicht.«

Genervt verschränke ich meine Arme vor meiner Brust. »Von mir aus kann das auch gerne so bleiben.«

Der Typ hat Mia nach Strich und Faden belogen und obwohl es mich nichts angeht, nehme ich es ihm verdammt übel. So wie es aussieht, hat er sie mit der Art und Weise, wie er es getan hat, so verletzt, dass sie sich auf niemanden mehr einlassen möchte. Ich habe versucht, die Scherben aufzusammeln und es bis heute nicht geschafft, Mia wieder ganz zusammenzusetzen. Sonst würde sie jetzt vermutlich in meinen Armen liegen, anstatt mit ihren Freundinnen ausgelassen zu tanzen. Ich werde das Gefühl nicht los, dass Ethan Mia für die Männerwelt verdorben hat.

»Wow. Das war mal eine Ansage«, sagt er mit merkbarer Verzögerung.

Genau. Und von mir aus kann er jetzt auch gerne verschwinden. Nur leider tut er mir diesen Gefallen nicht. »Du stehst auf Mia, oder?«

Abstreiten werde ich es auf keinen Fall, also antworte ich ihm aufrichtig: »Jep.«

Ethan legt sein Kopf schief. Er lässt seinen Blick an mir auf und ab wandern, fast so, als würde er mich von Kopf bis Fuß durchleuchten.

»Wieso sagst du es ihr nicht einfach? Ich glaube, sie weiß gar nicht, was in dir vorgeht.«

Das Gefühl habe ich allerdings auch. Dennoch bin ich etwas verblüfft, dass das auch Ethan aufgefallen ist.

»Das geht dich nichts an«, ist die erste Erwiderung, die mir durch den Kopf schießt und die ich auch sofort laut ausspreche.

»Jetzt komm mal runter. Man könnte ja denken, ich habe mit dir Schluss gemacht, so wie du mich die ganze Zeit anblaffst.«

Okay, ich muss zugeben, dass er vielleicht recht hat. Ich höre mich an wie eine rachsüchtige Exfreundin. Etwas versöhnlicher antworte ich ihm also doch noch auf seine Frage: »Ich würde es ihr gerne sagen, aber ich finde einfach nie den passenden Zeitpunkt. Wir sind nie alleine«, klage ich Ethan mein Leid. Wow. Das hat sich ziemlich jämmerlich angehört. Das Ganze noch beim Ex der neuen Flamme …?

Läuft, würde ich sagen.

Ethan verschränkt die Arme vor der Brust. »Mia gibt es eben nur gemeinsam mit ihrem Freundeskreis«, lässt er mich wissen. Das ist mir seit unserem gemeinsamen Essen leider auch klargeworden. »Es war nicht leicht in den letzten Monaten, aber wir haben uns irgendwie alle wieder zusammengerauft.«

Glückwunsch, denke ich. Und genau deshalb muss ich mich jetzt mit Ethan herumschlagen. Es wäre viel leichter, wenn er einfach aus Mias Leben verschwunden wäre, dann könnte sie ihn vermutlich schneller vergessen.

Ich seufze laut auf. »Mia hat mir von eurer Aussprache erzählt«, gestehe ich Ethan. »Und mir ist klar, dass du immer ein Teil von ihrem Leben bleiben wirst.« Das leider lasse ich mal besser weg.

Ethan zwinkert mir zu. Denkt er etwa, nur weil ich ihm keine reinhaue, sind wir jetzt Freunde? »Dann sieh zu, dass auch du ein fester Bestandteil ihres Lebens wirst«, schlägt er mir vor.

»Hallo?«, sage ich zu ihm. »Das probiere ich doch schon monatelang.« Mit einem bösen Blick versuche ich ihn in Grund und Boden zu starren. Gar nicht so einfach, wenn man im Normalfall eher ein umgänglicher Typ und das Gegenüber ein durchtrainierter Footballer ist. »Leider trauert sie immer noch ihrem Ex hinterher.«

»Der muss ja ein ziemlich toller Typ sein«, scherzt er. Super. Da ist er wieder, der witzige Ethan, den ich kennengelernt habe.

»Er ist ziemlich von sich überzeugt«, kontere ich arrogant. »Aber ich habe gehört, er kann ein netter Kerl sein.«

Ethan entkommt ein belustigtes Schnaufen. »Alles Gerüchte! Aber ich kann dich beruhigen, Josh. Mia ist über mich hinweg.«

Sofort hat er mich am Haken und ich frage interessiert nach: »Was macht dich so sicher?« Super, wann ist dieses Gespräch eigentlich in die Wie-bekommt-Josh-Mia?-Richtung abgedriftet?

»Die nächtlichen Heulanrufe haben aufgehört«, erklärt er mir trocken.

Ich bin mir sicher, meine Augen hüpfen mir fast aus den Augäpfeln. »Das hat sie echt gemacht?«

Er winkt ab. »Nein, du Idiot. Soweit ich weiß, telefoniert sie doch rund um die Uhr mit dir. Vielleicht beantwortet das deine Nachfrage?«

Ehrlich gesagt nicht. »Das heißt doch nicht, dass sie deswegen über dich hinweg ist.«

Ethan sieht mich an, als wäre ich ein begriffsstutziges Kind. »Warum sollte sie sonst jeden Abend mit dir telefonieren?«

Ich zucke mit meinen Schultern. »Weil wir Freunde sind?«

»Das glaubt euch doch niemand mehr.« Mit dem Kopf deutet er in Richtung der Mädchen. »Ich gehe jetzt zu meiner Freundin. Du solltest endlich mal in die Gänge kommen und dir auch eine suchen.«

Vielleicht sollte ich das. Ich mache einen Schritt nach vorne.

»Schnapp sie dir«, feuert er mich an.

Das werde ich. Bevor ich aber losgehe, muss ich noch was loswerden: »Ethan?«

»Ja?«

»Glaub aber nicht, dass wir jetzt plötzlich Freunde sind.«

Er grinst mich tatsächlich an und sagt: »Mach dir keine Sorgen. Ich hab es nicht eilig.«

Danach drängt er sich an mir vorbei, um zu seinem Mädchen zu gehen. Und ich werde jetzt Mia zu meinem machen.

# Kapitel 19

*Sommer*

Nein, ich habe mir Mia nicht mehr geschnappt. Warum? Weil ich zu lange gezögert habe, denn als ich endlich den Arsch in der Hose hatte, etwas zu unternehmen, kam sie zu mir, um sich zu verabschieden. Leider hatte ich verdrängt, dass sie wieder nach Hause muss.

Und dahin war er: der passende Moment.

Natürlich hätte ich sie zum Flughafen begleiten können, da aber alle ihre Freunde ebenfalls in Aufbruchsstimmung verfielen, fand ich die Idee einer kitschigen Flughafenszene dann nicht besonders toll.

Und darum hänge ich jetzt hier ganz alleine auf der Couch herum und starre in die Glotze. Na ja, so allein man in einer WG eben sein kann.

Als hätte er meine Gedanken gelesen, betritt Tom den Raum und sieht mich von oben herab an. »Kommst du mit?« Sein Outfit verrät mir bereits, was er heute vorhat. Sauberes T-Shirt, neu aussehende Hosen … Er will definitiv ausgehen.

»Nein, keine Lust«, murmele ich und konzentriere mich wieder auf den Schwachsinn, der im Fernsehen läuft.

»Die hast du in letzter Zeit eher selten«, stellt er richtigerweise fest. Er beugt sich nach unten und legt mir seine flache Hand auf die Stirn. »Bist du krank?«

Böse funkele ich ihn an und murre: »Nein.«

Miles, der unser Gespräch wohl von der Küche aus belauscht hat, schreit: »Er ist schon seit Wochen so beschissen gelaunt.« Monate trifft es wohl eher.

Ich sehe, wie Tom den Kopf schüttelt und dann davontrottet. Leider höre ich ihn in der Küche leise mit Miles tuscheln. Whoa. Wie in der Grundschule. Da ich mir ziemlich sicher bin, dass die beiden über mich herziehen, hieve ich mich auf und schlurfe zur Küche. An den Türrahmen gelehnt, bleibe ich stehen.

»Habt ihr mir etwas zu sagen?«, frage ich sie.

Ertappt fahren die beiden auseinander und sehen zu mir. »Wir haben uns nur gefragt, wohin Josh, der Partykönig, verschwunden ist.« Tom deutet auf meine Jogginghose und das ausgeleierte Einhorn-Shirt, das ich früher nicht einmal mit der Kneifzange angefasst hätte. Da es Mia aber einmal getragen hat … Oh Gott, ich bin jämmerlich.

Ich gehe zum Küchentisch und lasse mich davor auf einen Stuhl sinken. »Okay, dann gehe ich eben mit auf die verdammte Party.«

Miles setzt sich neben mich, ebenso wie Tom, der mich wissen lässt: »Vergiss jetzt mal das Feiern.«

Also, was denn jetzt? Ich dachte, das wäre das Problem? Und juhu … ich habe dafür sogar eine Lösung. Ich werfe mich in ein anderes Shirt und komme mit. Kippe mir – wo auch immer es uns hinverschlägt – lustlos ein Getränk in den Rachen und lege mich danach wieder vor die Glotze. Alle sind glücklich. Ende.

Miles nickt. Wieso noch mal? Ach ja. Wir bleiben jetzt offensichtlich doch zu Hause.

In vertraulicher Pose, die mich etwas zurückrutschen lässt, lehnt er sich nach vorne. »Ja, was ist los mit dir, Josh? Ist es wegen Mia?«

Erstaunt sehe ich ihn an, denn dass er von sich aus das Gespräch auf Mia lenkt, ist neu. Bisher hat er es immer vermieden, mit mir über sie zu sprechen. Warum auch immer …

Besser, ich stelle mich jetzt ein wenig dumm, deshalb frage ich mit gespielt verwundertem Tonfall: »Mia?«

Sofort sagt Tom: »Du hältst uns echt für Idioten, die gar nichts mitbekommen, oder?«

Stumm zucke ich mit den Schultern, während Miles Tom mit dem Ellbogen anstößt. »Ich habe doch gesagt, wir hätten schon viel früher eingreifen sollen, aber Chris und du wart der Meinung, dass er das selbst hinbekommt.«

Tom sieht zu Miles und murmelt: »Das dachte ich auch wirklich. Aber offensichtlich habe ich mit meiner Vermutung falschgelegen.«

Ich klatsche mit der Hand auf den Tisch: »Könntet ihr aufhören, so zu reden, als wäre ich nicht im Raum?«

Sofort rucken die Köpfe der beiden zu mir. Der Gesichtsausdruck von Tom ist unlesbar, Miles wirkt ein bisschen … mitleidig?

»Wir haben alle gemerkt, wie sehr du dich verändert hast, seit du Mia kennst.«

Na ja, Miles kannte mich ja noch nicht wirklich, aber er hat wohl schnell nach seinem Einzug mitbekommen, dass ich gerne Party mache und einen über den Durst trinke. Oder wohl eher: dass ich das *früher* gerne gemacht habe. Ach, verdammt, jetzt belüge ich mich schon selbst. Ich mag es immer noch, aber nur zusammen mit Mia!

Also streite ich vorsichtshalber mal alles ab. »Hab ich doch gar nicht.« Ich merke selbst, wie lahm ich dabei klinge.

Meine Mitbewohner starren mich in Grund und Boden. Vermutlich teilen sie meine Einschätzung, also murmele ich: »Schon gut, schon gut« und strecke abwehrend meine Hände in die Luft. Hat doch keinen Sinn, es zu leugnen. Zuerst habe ich mich von anderen Frauen ferngehalten, in den letzten Wochen auch von Partys. Wenn bei uns zu Hause eine Feier stieg, bin ich zu Will in seine WG geflüchtet. Und das alles wegen eines Mädchens. Des *einen* Mädchens, um genau zu sein. Wer hätte das gedacht?

»Einsicht ist der erste Weg zur Besserung.« Miles grinst mich an.

Spinnt der? Wie soll ich mich denn bessern? Nicht mehr an Mia denken und einfach so weitermachen wie früher? Klingt eigentlich nicht so schlecht. Ich behalte das mal als Plan B im Hinterkopf. Einige Sekunden denke ich darüber nach, was genau Miles und Tom mit unserem Gespräch bezwecken wollen, während ich aus dem Augenwinkel beobachte, wie die beiden sich immer wieder Blicke zuwerfen.

Seufzend wende ich mich zu Miles. »Stört es dich gar nicht, dass ich auf Mia stehe?« So, jetzt ist es raus. Ich habe es ausgesprochen und fühle mich seltsam befreit.

Zu meiner grenzenlosen Erleichterung springt Miles nicht über den Tisch und haut mir eine rein, sondern lehnt sich entspannt in seinem Stuhl zurück und verschränkt die Arme vor der Brust.

»Na ja«, beginnt er, »cool ist es nicht, weil wir ja zusammenwohnen. Und vermutlich werde ich dich mein ganzes Leben lang damit aufziehen, dass du was von meiner kleinen Schwester willst … aber ich komme damit klar.« Kurz zögert er, bevor er weiterspricht: »Ich muss dir jetzt aber auch ganz ehrlich sagen, dass ich mit dem Josh, den ich bei meinem Einzug kennengelernt habe, so meine Probleme hatte. Also nicht als Kumpel, sondern als potentiellen Freund meiner Schwester.«

Mit meiner Hand zeige ich auf meine schäbige Kleidung. »Und dieser Josh?«

Er winkt ab. »Bei diesem Josh muss ich mir keine Gedanken machen, dass meine Schwester auf ihn stehen könnte.«

Ich streiche mein Shirt glatt. »Was? Wieso?«

Tom lehnt sich nach vorne und legt seine Hand auf meinen Unterarm. Ich starre darauf, als hätte er statt Finger Tentakel. »Dieser Typ hat bei keiner Frau mehr eine Chance«, klärt er mich auf.

Ach du Scheiße. Steht es wirklich so schlimm um mich? Okay, zuerst mussten meine Haare daran glauben und in den letzten Wochen hat auch mein unverwechselbarer Style gelitten. Zu meiner Verteidigung muss ich aber auch sagen, dass ich viel lernen musste und eine ganze Menge Prüfungen hatte.

Laut sage ich: »Ich hatte ein bisschen Stress mit dem Studium.«

Miles sieht mich an, als könnten ihn meine Worte nicht wirklich überzeugen. Sie leuchten mir ja nicht einmal selbst ein. »Liegt es nicht eher daran, dass Mia ihr Leben wieder im Griff hat und du dir jetzt unnütz vorkommst?«

Dass Miles sein Gehirn mehrmals pro Woche wilden Bässen aussetzt, dürfte der Leistungsfähigkeit seiner grauen Zellen noch nicht geschadet haben. Offensichtlich beeinträchtigt wildes Im-Takt-Nicken nicht seine Denkleistung. Ich habe das Gefühl, ihm dazu gratulieren zu müssen, lasse es aber lieber. Und auch wenn er mich mit seinen Worten gerade erreicht hat, werde ich einen Teufel tun und ihm verraten, dass er mit seiner Theorie teilweise gar nicht so falsch liegt.

Tom zieht die Augenbrauen hoch. »Na, hat's dir die Sprache verschlagen?«

»Nein. Ich weiß nur nicht, was ich sagen soll. Ich finde es schön, dass Mia wieder glücklich ist.« Auch dass sich die Krise in ihrem Freundeskreis gelegt hat, ist doch super. Fehlt doch nur noch ein neuer Polohemdträger an ihrer Seite. Bei dem Gedanken habe ich das Gefühl, dass sich eine Hand um meinen Hals legt, da es mir fast die Luft abschnürt.

»Du machst sie glücklich«, lässt Miles mich wissen. »Aber würdest du es auch schön finden, wenn sie sich wieder verabreden würde?«

Mit mir? Ja, auf jeden Fall.

Mit jemand anderem? Nein, niemals.

Ich stehe langsam auf und mein Stuhl macht dabei ein laut schabendes Geräusch. »Sie ist doch noch nicht so weit«, sage ich und wundere mich selbst, wie giftig meine Stimme dabei klingt. Was aber auch irgendwie gerechtfertigt ist, denn weder ich noch sie haben die Sache mit Ethan verdaut.

Na ja, zumindest Mia nicht. Ich finde mich damit ab, dass ich den Typen niemals werde leiden können.

Miles sieht mich an. »Das sehe ich anders. Über Ethan ist sie auf jeden Fall hinweg. Was hält sie davon ab, jemanden zu daten?« Miles stellt seine Frage so, wie es meine ehemalige Grundschullehrerin getan hat, wenn sie auf etwas hinauswollte.

*Denk nach, Josh! Was hält Mia davon ab, jemanden zu daten, wenn sie über Ethan hinweg ist?*

*Nichts. Verdammt noch mal. Einfach gar nichts.*

Die Worte überschlagen sich fast, als ich frage: »Und hat sie schon jemanden in Aussicht?« Nervös gehe ich durch den Raum. Vielleicht hat sie ja ihrem Bruder gegenüber erwähnt, dass sie mich auch mag? Dann würde es mir leichterfallen, ihr meine Gefühle zu gestehen.

Ein spöttisches Lachen kommt aus Miles' Kehle, während Tom mich ziemlich mitleidig mustert.

»Alter, glaubst du, sie war alleine beim Abschlussball?« Miles sieht mich an, als wäre ich verrückt. Aber ehrlich gesagt: Ja, das habe ich gedacht. Es war ja nicht ihr Abschlussball, sondern der von Mason, Jackson und Ethan. Ich war der Meinung, sie hat einfach ein paar tolle Stunden mit ihren Freunden verbracht und nicht mit einem potentiellen Lover. Bilder von einem pickeligen Typen in Zahnspange tauchen vor mir auf. Ich wäre ein so viel hübscherer Begleiter gewesen.

Etwas beleidigt verschränke ich meine Arme vor der Brust. Tom räuspert sich und wendet sich mit sanfter Stimme, die ich so gar nicht kenne, an mich: »Ich dachte, du hängst deswegen so durch.«

Mein Kopf schnellt in seine Richtung. »Was? Du wusstest das auch?« Nett, dass mal jemand etwas gesagt hat.

Er nickt und antwortet: »Natürlich. Ich unterhalte mich ja mit meinen Mitbewohnern und igele mich nicht in meinem Zimmer ein.« Ja, ja. Den Seitenhieb habe ich verdient.

Genervt massiere ich meine Nasenwurzel. Das ist wohl jetzt

ein typischer Fall von Zu-lange-den-richtigen-Moment-abgewartet-und-ihn-dann-doch-verpasst.

Ich gehe zu unserer zugemüllten Küchenzeile und beginne damit, den Geschirrspüler auszuräumen. Irgendwie muss ich mich beschäftigen.

Der Gedanke an Mia und irgendeinen Highschool-Nerd macht mich fertig. Und viel schlimmer … was ist, wenn es keiner war, sondern ein gut trainierter Basketball- oder Footballspieler?

Vielleicht will Miles mich ja auch nur verarschen. Nachdem ich fertig bin, drehe ich mich wieder zu meinen Mitbewohnern um, die mich stumm beobachtet haben.

Da ich es nicht länger aushalte, frage ich, an meine Freunde gewandt: »Hatte Mia wirklich ein Date am Abschlussball?«

Miles verdreht die Augen und seufzt: »Ihr habt ein großes Kommunikationsproblem.«

Sofort möchte ich wissen: »War das ein Nein?«

Tom sieht zu Miles. »Quäl ihn nicht so.« Danach sieht er zu mir. »Nein, sie hatte kein Date. Miles wollte dich vermutlich nur dazu bringen, endlich mal deinen Arsch hochzubekommen.« Etwas leiser fügt er hinzu: »Ehrlich, das kann man doch nicht mehr mitansehen.«

Ich lege meinen Kopf schief und fixiere Tom. »Meinst du, Mia würde mit mir ausgehen, wenn ich sie frage?«

Tom grinst. »Bestimmt würde sie etwas mit dir unternehmen. Ihr seid doch *Freunde.*« Das letzte Wort betont er eigenartig.

Besser, ich vergesse Tom. Der Typ hatte noch nie eine Beziehung, die länger als drei Wochen gehalten hat. Ich gehe auf Miles zu und setze mich wieder neben ihn. Er kennt Mia besser als jeder andere.

»Würde sie ja sagen, wenn ich sie um ein Date bitte?«

Nun lacht Miles laut auf. »Vermutlich schon, allerdings wäre sie wohl ziemlich überrascht.«

Ich verziehe mein Gesicht. »Was? Wieso?«

Fast gleichzeitig sagen Tom und Miles: »Weil sie dich für schwul hält.«

Ein paar Sekunden starre ich die beiden sprachlos an. »Ihr verarscht mich doch.« Ich lege meine Hände auf Miles' Schultern. »Sag, dass das ein Scherz war.«

Beschwichtigend hebt er seine Hände hoch. »Sorry, kann ich nicht.«

Fassungslos schüttele ich meinen Kopf. »Aber wieso?«

Tom macht große Augen. »Ist die Frage ernstgemeint?«

»Ja.«

Er streckt seinen Daumen in die Luft. »Erstens: Du wohnst dort, wo Kobolde ihren Topf mit Gold verstecken.« Irgendwie kommt mir der Spruch bekannt vor.

Sofort verteidige ich mich: »Du weißt doch, dass meine Schwestern die Farben ausgesucht haben.«

»Wenn du ein Mann wärst, hättest du sie gar nicht aussuchen lassen«, beharrt Tom.

Sofort mischt Miles sich ein. »Das ist Bullshit, Tom. Das ist dir klar, oder?«

Tom verdreht nur seine Augen und zu dem hochgestreckten Finger gesellt sich ein zweiter. »Du hast ein Einhorn-Shirt.«

Etwas beleidigt streiche ich über den Stoff. »Das war ein Geschenk von meinen Schwestern.« Dass ich es nur wegen Mia trage, behalte ich für mich. Es ist schon schlimm genug, der Einhorn-Typ zu sein. Der *schräge* Einhorn-Typ zu sein, würde sich noch eigenartiger anfühlen.

Mit meiner Hand mache ich eine kreisrunde Handbewegung, um Tom zum Weiterreden zu animieren. Der zeigt mir den Mittelfinger. Praktisch, da er ihn gleich für seine Aufzählung hernehmen kann.

»Drittens«, schwafelt er weiter, »hast du eine sehr enge Bindung zu deinem besten Freund.«

Ich runzele die Stirn. »Das ist doch nicht ungewöhnlich.«

»Zu deinem schwulen besten Freund«, präzisiert er.

Ich nehme mir einen Moment, um über seine Worte nachzudenken. »Nein, den Grund akzeptiere ich nicht.«

Miles mischt sich ein. »Musst du aber. Denn Will ist vermutlich der Hauptgrund, warum sie denkt, dass du lieber Männer statt Frauen küsst.«

Frustriert werfe ich meine Arme in die Luft. »Aber wieso denn?«

Miles lehnt sich nach vorne und kommt meinem Gesicht immer näher. Alter, was hat der Typ vor? Ich weiche mit meinem Kopf so weit es geht nach hinten aus. Auch als ich nicht mehr weiterkann, kommt er mit gespitzten Lippen immer weiter auf mich zu. »Miles!«, schreie ich fast. »Lass das!«

Sofort zieht er sich zurück. »Bei Will zuckst du nicht zurück, wenn er dir einen Abschiedskuss geben möchte.«

»Mann«, maule ich. »Ich kenne Will aber auch schon, seit ich ein kleines Kind war. Das ist doch was völlig anderes.«

Tom lacht laut auf. »Dann solltest du dich aber auch nicht wundern, wenn jemand falsche Schlüsse zieht.«

Beleidigt verschränke ich meine Arme vor der Brust und schiebe die Unterlippe vor. Miles zeigt mit dem Finger auf mich. »Und viertens. Du verhältst dich oft wie ein Schwuler.«

Tom schüttelt seinen Kopf. »Nein, Miles. Der Begriff, den du suchst, heißt Kleinkind.«

Langsam werde ich ziemlich angepisst. Und ich habe das Gefühl, dass meine so genannten Freunde gerade ganz großen Spaß daran haben, mich aufzuklären.

An Miles gewandt, fährt Tom fort: »Du hast mir meine Aufzählung versaut. Ich habe auch ein Viertens.« Super. Als wären die anderen Gründe nicht schon genug. Er sieht mich an. »Dein Styling. Wobei es ja schon besser wird. Diese Mädchenfrisur, die du immer hattest … ich weiß nicht.«

Miles kommt mir unerwartet zu Hilfe. »Man Buns sind gerade voll im Trend.« Aus welcher Zeitschrift hat er das denn? *Men's Health*?

Tom schnaubt belustigt. »Das hilft ihm jetzt auch nicht. Er hat nämlich keinen mehr.« Er schüttelt sich, als bekäme er eine Gänsehaut, macht aber sofort mit seiner Aufzählung weiter. »Fünftens« –

Weiter kommt er nicht, da ich mit meiner flachen Hand auf den Tisch schlage. »Ich glaube, ich hab's verstanden. Danke.« Grimmig starre ich von Tom zu Miles. »Aber um noch einmal auf meine frühere Frisur zu sprechen zu kommen«, beginne ich, »wenn die wirklich so mies war, wieso konnte ich dann immer so viele Mädels aufreißen?«

Toms Grinsen sagt mir, dass mir nicht gefallen wird, was in seinem Kopf vorgeht. »Vielleicht wollten dich alle bekehren.«

Miles lacht laut los, aber ich finde das alles gar nicht witzig.

»Haha. Ist ja alles ganz lustig.« Ich winke einmal, um die Aufmerksamkeit wieder auf mich zu ziehen. »Mia denkt also, ich bin schwul.«

»Ja.« Beide lachen wieder los.

Super, die zwei sind mir ja eine große Hilfe. Ich habe keine Ahnung, wie ich Mia am besten zeige, dass ich ganz und gar nicht auf Jungs stehe.

Nach ein paar schweigsamen Sekunden stiehlt sich ein Grinsen auf mein Gesicht. »Miles, hast du ein Problem damit, wenn ich dich nach den letzten Prüfungen nach Hause begleite?«

Meinem Mitbewohner vergeht das Lachen. »Ich kenne diesen Ausdruck in deinem Gesicht. Du hast irgendeine dumme Idee, oder?«

So unschuldig wie möglich beteuere ich: »Was, ich? Auf keinen Fall.«

# Kapitel 20

»Sind wir bald da?«, fragt Miles von der Rückbank.

Ich drehe mich zu ihm um und starre ihn böse an. »Wie auch schon die letzten fünf Mal lautet auch jetzt die Antwort: In ungefähr zehn Minuten.«

Miles öffnet seinen Mund, um etwas zu sagen, doch ich schüttele meinen Kopf. Danach sehe ich zu Will, der den Wagen mit einem Grinsen nach Naples lenkt. Er ist der Einzige von uns, der ein eigenes Auto hat, doch das ist nicht der ausschlaggebende Grund, wieso wir ihn dabeihaben. Ich habe ihn gezwungen, Miles und mich zu begleiten.

»Ich freue mich schon auf meinen Urlaub«, lässt Will mich wissen. Er hebt seinen Kopf ein Stückchen an, vermutlich, um in den Rückspiegel zu schauen. »Ihr sollt tolle Strände haben. Viel schönere als in Cape Coral.«

Damit hat er sogar recht, wobei ich bei meinem letzten Besuch in Naples zwar am Pier war, jedoch nicht in den Genuss gekommen bin, mich am Strand in die Sonne zu knallen. Ist im Winter auch irgendwie schwierig.

»Was sagen eure Eltern eigentlich dazu, dass ihr mit mir mitkommt?«, möchte Miles wissen.

Nun drehe ich mich doch wieder zu ihm um. »Ehrlich gesagt, denken sie, dass ich in Tallahassee bin. Meine Prüfungen habe ich zwar alle geschrieben, aber ich hätte noch ein paar Seminare besuchen sollen.« Na ja, ich bin ja im nächsten Jahr auch noch am College. Wenn ich zufällig krank wäre, dann hätte ich ja auch Stoff verpasst. Deshalb komme ich ganz gut damit klar, meine vorzeitigen Sommerferien mit meinem Gewissen zu vereinbaren.

Will legt seine Hand auf meinen Oberschenkel und ich starre darauf. So etwas fällt mir erst seit meinem Gespräch mit Tom und Miles vermehrt auf. Früher habe ich diese Berührungen gar nicht wahrgenommen. »Joshy, du kannst doch nicht einfach schwänzen«, flötet er.

»Für Mia kann ich das«, beharre ich. »Das wird jetzt mein großer Moment.«

Miles lehnt sich zu mir und ich spüre seine Finger auf meinen Schultern. Langsam wird es mir unheimlich, dass mich alle hier im Wagen betatschen. Ist ja fast so, als würde ich Will in einen seiner Clubs begleiten.

»Du weißt aber schon, dass ich hier im Auto sitze«, höre ich Miles' Stimme in meinem Rücken.

»Ja, klar. Ich führe ja auch keine Selbstgespräche.«

Miles seufzt. »Ich meine wegen Mia.«

»Wieso? Ich dachte, du kommst damit klar, dass ich sie mag.«

Da es hinter mir für eine Weile ruhig wird, drehe ich mich ein weiteres Mal zu Miles um. »Was? Hast du es dir anders überlegt?«

Abwehrend streckt er seine Hände in die Luft. »Na ja, Luftsprünge mache ich deswegen keine, aber ich werde jetzt auch nicht den bösen großen Bruder raushängen lassen.« Mir reicht auch der nicht besonders begeisterte Bruder.

Ich fege Wills Hand von meinem Bein, der das mit einem beleidigten »Hey« kommentiert. Ich zeige auf meinen besten Freund. »Du darfst mich dann in Naples betatschen.«

»So viel ich will?«

Ich schüttele meinen Kopf. »Nicht unter meinem T-Shirt.«

Nach einer kurzen Pause fragt er: »Also, darf ich in deine Hose –?«

Sofort unterbreche ich ihn: »Gott, nein, dort auch nicht. Am besten gar nicht unter der Kleidung.«

»Na gut«, motzt Will.

Eigentlich bin ich gar nicht scharf darauf, dass Will und ich uns auf körperliche Weise näherkommen, aber wenn Mia sieht, dass ich ganz und gar nicht auf Will abfahre, dann bemerkt sie hoffentlich, auf wen ich wirklich stehe. Nämlich auf sie.

Nun deute ich mit meinem Finger zu Miles. »Und nun zu dir.« Ich hole tief Luft und habe das Gefühl zu sterben, als ich folgende Worte ausspreche: »Wenn du wirklich nicht damit klarkommst, dann fahre ich eben nach Hause.« Etwas mürrisch füge ich hinzu: »Und werde zu einem alten verbitterten Typen, der mit langen Haaren auf irgendeiner Couch herumsitzt und der Liebe seines Lebens nachtrauert. Der einzige Spaß, den dieser Mann dann noch hat, ist es, sich in regelmäßigem Abstand mit Alkohol zuzuschütten und auch mit vierzig noch in Clubs zu gehen, um Frauen aufzureißen, während alle rund um ihn herum heiraten.« Bisschen dramatisch, aber vielleicht hilft es ja.

Miles lehnt sich wieder nach hinten und verschränkt die Arme vor der Brust. »Gott bewahre! Bitte, schnapp dir Mia. Ich werde einfach ausblenden, dass ihr etwas am Laufen habt und werde statt dir dieser *bemitleidenswerte*« – bei dem Wort zeigt er Gänsefüßchen in der Luft – »Clubtyp mit den hübschen Freundinnen.« Würde Miles vermutlich nicht schwerfallen, falls er mal genauso berühmt wie David Guetta wird.

Außerdem weiß ich, dass er – ganz tief in ihm drinnen – begeistert davon ist, mich irgendwann mal als Schwager zu bekommen.

»Und was machst du, wenn Mia mich besuchen kommt?«

Mit sarkastischem Tonfall gibt Miles zurück: »Mir Ohrstöpsel besorgen.«

»Haha. Du bist so witzig.« Ich sehe wieder nach vorne.

»Kommt ihr eigentlich mit zu uns?«, will Miles wissen.

Ich schüttele meinen Kopf. »Nein. Ich habe Mason angerufen

und gefragt, ob Will und ich bei ihm im Gästezimmer pennen können.«

»Was? Wieso?«, kommt es gleichzeitig von Will und Miles.

Ich seufze. »Weil es bei Miles und Mia zu Hause kein Gästezimmer gibt. Und ich kann ja vorerst auch schlecht mit Mia in einem Bett schlafen.« Okay, natürlich könnte ich das, aber es wäre mir lieber, wenn sie dann bereits meine Freundin wäre.

»Du kannst die Couch haben«, bietet Miles mir an.

Ich drehe mich zu ihm um. »Und Will schläft bei dir?«, frage ich nach.

Sofort schüttelt er seinen Kopf. »Okay, ich verstehe das Problem. Schlaft ruhig bei Mason.«

Will schnaubt laut. »Hast du Angst, dass ich dich im Schlaf betatsche?« Etwas leiser fügt er hinzu: »Eigentlich keine schlechte Idee.«

Miles schüttelt den Kopf. »Natürlich nicht.« Nach einer kurzen Pause sagt er: »Na ja, vielleicht ein wenig.«

Will lenkt den Wagen in die Straße, in der Miles und Mia wohnen und beendet zum Glück die Schlafdiskussion.

Fragend sieht Miles mich an. »Soll ich Mia sagen, dass du auch in Naples bist?«

Ich schüttele meinen Kopf. »Nein, ich möchte sie damit überraschen. Wir treffen uns abends auf der Strandparty.«

Endlich parkt Will vor Miles' Haus. Dem Navigationssystem sei Dank.

»Was sage ich Mia, wenn sie mitbekommen hat, dass ihr mich nach Hause gebracht habt?«

Ich sehe ihn an, als wäre er verrückt. »Dass ich auch nach Hause fahre? Nach Cape Coral?« Miles stellt sich aber auch gerade dämlich an.

»Mann, ich hoffe, du fällst mit deiner Blödheit heftig auf die Fresse«, lässt er mich wissen, steigt aus und geht zum Kofferraum.

Auch ich hüpfe aus dem Wagen und laufe ihm hinterher. »Was willst du mir damit sagen?«

Er wirft seine Hände in die Luft. »Was machst du, wenn Mia es falsch auffasst, dass Will dich nach Naples begleitet?«

Ich winke ab. »Wird sie schon nicht«, beruhige ich ihn. »Ich will Mia einfach zeigen, dass Will und ich nur freundschaftliche Gefühle füreinander haben. Vielleicht begreift sie dann endlich, dass ich mich bereits die ganze Zeit um sie bemüht habe.«

Miles nimmt sich seine Tasche und wirft die Klappe zu. »Ich hoffe, dass diese Idee in deinem Kopf irgendwie mehr Sinn gemacht hat. Ausgesprochen klingt sie nämlich einfach nur dämlich.«

Ich winke ab. »Du wirst schon sehen. Das klappt bestimmt.«

* * *

Händchenhaltend gehe ich mit Will auf den Strandabschnitt zu, auf dem die Party steigt. Vor uns schlendern Mason und Jackson, ebenfalls Hand in Hand.

»Voriges Jahr war die Dekoration viel cooler«, höre ich Mason sagen.

Jackson lacht. »Da warst auch du dafür verantwortlich.«

Ich überhole die beiden und ziehe Will hinter mir her. »Ich finde die Strandfackeln toll. So schön romantisch.«

Will seufzt. »Weißt du, dass wir Händchen halten, macht meine Chancen auf einen potentiellen neuen Lover ziemlich zunichte.«

Jackson tötet mich nahezu mit bösen Blicken. Langsam frage ich mich, ob die Idee wirklich so mies ist?

Als Jackson zu Will sieht, wird sein Blick gleich einige Nuancen weicher: »Es tut mir leid, dir das sagen zu müssen, aber an unserer Highschool gibt es außer Mason und mir keine geouteten Schwulen.«

Will schiebt seine Unterlippe schmollend vor. »Bisexuelle vielleicht?«

Mason und Jackson schütteln gleichzeitig ihre Köpfe.

Ich stoße Will mit dem Ellbogen an. »Du bist heute mit mir hier. Kein Fremdgehen«, erkläre ich ihm im Befehlston.

Jackson sieht mich mit großen Augen an. »Du bist ein Idiot.«

Ein Idiot mit einem Plan, der dazu führt, dass ich am Ende des Abends mit meinem Mädchen nach Hause gehe.

Hätte ich noch lange Haare, würde ich sie nach hinten werfen und theatralisch davonstapfen. Da mir kein alternativ-cooler Abgang einfällt, drücke ich Wills Hand einfach ein bisschen fester und ziehe ihn weiter auf die Party zu, in der Hoffnung, Mia sofort zu finden.

Will und ich drängen uns an den betrunkenen Highschoolkids vorbei. Na gut, ich dränge und mein bester Freund folgt mir wie ein Schoßhündchen.

Kurz vor der Tanzfläche bohren sich meine Beine fest in den Boden, denn Mia tanzt ausgelassen auf der Tanzfläche. Nur leider nicht alleine, denn sie ist umringt von Typen. Erst jetzt wird mir klar, dass ich nicht der einzige Mann bin, dem vermutlich aufgefallen ist, wie atemberaubend sie ist.

Und noch dazu der vermutlich Letzte, der ihre neue Haarfarbe live zu Gesicht bekommt. Sie hätte ja auch gerne mal ein Foto schicken können, wenn sie schon am Telefon kein Wort davon gesagt hat, dass ihre schwarzen Haare plötzlich blond sind. Allerdings mit einigen schwarzen Strähnen in den Haarspitzen. Sie sieht aus, als wäre sie eine berühmte Musikerin, die für das Cover des *Kerrang!*-Magazins abgelichtet wurde.

Sie ist so unglaublich heiß!

Will lehnt sich zu mir und flüstert mir in mein Ohr. »Willst du sie weiter einfach nur anstarren oder zu ihr hingehen?«

»Hingehen«, murmele ich, kann mich aber nicht bewegen.

Will sieht mich an, als wäre ich nicht ganz bei Trost. Bin ich ja auch wirklich nicht. Mit seinem Zeigefinger deutet er in Richtung einer provisorisch aufgebauten Bar. »Ich hole mir mal etwas zu trinken.« Beim Weggehen höre ich ihn noch murmeln. »Ich hoffe, diese Highschoolkids versetzen ihre Cola mit Alkohol.«

Da würde ich mir an seiner Stelle keine Sorgen machen. Doch ich spreche die Worte nicht mehr aus, da ich wie ferngesteuert auf Mia zulaufe. Sie tanzt unbeirrt weiter, bis ich meine Arme auf ihren Schultern ablege und ein einziges Wort in ihr Ohr raune: »Überraschung!«

Sofort dreht sie sich zu mir um und blickt mir mit großen Augen entgegen.

»Josh!«, schreit sie und umarmt mich stürmisch. Es tut so gut, sie endlich wieder zu berühren, so dass ich sie vielleicht ein bisschen zu fest an meinen Körper presse. Als sie ihre Arme über meinen Oberkörper bis zu meiner Brust wandern lässt, denke ich schon, sie will mit mir fummeln, aber leider möchte sie sich nur von mir wegdrücken.

Mit einem strahlenden Lächeln im Gesicht blickt sie zu mir hoch. »Was machst du hier?«

Ich zucke mit meinen Schultern. »Ich wollte dich einfach überraschen und gemeinsam mit dir den letzten Schultag feiern.«

»Du weißt aber schon, dass ich noch ein ganzes Jahr an der Highschool bleiben muss«, erinnert sie mich. Ja, leider, denn sonst hätte ich Miles aus der WG werfen und ihr sein Zimmer anbieten müssen.

Etwas verlegen senke ich den Blick. »Hätte ich nicht kommen sollen?«

»Was? Bist du verrückt? Ich freue mich, dass du hier bist.«

»Leider wäre ich fast an dir vorbeigelaufen.« Um meine Worte zu untermauern, greife ich nach einer Haarsträhne. »Du bist blond.«

Sie beißt sich auf ihre Unterlippe. »Und das war eine Heidenarbeit, denn zuerst waren meine Haare gelb. Du hättest den Schock deines Lebens bekommen, wenn ich mit dir geskypt hätte.«

Ich verziehe mein Gesicht. »Das hätte ich schon überlebt.« Kurz schüttele ich meinen Kopf. »Wieso hast du nichts gesagt?«

Mia grinst. »Ich wollte deinen Gesichtsausdruck sehen und das nicht über einen Videobildschirm. Gefällt es dir?« Mia klingt bei der Frage schüchtern.

»Du siehst wirklich toll aus«, raune ich.

»Danke.« Sie senkt ihren Blick und betrachtet für ein paar Sekunden ihre Schuhe. »Ich brauchte einfach ein bisschen Veränderung. Vielleicht auch einen kleinen Neuanfang.« Unsicher zuckt sie mit den Schultern.

»Gib es zu, das lag nur daran, dass ich während Spring Break auch eine Typveränderung hatte«, scherze ich.

Sie verdreht die Augen. »Ganz genau.« Mit einem Lächeln im Gesicht greift Mia nach meiner Hand und verschränkt unsere Finger miteinander. Genauso, wie ich es zuvor mit Will gemacht habe. Ach du Scheiße, ich sollte die Aktion wirklich abblasen. Langsam verstehe ich, wieso alle meinen dummen Scherz für eine Schnapsidee gehalten haben.

Mit meinem Kopf deute ich in Richtung der ganzen Typen, die sich immer noch in ihrer Nähe aufhalten. »Störe ich dich auch nicht?«

Mia schüttelt ihren Kopf. »Josh«, tadelt sie mich. »So unsicher kenne ich dich gar nicht.« Ich mich auch nicht.

Da ich mir komisch dabei vorkomme, mitten auf der Tanzfläche zu stehen, ziehe ich Mia wieder ein bisschen dichter zu mir und beginne mich gemeinsam mit ihr zur Musik zu bewegen. »Hast du Pläne für die Sommerferien?«, frage ich sie, um irgendetwas zu sagen.

Mia grinst mich an und es gefällt mir, wie sie sich in einer beiläufigen Geste ihre Haare aus dem Gesicht streicht.

»Ach, ich hatte vor, dich ein bisschen zu belästigen!« Sie zwinkert mir zu. »Immerhin ist Cape Coral gar nicht so weit von Naples entfernt.«

Ich halte Mia meine Hand hin, damit sie eine Drehung machen kann und ziehe sie danach in meine Arme. »Du darfst mich jederzeit besuchen.« Dann verziehe ich allerdings mein Gesicht.

»Nur muss ich im August arbeiten. Ein bisschen Geld fürs College verdienen«, lasse ich sie wissen. »Aber wenn es dich nicht stört, dass ich tagsüber vielleicht mal öfter nicht zu Hause bin und du mit drei verrückten Schwestern zurechtkommst, kannst du gerne ein paar Tage bei mir in Cape Coral verbringen«, biete ich ihr an.

Mia zögert kurz. »Nur zu gerne. Aber wieso nur drei Schwestern?«

War klar, dass ihr das sofort auffällt. »Weil Schwester Nummer vier nicht mehr zu Hause wohnt.«

»Na gut, dann nehme ich ihr Zimmer«, meint Mia lachend.

Viel lieber hätte ich sie in meinem Zimmer, aber besser, ich mache einen Schritt nach dem anderen.

Also stimme ich zu. »Hört sich ganz nach einem Deal an.«

Meine Freude über die Zusage verpufft schnell, da ich über Mias Kopf hinweg erkennen kann, wie Ethan und Emily auf uns zukommen. Auf Mias Exfreund habe ich im Moment absolut keinen Bock, deshalb frage ich sie schnell: »Hast du Lust auf einen kleinen Strandspaziergang?«

Sofort antwortet sie: »Mit dir immer.«

Ich greife nach Mias Hand und verlasse mit ihr gemeinsam die Tanzfläche. Verstohlen werfe ich einen Blick über meine Schulter und atme erleichtert auf, nachdem ich festgestellt habe, dass die beiden gar nicht zu uns wollten. Es sieht so aus, als möchten sie einfach nur tanzen.

Dennoch bin ich froh, dass ich Mia gebeten habe, mit mir am Strand entlangzulaufen, da wir endlich alleine sind. Während wir uns immer weiter vom Geschehen entfernen, fange ich an, Unsinn zu quatschen. »Es ist cool, wieder hier zu sein.«

Mia sieht zu mir hoch. »Naples ist eben ein ziemlich tolles Plätzchen.«

Dass es nicht an der Stadt liegt, sondern ganz alleine an Mia, bringe ich natürlich nicht über meine Lippen. Als wir die Musik nur noch ganz leise hören und ich bis auf das weit entfernte

Lagerfeuer von der Party nichts mehr sehen kann, streichele ich mit meinem Daumen zärtlich über ihre Handfläche und frage: »Magst du dich setzen?«

Ich bemerke, wie Mia mich von der Seite betrachtet, aber mir fällt auch das kurze Zögern auf, bis sie offensichtlich eine Entscheidung trifft. »Ja, gerne.«

Nebeneinander lassen wir uns in den Sand fallen und ich beobachte, wie sie aus ihren Ballerinas schlüpft und die Zehen im Sand vergräbt. Wir bleiben eine ganze Weile stumm nebeneinander sitzen. Bei mir liegt es an meiner Nervosität, bei Mia an … keine Ahnung. Vielleicht hat sie einfach meine überwältigende Präsenz verstummen lassen.

»Es ist toll, dass bei dir und deinen Freunden wieder alles im Lot ist«, sage ich. Irgendjemand muss doch das Schweigen brechen.

Mia lehnt ihren Kopf an meine Schulter. »Finde ich auch, aber glaub nicht, dass es leicht war. Vor allem, darüber hinwegzukommen, dass Ethan eine wirklich gute Freundin von mir liebt.« Bei ihren Worten schmiegt sie sich ein bisschen enger an mich. »Aber ich komme damit jetzt besser klar, als ich gedacht hätte.«

Da mir Ethans Worte wieder in den Sinn kommen, frage ich: »Es gibt also keine nächtlichen Heulanrufe bei deinem Ex?«

Mia prustet laut los, als hätte ich irgendetwas Dummes gesagt. »Als würde ich so etwas machen.« Sie stupst mich mit dem Ellbogen an und nachdem sie sich wieder beruhigt hat, fügt sie hinzu: »Dafür habe ich ja dich.«

Ich beiße mir auf die Unterlippe. »Bei mir meldest du dich aber auch nicht mehr so oft wie früher.« Klinge ich quengelig? Ein bisschen vielleicht, aber dadurch, dass ich nicht mehr so oft in Clubs oder auf irgendwelchen Studentenpartys herumhänge, fällt mir das natürlich auf.

Mia seufzt leise. »Das hatte einen Grund.«

»Welchen denn?«, frage ich sie.

»Ich musste versuchen, auch ohne dich klarzukommen«, gesteht sie mir. Ihre Worte schlagen bei mir ein wie eine Bombe. Warum zum Teufel sollte sie das wollen?

Etwas lauter als beabsichtigt frage ich: »Wieso?«

Sie rutscht ein Stückchen von mir ab. »Na ja«, druckst sie herum. »Ich mochte dich einfach viel zu gerne und war dabei, mich in dich zu verlieben.«

Ich kann nicht anders – mir klappt die Kinnlade runter. Mein Herz vollführt einen ziemlich abgefuckten Salto, bei dem ich das Gefühl habe, es könnte mir gleich aus der Brust springen. Verdammt … Wieso zum Teufel hat sie damit aufgehört? Ihre Ehrlichkeit haut mich gerade so sehr um, dass ich die Kontrolle über mein Denken verliere.

»Und jetzt hast du dich entliebt?«, stelle ich eine ziemlich dumme Frage.

Sie schüttelt traurig ihren Kopf. »Nein.«

Wie jetzt? Aber … aber das heißt doch dann, sie mag mich ebenfalls. Und das vielleicht ebenfalls schon eine ganze Weile. Oder?

Ich lehne mich zu ihr und nehme ihr Gesicht zwischen meine Hände. »Das ist doch gut«, lasse ich sie wissen.

»Das ist alles andere als gut«, beharrt sie. »Du bist doch …«

Sofort unterbreche ich sie. »… schwul. Ja, ja, alles schon mal gehört.« Fest sehe ich ihr in die Augen. »Mia, wenn ich gewusst hätte, dass es in dir genauso aussieht wie in mir …« Unsicher, wie ich den Satz beenden soll, breche ich einfach ab.

»Josh, soll das heißen …?«

Ich nicke und rutsche ganz nah an sie heran. »Ja, das soll es«, bestätige ich ihr.

Ganz langsam bewege ich meinen Kopf auf ihren zu. Sie soll die Möglichkeit haben, zurückzuweichen, falls sie sich doch nicht das Gleiche wünscht wie ich. Kurz bevor ich meine Lippen auf ihre lege, flüstere ich: »Mia, ich werde dich jetzt küssen.«

Als sie haucht, »Ich weiß«, streift mich ihr Atem und eine

Gänsehaut wandert über meinen Rücken. Meine Hand – die ziemlich zittert – wandert in ihren Nacken. Auf keinen Fall werde ich sie jetzt noch entwischen lassen. Ich kann nicht fassen, dass es gleich so weit ist. Die Monate des Wartens sind vorbei und endlich küsse ich das Mädchen, das ich schon eine kleine Ewigkeit liebe.

Mia entkommt ein leises Seufzen und ich schließe meine Augen, um ihre Nähe zu genießen. Mir wird klar, dass das hier unser erster Kuss hätte sein sollen. Nicht das betrunkene Knutschen auf der Silvesterparty.

Mit dem Daumen meiner zweiten Hand streichele ich zärtlich über ihre Wange, während ich mit meiner Zunge sanft ihre Unterlippe anstupse. Sie versteht sofort, was ich von ihr will, und öffnet ihren Mund, damit ich unseren Kuss vertiefen kann.

Das Rauschen in meinen Ohren vermischt sich mit dem der Wellen, die langsam an den Strand gespült werden. Viel zu gerne würde ich den Kuss jetzt feuriger werden lassen, doch ich ziehe mich schweren Herzens zurück.

»Nicht«, murmelt Mia und nun ist sie es, die ihren Arm in meinen Nacken legt, um mich nicht entwischen zu lassen. Sie scheint nicht dieselben Bedenken wie ich zu haben, denn ich merke, wie sie immer weiter an mich heranrutscht.

Und mit jeder Berührung, die sie mir schenkt, gibt es einen weiteren Kurzschluss in meinem Gehirn, der es mir fast unmöglich macht, noch klar zu denken.

Meine Hände legen sich auf Mias Hüften und ich ziehe sie auf meinen Schoß, um sie noch näher bei mir zu haben. Da sie mir bereitwillig folgt, nehme ich an, dass es ihr genauso gehen muss wie mir.

Als Mia beginnt, an meinem T-Shirt herumzunesteln und nur so lange von meinen Lippen ablässt, um »Zieh das aus« zu keuchen, verabschiedet sich das letzte bisschen Verstand, das ich noch besitze, ins Nirvana.

Ich verdränge ganz schnell, dass wir eigentlich noch miteinander sprechen sollten, bevor wir immer weiter übereinander herfallen und lasse mich gemeinsam mit Mia nach hinten in den Sand fallen.

# Kapitel 21

»Mia«, keuche ich. »Nimm bitte deine Finger von meinem Gürtel.«

Ihre Stimme klingt verwirrt, als sie fragt. »Wie bitte?«

Ja, wieso zum Teufel stoppe ich sie? Ach ja. Weil mir das hier – ich hätte nie gedacht, dass ich diese Worte einmal denke – zu schnell geht.

»Wir sollten das nicht tun.« Nicht hier. Nicht jetzt. Nicht so.

Ich setze mich auf, knie aber immer noch zwischen Mias Beinen. Sie sieht hübsch aus, mit ihren geröteten Wangen, die ich nur erkennen kann, da die Lichter der umstehenden Häuser den Strand ein bisschen erhellen. Vielleicht hätte ich die Sache doch nicht stoppen sollen.

Mia setzt sich ebenfalls auf. »Weil du es doch nicht willst?« Ganz deutlich höre ich die Unsicherheit aus ihrer Stimme heraus.

Ich schüttele den Kopf. »Hier ist einfach nicht der richtige Ort.«

Ein verwegenes Lächeln stiehlt sich auf Mias Gesicht. »Wollen wir von hier verschwinden? Vielleicht finden wir ja noch ein anderes Plätzchen …«

Sofort stimme ich zu. »Absolut.« Vermutlich würde ich im Moment alles tun, worum sie mich bittet.

Mia springt auf und ich tue es ihr gleich. »Ich muss nur noch meine Tasche holen.«

Etwas verwirrt sehe ich mich um. »Hast du sie denn nicht bei dir?«

Mia macht einen Schritt auf mich zu und haucht mir einen Kuss auf die Lippen. »Nein, natürlich nicht. Ich habe sie bei einer Schulkollegin hinter der Bar deponiert.«

Mit leidendem Gesichtsausdruck sehe ich zu meiner … puh. Keine Ahnung. Ich glaube, bevor wir weiterfummeln, sollte ich mal meinen Beziehungsstatus mit Mia diskutieren. Ich würde ihn gerne von *Es ist kompliziert* zu *In einer festen Beziehung* ändern.

Da ich viel lieber gleich mit ihr nach Hause gehen würde, ohne noch mal an all ihren Schulkollegen vorbeizumüssen, frage ich sie: »Und du brauchst die Tasche wirklich?« Fehlt nur noch, dass ich meine Unterlippe vorschiebe.

»Ja«, gibt Mia mit einem Lächeln zurück.

Ich greife nach ihrer Hand und ziehe sie an meinen Körper. »Okay«, murmele ich gegen ihre Lippen, bevor ich mir einen weiteren Kuss stehle. »Aber ich wäre gerne noch ein bisschen länger mit dir alleine gewesen.« Ich merke selbst, dass ich wie ein beleidigter Teenager klinge, da Mia mir aber einen weiteren Kuss gibt, kann sie es nicht besonders stören.

Hand in Hand schlendern wir langsam auf die Party zu. Es wirkt fast so, als würden wir uns gegenseitig im Langsamgehen unterbieten wollen. Keiner scheint es besonders eilig damit zu haben, schnell zur Party zu kommen.

Das Dröhnen der Bässe wird wieder lauter und sobald wir zurück auf der Party sind, dreht Mia ihren Kopf hektisch immer wieder in alle Richtungen. Wenn dann wirklich ein bekanntes Gesicht auftaucht, schlängelt sie sich in eine andere Richtung davon.

»Möchtest du auch unbedingt wieder mit mir alleine sein? Du gehst deinen Freunden ziemlich aus dem Weg.«

Weil ich schräg hinter ihr gehe, kann ich ihren Gesichtsausdruck nicht sehen, als sie zu sprechen beginnt: »Sagen wir mal so«, beginnt sie verheißungsvoll, »wir sind viel zu selten miteinander alleine. Und jetzt …«, sie wedelt mit ihrer Hand zwischen unseren Körpern herum, »… möchte ich noch viel lieber Zeit zu zweit verbringen als zuvor.«

Ich weiß ganz genau, was sie meint. Endlich sind wir uns nahe und beide mit vollem Herzen dabei. Da brauchen wir keine weiteren Störungen. Die gab es in der Vergangenheit wirklich zur Genüge.

Vielleicht sollte ich Mia irgendwann einmal packen und gemeinsam mit ihr an einen weit entlegenen Ort fahren, wo wirklich nur wir beide sind. Am besten wäre es, wenn unsere Freunde keine Ahnung hätten, wo wir sind, damit wir auch wirklich ungestört bleiben. Die Gefahr ist mir nämlich zu groß, dass sie auf dumme Ideen kommen und uns folgen.

»Ich weiß, was du meinst«, flüstere ich Mia von hinten ins Ohr, während ich mich an ihren Körper dränge. Eigentlich ist genügend Platz und wir könnten auch nebeneinandergehen, doch so finde ich es irgendwie schöner. Es dauert zwar ein wenig länger, bis wir unser Ziel erreichen, jedoch fühlt es sich viel besser an, mich eng an Mia zu drücken.

Erleichtert atme ich auf, als ich die Bar sehe. Wir haben es ohne unnötigen Smalltalk hierher geschafft und dann kann ich endlich mit Mia abhauen. Ich habe ihr so viel zu sagen, wenn wir alleine sind.

Nach einem kurzen Kuss verschwindet sie hinter der Bar und die Suche nach ihrer Handtasche dauert länger als erwartet. Ich trommele mit meinen Fingern auf den Tresen, als Mia wieder auftaucht. Nachdem sie einen Blick auf meine nervösen Hände geworfen hat, grinst sie breit.

»So ungeduldig?«, fragt sie mit flirtendem Tonfall. Verdammt, ich mag diese Mia. Mein Herz schlägt aufgeregt in meiner Brust und ich bin nicht fähig, einen klaren Gedanken zu fassen.

Mia muss sich auf die Zehenspitzen stellen, um ein wenig näher an mich heranzukommen. Leider werden wir immer noch durch den Bartresen voneinander getrennt. Natürlich könnte ich mich darüberschwingen, aber da ich in Sport leider immer eine Niete war, lasse ich es lieber.

Ich sehe, wie sich Mias Augenbrauen fragend heben, während sie einen Punkt hinter mir fixiert. Ich spüre ein Tippen auf meiner Schulter, gerade als ich mich umdrehen will.

Mitten in der Bewegung halte ich inne, da Will sich in mein Sichtfeld schiebt.

Ich stütze meinen Arm auf dem Tresen ab und sehe zu meinem besten Freund. Wir stehen uns gegenüber, als er mir einen Kuss auf dem Mund haucht. »Ich habe dich vermisst, Joshy.«

Ich erstarre und bekomme nur halb mit, wie er seine Arme um mich schlingt und mich an seinen Körper zieht. Völlig geschockt lasse ich es geschehen.

Es dauert eine ganze Weile, bis ich wieder fähig bin, mich zu bewegen. Ich lege eine Hand auf Wills Brust und schiebe ihn von mir weg. Fassungslos sehe ich ihn an. Doch die Worte »Was soll der Scheiß?« kommen einfach nicht über meine Lippen.

Ich drehe meinen Kopf und sehe zu Mia, die einige Schritte zurück gemacht haben muss, da sie mir plötzlich nicht mehr so nah ist, wie ich es gerne hätte. Sie trägt ungefähr den gleichen Gesichtsausdruck zur Schau, der wohl auch mein Gesicht schmückt. Eine Mischung aus Schock und Betroffenheit. Sie blinzelt auffällig oft und ich erkenne trotz der Dunkelheit, dass ihre Augen verdammt glasig sind.

Um die Situation aufzuklären, wende ich mich der völlig erstarrten Mia zu. »Es ist nicht so, wie es aussieht«, sage ich ganz schnell zu ihr. Und verdammt noch mal … niemals war dieser abgedroschene Satz zutreffender als jetzt. Ich strecke meine Hand nach ihr aus, in der Hoffnung, dass sie diese ergreift und mir die Chance gibt, ihr zu erklären, was hier gerade los ist.

Will legt die Hand auf meine Schulter und seine Stimme klingt etwas verwirrt, als er sagt: »Aber ich dachte …?«

Er kommt nicht dazu, weiterzusprechen, da ich plötzlich einen Satz nach vorne mache und gegen den Tresen knalle, weil Mia sich plötzlich wegdreht und davonläuft.

Ich versuche ihr zu folgen, da aber offensichtlich gerade jeder verdammte Besucher auf der Party Durst bekommt, schaffe ich es nicht, sie am Ende des Tresens abzufangen.

Als Mia sich kurz umsieht und entdeckt, dass ich ihr folge, legt sie noch mal an Tempo zu. Ich balle meine Hände zu Fäusten. Wie konnte dieser Abend nur so aus dem Ruder laufen?

Mia verschwindet immer weiter aus meinem Sichtfeld, da sie sich viel geschickter durch die Menge bewegt und irgendwann habe ich sie ganz aus dem Auge verloren. »So eine verdammte Scheiße«, brülle ich laut, was mir skeptische Blicke der Partybesucher einbringt, für die ich aber im Moment absolut keinen Nerv habe.

Will, der mir gefolgt ist, stellt sich neben mich und als ich ihn böse ansehe, erkenne ich, dass sich in seinem Gesicht immer noch leichte Verwirrung widerspiegelt. »Okay …«, beginnt er zaghaft, »… ich dachte, du wolltest, dass ich das tue? War doch so abgesprochen.«

Ich setze mich in Bewegung. »Ja. Nein. Keine Ahnung.« Mir ist natürlich klar, dass es ganz alleine meine Schuld ist, dass Mia von mir davonläuft. Irritiert sieht Will mich an und ich weiß nicht, was ich zu ihm sagen soll, denn er hat recht: So ähnlich hatte ich das mit dem Kuss auch geplant, nur sollte Mia merken, dass Will nur ein Kumpel ist und es keinerlei Anziehung zwischen uns gibt.

Warum muss ausgerechnet, wenn ich das Gefühl habe, dass alles gut wird, die ganze Situation noch schlimmer werden? Mia muss sich von mir betrogen fühlen und jetzt hält sie mich vermutlich für genau so einen Depp wie ihren Exfreund. »Wir sprechen später miteinander«, sage ich zu Will. »Zuerst muss ich Mia hinterher.«

»Okay«, murmelt er. Ich hoffe, dass ich sie noch erwischen kann, bevor sie die Party endgültig verlässt. Während ich mich weiter durch die Menge dränge, rempele ich mit meinem Ellbogen einige Highschoolschüler an und höre gar nicht auf die Beschimpfungen, die auf mich einprasseln. Für mich zählt einzig und allein, dass ich weiter in die Richtung laufe, in die Mia verschwunden ist.

Leider wird die Suche nach dem Mädchen, das ich liebe, viel zu schnell beendet, da Mason und Jackson mich abfangen. Sofort greift Mason nach meinen Händen und fixiert sie hinter meinem Rücken.

»Lass mich los!«, brülle ich laut und zappele wild herum. Doch Mason denkt gar nicht daran, seine Griffel von mir zu nehmen.

Jackson baut sich mit vor der Brust verschränkten Armen vor mir auf. »Du musstest das unbedingt durchziehen? Obwohl wir dir alle gesagt haben, dass du es besser sein lässt?«

Was? »Es ist doch alles ganz anders!«

Ich versuche mich aus Masons Klammergriff zu befreien. Scheiße, wieso ist er nur so stark? Macht der Typ heimlich Krafttraining? Da ich immer stärker zu zappeln beginne, legt er seine Arme wie Schraubstöcke um meinen Körper.

»Ich wollte das nicht«, sage ich an Jackson gewandt. »Zuerst haben Mia und ich …« Ich schüttele meinen Kopf, um wieder denken zu können. Doch die Worte überschlagen sich in meinem Kopf und der Versuch, wenigstens irgendeine Erklärung rauszuhauen, scheitert kläglich: »… und dann kam Will.« Frustriert höre ich auf, mich zu wehren und starre auf ein Auto, das gerade vom Parkplatz fährt.

Jackson sieht mich mit schief gelegtem Kopf an. Vermutlich denkt er gerade darüber nach, ob er mich schlagen soll oder mir doch besser zuhört.

Zu meinem Glück entscheidet er sich für die zweite Möglichkeit. »Ich gebe dir eine Minute für deine Erklärung.«

Mit meinem Ellbogen rempele ich Mason an. »Lässt du mich mal los?«

Er kommt meiner Aufforderung nach und stellt sich neben

seinen Freund. »Fünfundfünfzig Sekunden«, lässt er mich wissen und starrt mich in Grund und Boden.

Na toll. Jetzt fühle ich mich auch noch unter Druck gesetzt. »Okay, eigentlich dachte ich, dass Mia und ich uns gerade gegenseitig unsere Liebe gestanden haben.« Ich habe allerdings die Befürchtung, dass ich nicht deutlich genug war, was mich und meine Gefühle angeht. Ich hätte einfach klipp und klar sagen sollen, dass sie schon sehr lange viel mehr als eine gute Freundin für mich ist. »Dann hat eines zum anderen geführt und wir haben uns geküsst. Die Sache mit Will wollte ich schon vorher abblasen, hätte Will jedoch besser mal Bescheid geben sollen, damit er auch davon weiß.« Von Wort zu Wort rede ich schneller. »Das Ende der Geschichte: Will hat mich geküsst. Mia hat es gesehen und hält mich jetzt für den größten Arsch des Universums, weil sie vermutlich denkt, dass ich zweigleisig fahre.«

Ja, ich bin ziemlich zufrieden mit meiner Zusammenfassung.

Da ich mir sicher bin, dass mich die beiden jetzt nicht mehr zurückhalten, versuche ich mich an ihnen vorbeizudrängen. Vielleicht hole ich Mia noch irgendwie ein. Sie hat sich bestimmt auf den Heimweg gemacht.

Doch schon wieder betatscht Mason mich und hält mich somit auf, an ihm vorbeizumarschieren. »Tut mir leid«, sagt er. »Aber Mia ist weg.«

Fassungslos sehe ich ihn an. »Wie weg?«

Jackson mischt sich ein. »Weg weg. Im Sinne von: nicht mehr hier.«

Mit meinem Fuß trete ich aus und wirbele den Sand auf. »Verdammte Scheiße«, fluche ich schon wieder. Ich muss zu ihr nach Hause. Ich setze mich wieder in Bewegung.

»Wo willst du hin?«

»Zu Mia nach Hause«, erkläre ich den beiden, obwohl ich gar nicht mehr mit ihnen sprechen sollte, da sie daran schuld sind, dass ich Mia nicht mehr einholen konnte.

»Okay.«

Okay? Das ist alles? Ach, was habe ich auch erwartet. Dass sie ein Auto aus dem Ärmel zaubern? Immerhin sind wir gemeinsam hierhergekommen. Zu Fuß.

Ohne ein weiteres Wort laufe ich los. Ich muss zu Mia und dieses verdammte Missverständnis endlich aufklären.

* * *

Nervös hämmere ich gegen die Haustür und schreie laut »Mia!«. Ich benehme mich wie ein Irrer, aber das hindert mich nicht daran, zu brüllen: »Mach die Tür auf!«

Doch statt Mia öffnet ihre Mutter die Haustür. Sie sieht mich sichtlich irritiert an. »Josh? Was machst du hier?«

Ich weiß nicht, ob ich lachen oder weinen soll. Lachen, weil Mias Mutter nicht weiß, dass ich großen Mist gebaut habe. Oder weinen, weil Mia bestimmt nicht hier ist. Denn wenn sie hier wäre, würde ihre Mom mich nicht mit diesem besorgten Blick, den Mütter so draufhaben, ansehen.

»Ich …«, versuche ich ihr eine vernünftige Antwort zu geben, stocke aber bereits nach dem ersten Wort. Jede meiner gestammelten Erklärungen würde nur kostbare Zeit kosten, die ich besser darauf verwende, nach dem Mädchen zu suchen, das ich liebe.

Also frage ich: »Ist Mia da?«

Sie schüttelt ihren Kopf. »Nein. Sie ist auf der Abschlussparty.« Schön wär's, dann wüsste ich, wo ich sie finden kann.

Freundlich lächelt sie mich an und macht einen Schritt zurück, weiter ins Haus hinein. »Aber Miles ist schon wieder zu Hause, falls du doch reinkommen möchtest.«

Miles kommt mit schnellen Schritten auf uns zu. Offensichtlich hat er unser Gespräch belauscht, denn er wirkt nicht besonders überrascht, mich hier zu sehen.

Er legt seiner Mutter die Hand auf die Schulter und lächelt sie an. »Ich mache das schon.« Sichtlich irritiert verabschiedet sie sich von mir und geht zurück ins Haus.

Miles' Mundwinkel wandern sofort nach unten, als er sich mir zuwendet. Er greift nach der Klinke und drängt mich mit seinem Körper nach hinten, so dass ich ein paar Schritte in den Vorgarten machen muss. Die Tür fällt hinter ihm ins Schloss, während er immer weiter auf mich zukommt. Uns trennen nur noch wenige Zentimeter und aus der Nähe betrachtet macht mir sein Gesichtsausdruck Angst.

»Also … ich nehme mal an, du hast jetzt eingesehen, dass du deinen *Plan*«, er zeichnet Gänsefüßchen in die Luft, »besser doch abgeblasen hättest.«

Gefrustet werfe ich meine Arme in die Höhe. »Das habe ich doch!« Erst nach und nach sickert der Inhalt seiner Worte durch meine Gehirnwindungen. »Wie kommst du überhaupt darauf?«

Miles verschränkt seine Arme vor der Brust. »Mia ist mir bei ihrer Flucht direkt in die Arme gelaufen.« Er macht eine kurze Pause. »Und du musst übrigens dringend trainieren. Vielleicht nehmen dich Jackson und Mason mal zum Laufen mit.«

»Dass ich sie nicht erwischt habe, liegt nicht an meiner mangelnden Kondition, sondern an den Highschoolkids, die meine Verfolgungsjagd zu einem Hindernislauf gemacht haben«, beharre ich.

Miles sieht mich an, als wäre ich nicht ganz bei Trost. »Erzählst du mir jetzt, was passiert ist?«

»Hatte Mia denn keine Zeit, dich aufzuklären?«, frage ich etwas bissig nach.

Miles stopft seine Hände in die Hosentaschen. »Nope. Sie hatte es ziemlich eilig, von der Party wegzukommen.«

Schnell frage ich nach: »Hat sie irgendetwas gesagt?«

»Nein.«

»Woher weißt du dann, dass ich Mist gebaut habe?«

»Josh«, tadelt er mich. »Das war mir bereits klar, als wir Tallahassee verlassen haben.«

Ich habe längst eingesehen, dass meine Idee, Mia zu beweisen, wie hetero ich bin – indem ich einen Schwulen küsse –, nicht besonders durchdacht war. Vielleicht hätte ich mein Gehirn echt mal früher benutzen sollen. Oder auf die anderen hören.

»Super. Freut mich für dich. Aber damit du endlich weißt, was passiert ist, gebe ich dir die Kurzfassung.« Genervt schiebe ich mir eine Haarsträhne aus dem Gesicht, während ich überlege, wie ich am besten beginne. Ich würde sagen: kurz und schmerzlos. »Ich habe Mia geküsst.« Schnell ducke ich mich, weil ich Angst habe, dass er mich schlägt. Wenn bei meinen Schwestern ein Typ so eine Scheiße abgezogen hätte, würde ich nicht zögern und dem Jungen eine Abreibung verpassen.

Da kein Schlag kommt, öffne ich verwundert meine Augen, die ich zuvor geschlossen habe. Langsam – und ziemlich irritiert – richte ich mich wieder auf und rede weiter: »Will wusste nicht, dass ich den Plan abblasen wollte und hat mich geküsst. Mia hat das gesehen und falsch interpretiert.«

Miles strahlt eine Zen-artige Gelassenheit aus. Sieht nicht so aus, als würde ich bald ein blaues Auge zur Schau tragen.

Nervös gehe ich vor meinem WG-Kumpel auf und ab. »Eigentlich dachte ich, dass jetzt alles gut wird«, gestehe ich ihm.

Lange reagiert er gar nicht, bis er schließlich seufzt. »Ich weiß nicht, ob ich jetzt applaudieren soll«, meint er.

»Wegen meinem Talent, Dinge kompliziert zu machen?«, frage ich nach. Ich bin der Meinung: auf jeden Fall.

Er verdreht seine Augen. »Nein. Wegen deiner Dummheit.«

Ich übergehe seinen Kommentar und komme wieder auf den Punkt zurück: »Weißt du, wo Mia ist?«

Er verschränkt die Arme vor der Brust. »Keine Ahnung.«

Also, wenn es sein muss, werfe ich mich vor ihm auf die Knie, aber ich will jetzt endlich zu Mia und die Situation aufklären.

Ich muss wohl ziemlich erbärmlich aussehen, denn Miles lenkt sofort ein. »Na gut«, gibt er sich geschlagen. »Sie ist mit Emily und Ethan abgehauen.«

Fest beiße ich mir auf die Lippen, bis ich Blut schmecke. Immer wieder dieser verdammte Ethan. Es wäre mir lieber, wenn ich ihn einfach aus Mias Leben radieren könnte.

»Meinst du, sie sind bei ihm oder ihr zu Hause?«, frage ich nach.

»Wenn, dann eher bei Emily«, meint Miles. »Sie hat ein Gästezimmer. Außerdem wohnt Harper gleich nebenan und ich bin mir ziemlich sicher, dass die Mädchen Mia jetzt nicht alleine lassen.« Hoffentlich kümmern sie sich gut um sie. Ich möchte wirklich nicht, dass es ihr schlechtgeht.

»Emily wohnt neben Mason?«, frage ich nochmals nach.

Miles nickt.

»Okay, dann finde ich es bestimmt.« Schnell drehe ich mich um und laufe in die entsprechende Richtung.

# Kapitel 22

»Sie ist nicht hier«, lässt Emily mich wissen.

Etwas unsanft schiebe ich mich mit den Worten »Das glaube ich dir nicht« an ihr vorbei und stehe plötzlich in einer großen Halle. Ich sehe mich um und überlege, hinter welcher der Türen ich zuerst nachsehen soll, als Ethan die Stufen nach unten geschlendert kommt.

»Wo ist Mia?«, frage ich ihn sofort. »Oben? Warst du bei ihr?«

Er schüttelt seinen Kopf. Ob wegen meines verrückten Verhaltens oder als Antwort, kann ich gerade nicht sagen. »Ich glaube nicht, dass Mia mit mir über dich sprechen würde.«

Ich gehe auf ihn zu, bis wir uns auf der untersten Treppenstufe treffen. Von hinten höre ich Emily murmeln: »Schön, dich zu sehen, Josh. Jaja, komm nur rein und sieh dich um, wenn du mir nicht glaubst.«

Doch ich ignoriere ihre Worte und fixiere stattdessen weiter Ethan. »Ihr seid doch jetzt so gute *Freunde.*«

Erstaunt sieht Ethan mich an. »Alter, bist du eifersüchtig?«

»Ja.«

»Aber auf was denn? Wir reden miteinander. Und weil wir denselben Freundeskreis haben, unternehmen wir auch zwangsläufig etwas miteinander.« Das klingt nicht so, als würden Mia und er die Nachmittage fröhlich plaudernd und lachend am Strand verbringen, so wie sie das in meiner Vorstellung immer gemacht haben.

Emily, die an meinem Arm zu ziehen anfängt, bewahrt mich davor, etwas erwidern zu müssen. Ich sehe sie etwas verwirrt an. »Was machst du da?«

Mit zusammengebissenen Zähnen knurrt sie: »Ich schmeiße dich raus. Du hast Mia weh getan. Ich will dich nicht hier haben.«

Ethan schiebt sich zwischen uns und löst sanft den Arm seiner Freundin von mir. »Em?«, sagt er sanft. »Ich denke, wir müssten uns dann gleich mit aus dem Haus werfen, weil unser Verhalten Mia ebenfalls schwer getroffen hat.« Wow. Damit, dass er mir jetzt hilft, hätte ich wirklich nicht gerechnet. Dankbar nicke ich ihm zu.

»Aber … aber«, stottert Emily, bricht dann jedoch ab, da sie vermutlich einsieht, dass Ethan mit seinen Worten direkt ins Schwarze getroffen hat.

Sie schnaubt beleidigt und verschwindet dann nach oben. »Tschüss, Josh«, murrt sie noch, bevor sie aus meinem Sichtfeld verschwindet.

Grinsend sieht Ethan mich an. »Nimm es ihr nicht übel. Sie mag es nicht besonders, wenn es ihren Freunden schlechtgeht.«

Ich ziehe meine Augenbrauen hoch.

»Ich weiß, ich weiß.« Er hebt abwehrend seine Hände. »Emily und ich haben uns nicht gerade mit Ruhm bekleckert. Vor allem ich. Aber ich kann dir versichern, dass wir beide unser Verhalten bereuen. Wir wollten Mia niemals verletzen.« Dass sie es trotzdem getan haben, behalte ich lieber für mich, denn ich befinde mich gerade wirklich nicht in der Position, anderen Vorwürfe zu machen. Außerdem schleicht sich der Gedanke in meinen Kopf, dass Ethan eventuell gar nicht so ein übler Typ ist, wie ich dachte.

Er legt seinen Arm auf meine Schultern und führt mich in Richtung der Haustür. »Mia ist nicht hier. Und du solltest nicht noch mehr Zeit verschwenden, sondern sie suchen.«

»Weißt du, wo sie ist?«, frage ich Ethan.

Er grinst. »Natürlich. Aber ich werde es dir nicht verraten.« Ich öffne bereits meinen Mund, um ihn übelst zu beschimpfen, doch er kommt mir zuvor: »Frag Harper. Vielleicht ist sie milder gestimmt.«

Er gibt mir einen leichten Schubs, so dass ich einige Schritte nach vorne stolpere.

Ich drehe mich zu ihm um. »Mann, so werden wir nie Freunde«, erkläre ich ihm.

»Wie gesagt. Ich kann warten.« Danach dreht er sich um und schlägt mir die Tür vor der Nase zu.

Ich starre noch einige Sekunden darauf, setzte mich aber dann in Bewegung, um zum Nachbarshaus zu laufen. Weit habe ich es nicht. Sie wohnt ja gleich nebenan. Ich hebe meine Hand, um zu klopfen, als die Tür sich auch schon öffnet. Harper steht gemeinsam mit Dan vor mir. Sieht so aus, als hätte man sie vorgewarnt.

»Hey, Josh«, flötet sie. Dan hebt seine Hand zum Gruß, während er sich an mir vorbeidrängt.

»Wo wollt ihr hin?«, frage ich etwas verwirrt.

Dan antwortet: »Zu mir nach Hause.«

»Wieso?«

Harper lacht leise. »Interessiert dich das wirklich?«

»Nein«, gebe ich ehrlich zu.

»Dann bis bald«, verabschiedet sich Harper in diesem zuckersüßen Tonfall, mit dem sie mich auch schon begrüßt hat.

Sofort mache ich einen Satz nach vorne, um sie zurückzuhalten. »Könnt ihr mir bitte sagen, wo Mia ist?«, flehe ich und es ist mir egal, dass ich wie ein getretener Hund winsele.

Ich hätte erwartet, dass Harper mir antwortet, doch stattdessen ergreift Dan das Wort. Er legt mir eine Hand auf die Schulter und sieht mich eindringlich an. »Ganz ehrlich, Josh. Lass es für heute gut sein«, empfiehlt er mir. »Du solltest dich jetzt einfach mal hinlegen und über die Scheiße, die du fabriziert hast, nachdenken.«

Schockiert schaue ich ihn an. Ich kann doch nicht einfach so … aufgeben.

Harper muss mir wohl ansehen, dass ich Dans Vorschlag nicht annehmen werde, da auch sie plötzlich sagt: »Setz dich ein paar Minuten im Gästezimmer hin und atme tief durch. Dann nimmst du dein Telefon und rufst sie an. Wenn du Glück hast, nimmt sie vielleicht sogar ab und hört dir zu.«

Mit großen Augen starre ich von Dan zu Harper. Wieso bin ich verdammt noch mal nicht auf die Idee gekommen, Mia anzurufen?

Schnell bedanke ich mich und haste die Treppenstufen nach oben. Vor der Tür des Gästezimmers zögere ich kurz. Was ist, wenn Will bereits hier ist? Denn auch, wenn ich weiß, dass er nichts dafür kann, wie der Abend für mich verlaufen ist, bin ich dennoch ziemlich angepisst. Er konnte nicht wissen, dass ich die ganze Aktion abblasen wollte, deshalb mache ich ihm keinen Vorwurf, aber darauf, mich mit ihm zu unterhalten, habe ich gerade keine Lust.

Ich ziehe mein Telefon aus der Tasche, um die Uhrzeit zu checken. Zwei Uhr nachts. Und ein paar neue WhatsApp-Nachrichten. Mein Herz klopft schneller. Vielleicht ist eine von Mia dabei? Ich wische ein paarmal über das Display, doch leider entdecke ich nur einen ungelesen Chat von Will.

*Bin bei Miles. Reden morgen.*

Kurz darauf:

*Tut mir leid, Joshy. Ich wollte dir echt nicht die Tour vermasseln.*

Und noch eine weitere:

*Hoffentlich bekommst du die Sache wieder hin. Wenn ich mit Mia reden soll, sag es mir.*

Dann die letzte Nachricht.

*Jederzeit.*

Offensichtlich fühlt Will sich wegen der Aktion ebenfalls mies. Und aufgrund seiner Nachrichten fühle ich mich gleich noch viel schlechter. Immerhin habe ich meinen besten Freund ohne viele Worte stehenlassen, um mich auf die Suche nach Mia zu machen. Vielleicht hätte ich ihn mitnehmen können. Zu zweit hätten wir sie bestimmt gefunden. Oder aufhalten können. Vielleicht wünsche ich mir das aber auch nur.

Ich lehne meinen Kopf gegen die Tür des Gästezimmers, während ich zurückschreibe.

*Konnte Mia nicht finden.*
*Versuche sie anzurufen.*
*Falls du weißt, wo sie ist,*
*gib mir Bescheid.*

Nachdem ich die Nachricht versendet habe, drücke ich die Türklinke nach unten und betrete mit hängenden Schultern den Raum. Ich steuere auf das Gästebett zu und erstarre mitten in der Bewegung.

Da ist sie! Überall habe ich nach ihr gesucht, aber ich wäre nicht im Traum auf die Idee gekommen, dass sie in diesem Zimmer auf mich warten könnte.

»Mia?«, krächze ich. »Was machst du hier?«

Ehe sie mir eine Antwort gibt, beißt sie eine Weile stumm auf ihrer Lippe herum. Es wirkt fast so, als wäre sie unsicher. Unsicher, ob sie mir wirklich sagen soll, was sie denkt. Was *wirklich* in ihrem Kopf vor sich geht. Und ich kann es ihr nicht verübeln, nachdem dieser Abend in einer Katastrophe geendet hat. Vermutlich sollte ich mich einfach vor ihre Füße werfen und ihr auf Knien danken, dass sie da ist, um mich anzuhören.

»Ich wollte sehen, ob du mit Will hier aufkreuzt oder alleine.«
Was denkt sie denn von mir? Dass ich zuerst mit ihr rummache und danach fröhlich den Abend mit Will verbringe, um zu später Stunde gutgelaunt mit ihm nach Hause zu torkeln? Bei jeder

anderen Frau wäre diese Vorstellung nicht so abwegig, wenn ich bei der Gleichung jedoch *irgendein Mädchen* durch *Mia* ersetze, dann ist der Gedanke geradezu lächerlich. Fast absurd. Und dass muss ich ihr endlich klarmachen.

Etwas irritiert schüttele ich meinen Kopf. Ich könnte im Moment viele Sachen sagen, komischerweise frage ich aber: »Woher wusstest du, wo du mich findest?«

»Von Mason und Jackson.« Eigentlich hätte ich das nicht fragen müssen. Jetzt, wo die Clique ihre Probleme wieder in den Griff bekommen hat, funktioniert der Buschfunk offensichtlich wieder tadellos.

Nur mir hat niemand verraten, wo ich Mia finde.

»Ich hab dich gesucht«, platzt es aus mir heraus. Vorsichtig mache ich einen Schritt auf sie zu, fast so, als wäre sie ein verschrecktes Tier, das jederzeit die Flucht ergreifen könnte. »Ich war bei dir zu Hause.«

Sie zieht ihre Schultern nach oben. »Ich weiß. Miles hat mich angerufen.«

Offensichtlich hat jeder daran gedacht, sein Telefon zu benutzen, nur ich nicht. Doch erstens hätte Mia vermutlich meinen Anruf abgewiesen und zweitens will ich mich jetzt auch nicht in Was-wäre-wenn-Szenarien verlieren, da ich mich wieder mit Mia in einem Raum befinde und nun endlich mal meinen Mund aufbekommen muss. Jetzt oder nie.

Zaghaft mache ich einen weiteren Schritt auf Mia zu. »Nachdem Miles mich weggeschickt hat, war ich bei Emily und Ethan.«

Nun stiehlt sich ein kleines Lächeln auf Mias Gesicht, es erreicht jedoch nicht ihre Augen. Überhaupt sieht sie nicht besonders glücklich aus. Was mich aber auch nicht wundern sollte. »Habe ich gehört.«

Den folgenden Kommentar kann ich mir leider nicht verkneifen: »Ihr seid untereinander ziemlich gut vernetzt.«

»Kann sein«, murmelt Mia.

»Und auch ziemlich verschwiegen. Weder Ethan noch Emily

wollten mir verraten, wo du bist.« Ich stecke meine Hände in die Taschen meiner Jeans.

Mia steht vom Bett auf und kommt langsam auf mich zu. Einen Meter von mir entfernt bleibt sie stehen. Für meinen Geschmack eine viel zu große Distanz, aber ich befinde mich gerade nicht in der Position, mich darüber zu beschweren.

»Ich hätte nicht gedacht, das jemals wieder zu sagen, aber man kann sich auf die beiden verlassen.« Erst nach und nach begreife ich, was Mias Worte zu bedeuten haben. Sie ist wohl endlich über Ethan hinweg und sieht in ihm nur noch einen guten Freund. Und nicht mehr. Nur aus diesem Grund kann sie Emily und ihm wieder vertrauen. Und wenn ich es nicht ganz versaut habe, dann bekomme ich vielleicht endlich meine Chance, auf die ich so lange gewartet habe.

»Ich …«, beginne ich zu sprechen, ohne zu wissen, was ich wirklich sagen möchte. Wütend über mich selbst balle ich meine Hände zu Fäusten.

»Es tut mir leid«, platzt es aus mir heraus.

Mia legt ihren Kopf schief und sieht mich mit ihren braunen Bambiaugen fragend an: »Dass du mich geküsst hast?« Wie kann sie so etwas fragen? Auch die neutrale Stimme, mit der sie spricht, bringt mich etwas aus der Fassung. Es kostet mich große Mühe, den Kloß, der sich in meinem Hals bildet, hinunterzuschlucken. »Nein. Das ist das Einzige, was ich nicht bereue.«

Mia wirkt erstaunt, bleibt jedoch weiterhin fast bewegungslos vor mir stehen. Es wird wohl Zeit, dass ich endlich die Karten auf den Tisch lege. Oder wohl eher mein Herz vor ihre Füße.

»Mia? Zuerst einmal möchte ich, dass du weißt, dass Will und ich wirklich nur Freunde sind.«

Sie schüttelt den Kopf, als würde sie mir nicht glauben. »Das sah für mich aber anders aus«, lässt sie mich mit brüchiger Stimme wissen.

Zum wiederholten Mal mache ich einen Schritt nach vorne. Uns trennt gerade noch ein halber Meter voneinander und ich lehne mich nach vorne, um nach Mias Hand zu greifen. Mein Herz klopft mir bis zum Hals, da ich befürchte, dass Mia sie mir jede Sekunde wieder entzieht. Doch das tut sie nicht.

»Bitte glaub mir, wenn ich dir sage, dass wir nur Freunde sind.« Ich bemerke selbst, wie jämmerlich ich klinge.

Mia räuspert sich einige Male, bevor sie fragt: »Friends with benefits?« Freunde, die miteinander schlafen? Nicht in diesem Leben.

Etwas zu laut antworte ich ihr mit einem entschiedenen »Nein«, das sogar in der Stille des Raumes nachhallt. »Will ist mein bester Freund und das schon immer. Da war nie mehr und es wird auch niemals mehr zwischen uns sein.« Da ich das Gefühl habe, ihr die enge Freundschaft irgendwie begreiflich machen zu müssen, rede ich weiter: »Wir kennen uns schon unser ganzes Leben lang und als Will sich geoutet hat, haben sich viele unserer gemeinsamen Freunde von ihm abgewandt. Ich habe das nie verstanden, weil er immer noch der gleiche Will ist, den ich von klein auf kenne.« Ich schüttele meinen Kopf, als ich an die ganzen Arschlöcher zurückdenke, die nach Wills Outing einen Bogen um ihn gemacht haben, als würde er an einer ansteckenden Krankheit leiden. »Ich wollte ihm immer das Gefühl geben, dass seine sexuelle Orientierung niemals zwischen uns stehen wird. Deshalb schlafen wir zum Beispiel in einem Bett und aus demselben Grund darf er mich auch gerne zum Abschied auf die Wange küssen. Vielleicht sind wir enger miteinander als für zwei Jungs üblich, aber ich schwöre dir hoch und heilig, dass niemals etwas zwischen uns gelaufen ist.«

Mia öffnet bereits ihren Mund, um etwas sagen, doch ich unterbreche sie, indem ich einfach weiterrede. »Miles hat mir verraten, dass du dachtest – oder vielleicht auch immer noch denkst –, dass ich schwul bin.« Mit fester Stimme erkläre ich ihr: »Das bin ich nicht, aber ich wollte dir auch irgendwie beweisen, dass ich es nicht bin. Aus diesem Grund habe ich mir überlegt, wenn ich Will küsse, merkst du, dass es nicht so ist. Weil der Kuss« – ich verbessere mich sofort –, »die Küsse zwischen uns anders waren.« Sie waren mehr. Mehr an Bedeutung. Mehr an Gefühl. So verdammt viel mehr, als ich jemals zu hoffen gewagt habe.

Ihre Augen werden riesig groß. »Nur, dass ich dich richtig verstehe. Du warst ernsthaft der Meinung, wenn du in meinem Beisein einen Jungen küsst, denke ich dann plötzlich, dass du hetero bist? Das ist der dämlichste Plan, den ich je gehört habe.«

So, wie Mia es zusammenfasst, ergibt er auch überhaupt keinen Sinn mehr. In meinem Kopf allerdings hat das alles nach einer wirklich soliden Idee geklungen.

Ich seufze. »Ja. Zuerst dachte ich das.« Ich kann über meine eigene Dummheit nur den Kopf schütteln. »Aber ich wollte diese Schnapsidee später gar nicht mehr durchziehen.« Ich hole tief Luft und präsentiere Mia ein weiteres Stückchen meiner Gefühle. »Nachdem wir uns geküsst haben, war ich einfach so glücklich, dass ich gar nicht mehr an diesen Mist gedacht habe.«

Ich streichele mit meinem Daumen über Mias Handballen, um sie mit dieser Geste von meinen Worten zu überzeugen.

»Und wieso hat Will dich dann trotzdem geküsst?«

Traurig sehe ich zu ihr, fasse mir jedoch ein Herz und spreche weiter. »Weil ich nicht dazu gekommen bin, ihm vorher zu sagen, dass wir den Plan abblasen.«

Ich sehe Mia deutlich schlucken. »Er will also nichts von dir?«

»Was?« Auf die Idee wäre ich noch nicht einmal im Traum gekommen. »Nein! Auf keinen Fall. Wir sind wirklich nur beste Freunde.«

Ein leises Seufzen stiehlt sich aus Mias Brust: »Wenn ich ganz ehrlich sein soll, war mir eigentlich schon länger klar, dass du auch auf Mädchen stehst, wollte es mir aber nicht eingestehen, weil ich dann hätte zugeben müssen, dass ich mehr für dich empfinde.«

Ihre Worte ergeben für mich keinen Sinn, vielleicht auch nur, weil der Teil mit dem *empfinden* im meinem Kopf nachhallt. »Und warum bist du nach dem Kuss von Will abgehauen?«

»Weil es mich verunsichert hat«, lässt sie mich wissen. »Ich wusste ja nicht, ob du nicht vielleicht bisexuell bist und nur mal wieder mit einem Mädchen zur Sache kommen wolltest.«

Mir klappt mein Mund weit auf. »Mia«, sage ich fassungslos. »Das denkst du doch nicht wirklich? Wenn es so wäre, würde ich das mit irgendeinem Mädchen machen, aber doch nicht mit dir.« Du bist mir viel zu wichtig. »Und ich stehe wirklich nur auf Frauen.«

»Okay«, sagt sie leise. »Dann können wir ja jetzt wieder Freunde sein.«

Ich starre sie an. Kann es sein, dass sie immer noch nicht versteht, dass ich mich in sie verliebt habe? »Mia, das ist nicht dein Ernst, oder?« Immer wieder schüttele ich meinen Kopf.

Sie zieht ihre Hand zurück, klingt aber unsicher, als sie mir antwortet: »Doch.«

Ich ziehe meine Augenbrauen weit nach oben. »Du küsst also alle deine Freunde?«

»Nein?« Es klingt mehr nach einer Frage als nach einer definitiven Antwort.

»Wieso zum Teufel denkst du, dass wir wieder Freunde sein können?« Ich mache einen Schritt zurück und strecke abwehrend die Arme in die Luft. »Mia, ich weiß wirklich nicht, was ich noch tun soll, um dir zu zeigen, dass ich mich in dich verliebt habe.« So, jetzt ist es endlich raus, aber anders versteht sie mich einfach nicht. Ich hätte schon viel früher Klartext mit ihr sprechen sollen.

»D-d-du bist in mich verliebt?«, stottert sie.

Schnell überbrücke ich die Distanz zwischen uns und nehme ihr Gesicht zwischen meine Hände. Fest sehe ich Mia in die Augen. »Nicht nur das.« Ich hole tief Luft, und dann spreche ich die Worte aus, die mir schon so lange auf der Zunge liegen: »Mia, ich liebe dich.« Nachdem ich es nun einmal gesagt habe, fühle ich mich so befreit, dass die Worte nur so aus mir heraussprudeln. »Ich liebe dich schon so lange. Vielleicht schon seit ich dich das erste Mal gesehen habe. Ich wusste, dass du damals noch nicht dazu bereit warst, mit mir zusammen zu sein. Und deshalb habe ich gewartet.« So lange, dass ich bereits dachte, es wäre zu lange gewesen.

Ich lecke mir über meine trockenen Lippen und stelle ihr die Frage, die mir bereits monatelang auf der Seele brennt. »Bist du bereit für etwas Neues?«

Mia stellt sich auf die Zehenspitzen und kommt meinen Lippen verdammt nahe. »Nicht für etwas Neues, Josh«, flüstert sie. »Aber für dich.« Sie streckt sich noch ein bisschen und ich komme ihr näher. Und dann liegen ihre Lippen wieder auf meinen. Endlich!

Meine Arme wandern auf Mias Taille, während sie ihre um meinen Hals schlingt. Ich war noch nie glücklicher als in diesem Moment.

Von mir aus könnten wir für immer so aneinandergepresst stehen bleiben, doch es gibt noch eine Kleinigkeit, die ich ihr jetzt sagen möchte.

»Mia«, flüstere ich leise, als wir uns voneinander lösen. »Hast du eigentlich noch mein Weihnachtsgeschenk?«

Sie runzelt kurz die Stirn, greift danach aber an ihren Hals, um die Kette mit dem kleinen Schlüsselanhänger aus dem Ausschnitt ihres Kleides zu ziehen. Dass sie mein Geschenk so nah bei ihrem Herzen trägt, bedeutet mir viel.

Ich lasse meine Hand in die Hosentasche gleiten und präsentiere ihr das passende Gegenstück, das ich bisher immer nur um den Hals getragen habe, wenn Mia nicht da war. Ehrfürchtig nimmt sie mir das Herz mit der Aufschrift »Only the keyholder can unlock my heart« aus der Hand. Sie zeigt auf die kleine Öffnung auf der linken Seite. »Ist es das, was ich denke?«, haucht sie.

»Also, wenn du wissen möchtest, ob der Schlüssel, den du die ganze Zeit um den Hals getragen hast, zu diesem …«, ich räuspere mich kurz, »… meinem Herzen passt, dann ja. Es ist genau so, wie du denkst.« Das klingt so verdammt kitschig, dass ich mich selbst gerne k. o. schlagen würde.

Ich sehe, wie Mias Lippen zu zittern beginnen. »Heißt das, dass du mich bereits so lange magst?«

»So lange und noch viel länger.« Die Zeiten des Zögerns sind vorbei. Nie wieder werde ich die Gefühle, die ich für Mia habe, zurückhalten. Ab heute werde ich sie immer in die Welt hinausschreien.

Mia macht einen Satz auf mich zu und schlingt ihre Arme und Beine um meinen Körper. Ich kann nicht anders als meine Hände auf ihren Hintern zu legen und mit ihr in Richtung Bett zu stolpern. Sanfter, als ich es mir selbst zutraue, lege ich sie dort ab. Ich krabbele über sie und weiß nicht, wie ich meinen Gefühlen anders Ausdruck verleihen kann, außer indem ich meinen Mund auf ihren presse. Niemals in meinem ganzen Leben werde ich genug davon bekommen, da bin ich mir ganz sicher. Und so stürmisch, wie sie meinen Kuss erwidert, geht es Mia anscheinend ebenfalls so.

Je länger wir uns küssen, desto hektischer werden unsere Atemzüge. Mias Hände wandern über meinen Körper und schlüpfen immer wieder unter mein T-Shirt. Ich weiß, ich sollte sie stoppen und sagen, dass wir alle Zeit der Welt haben und wir nicht unbedingt heute miteinander schlafen müssen, aber ich wünsche es mir so sehr.

Ich will ihr endlich so nahe sein wie nur möglich und genau aus diesem Grund halte ich meine Klappe, als sie mir mein T-Shirt über den Kopf ziehen will. Ich helfe ihr sogar dabei, indem ich mich vor sie hinknie und da das bei mir schon so gut geklappt hat, helfe ich Mia auf und ziehe den Reißverschluss des Kleides, das sie trägt, nach unten, bis es wie von selbst über ihren Körper rutscht.

Ich schnappe nach Luft, da sie nur noch schwarze Unterwäsche trägt, denn verdammt noch mal … die Frau sieht einfach so unbeschreiblich gut aus. Gemeinsam mit Mia sinke ich wie einstudiert aufs Bett, stütze meine Hände links und rechts von ihrem Kopf ab, bevor ich sie wieder küsse.

Es ist bestimmt nicht das erste Mal, dass ich eine nackte Frau unter mir liegen habe, aber das erste Mal, dass sie mir etwas bedeutet. Deshalb bin ich nervös. Scheißnervös.

Als ich mich nach einer Weile von ihr löse, zittern meine Hände und ich schaffe es erst beim zweiten Versuch, meinen Gürtel zu öffnen. Mia sieht erwartungsvoll zu mir hoch, als ich meine Jeans von den Hüften schiebe. Bevor ich sie auf den Boden strampele, ziehe ich die Geldbörse aus meiner Hosentasche.

Mias Mundwinkel zucken belustigt. »Hast du vor, mich zu bezahlen?«, scherzt sie. Und genau wegen Worten wie diesen liebe ich sie. Ich mag, dass sie sich selbst nicht zu ernst nimmt und immer einen lockeren Spruch auf den Lippen hat, auch wenn das leichte Beben ihrer Unterlippe mir zeigt, dass sie genauso aufgeregt wie ich ist.

»Mia«, tadele ich sie leise. »Ich denke, jetzt ist nicht der beste Zeitpunkt für dumme Witze.«

Ein Grinsen stiehlt sich auf ihr Gesicht. »Dass ich den Satz jemals von dir höre, hätte ich nicht gedacht.«

Ich zwinkere ihr zu und klappe mein Portemonnaie auf, um ein Kondom rauszuholen. Ich zeige es ihr und sage: »Noch kann ich es zurücklegen und dich stattdessen auf eine Pizza einladen.«

Mia schüttelt den Kopf. »Bist du verrückt? Keine Pizza der Welt könnte besser sein als das hier.«

Ich schnaube belustigt und drücke ihr einen Kuss auf die Lippen.

Sofort will sie wissen: »Gibt es da noch mehr davon?«

Leise raune ich: »So viel du willst.«

Zuerst küsse ich sie auf den Mund, bis ich weiter nach unten wandere und zärtlich an ihrem Schlüsselbein knabbere. Mit meiner Zunge ziehe ich eine feuchte Spur über ihre Haut, bis zu den Cups ihres BHs. Langsam schiebe ich ihr die Träger nach unten und ziehe ihn ihr – nachdem ich einige Sekunden wie ein blutiger Anfänger in ihrem Rücken herumgefummelt habe – aus.

Danach küsse ich mich weiter nach unten, bis ich am Bund ihres Höschens ankomme. »Ich schwöre dir, wenn du mir die jetzt mit den Zähnen ausziehst, bekomme ich einen Lachanfall.«

Ich lächle zu ihr hoch. »Ach, wirklich?«

»Ja, wirklich!«, behauptet sie.

Das spornt mich natürlich an und ich kann gar nicht anders, als es ihr mit den Zähnen auszuziehen. Und Mia wäre nicht Mia, wenn sie nicht wirklich laut loslachen würde, doch nach einer Weile, in der ich mich sehr intensiv dort unten beschäftige, wandelt sich ihr Lachen in ein Stöhnen.

Sie vergräbt die Hände in meinen Haaren und genießt offensichtlich, was ich mit ihr mache.

»Josh«, wimmert Mia und zieht mich zu sich hoch, um mich zu küssen. Ich spüre, wie Mia meine Haare loslässt und dafür mit ihren Händen über meinen Körper wandert. Ihre Finger gleiten unter den Bund meiner Boxershorts und Mia schiebt sie mir in einer schnellen Bewegung hinunter.

Mein Gehirn muss aufgrund extremer Überhitzung kurz in den Stand-by-Modus gewechselt haben, denn als ich wieder bei mir bin, zieht mir Mia gerade das Kondom über.

Mein Herz klopft mir bis zum Hals, als ich mich auf sie sinken lasse. Ich sehe ihr fest in die Augen und sage: »Ich liebe dich, Mia.«

Und danach sprechen wir für eine ganze Weile kein einziges Wort mehr …

# Kapitel 23

Mia rutscht im Sitz neben mir umher. Nachdem wir die ganze letzte Woche bei ihrer Familie und mit ihren Freunden verbracht haben, ist es nun an der Zeit, dass ich sie mit zu mir nach Hause bringe. Deshalb sitzen wir seit knapp fünfzig Minuten in einem Bus nach Cape Coral, der jede Minute am Ziel halten sollte.

Meine Schwestern sind extrem neugierig auf das Mädchen, das es geschafft hat, dass ich mich – ohne dass es etwas dafür tun musste – in sie verliebe. Und meine Eltern können es immer noch nicht fassen, dass ich tatsächlich jemanden mit nach Hause bringe. Offensichtlich war Mia nicht die Einzige, die mich für homosexuell gehalten hat, wenn ich so darüber nachdenke.

Ich lege meine Hand auf Mias auf und ab wippendes Bein, während ich meinen Mund ganz nah zu ihrem Ohr bringe und flüstere: »Bist du nervös?«

Meine Freundin – ich kann nicht aufhören, jedes Mal breit zu grinsen, wenn ich dieser Worte denke oder in den Mund nehme – lehnt ihren Kopf gegen meine Schulter und streift dabei mit ihrer Nase über mein Gesicht, was sofort eine Gänsehaut über meinen gesamten Körper wandern lässt. Ich liebe dieses Gefühl.

»Wieso weißt du das?«, möchte sie von mir wissen.

*Weil ich dich besser kenne als irgendjemand sonst*, wäre wohl die korrekte Antwort. Doch statt ihr das zu sagen, grinse ich dümmlich vor mich hin. »Das war nicht schwer zu erraten.« Um sie etwas zu ärgern, füge ich hinzu: »Die schwitzigen Hände, das ewige Herumzappeln.«

Sofort wischt Mia ihre Hände an ihren – verdammt kurzen – Jeansshorts ab und mein Blick bleibt ein paar Sekunden zu lange an ihren Beinen hängen, so dass ich gar nicht mitbekommen habe, dass sie weiterspricht. Mein Gehirn ist erst wieder am Ende ihres Satzes aufnahmefähig: »… keine verschwitzten Hände.« Danach stößt sie mich mit ihrem Ellbogen leicht an, als würde sie auf eine Reaktion warten. Verdammt. Ich hätte besser zuhören sollen.

»Natürlich nicht«, stimme ich ihr – hoffentlich richtigerweise – zu, während ich meinen Arm um ihre Schultern lege. Sie scheint meinen geistigen Aussetzer nicht mitbekommen zu haben und sich genauso nach meiner Nähe zu sehnen wie ich mich nach ihrer.

Nach einem Blick aus dem Fenster lasse ich sie wissen: »Wir sind übrigens gleich da.«

Sofort macht sie sich von mir los, um ebenfalls nach draußen zu sehen, als würde sie Cape Coral genauso gut kennen wie Naples.

»Oh mein Gott, oh mein Gott, oh mein Gott«, murmelt sie. Okay. Spätestens jetzt wäre mir klargeworden, wie nervös Mia wirklich ist. Vergeblich versucht sie ihre Haare zu richten, doch mit jeder ihrer Bemühungen macht sie das Chaos auf ihrem Kopf noch schlimmer.

Ich greife nach dem Haargummi, den ich – Macht der Gewohnheit! – immer noch um mein Handgelenk trage. Mit meinen kurzen Haaren benötige ich ihn nicht mehr, bin aber froh, dass ich ihn bei mir habe. Ich greife nach Mias Händen und lege sie in ihrem Schoß ab.

Sie sieht mich etwas verwirrt an, also sage ich: »Ich helfe dir.«

Etwas beleidigt murmelt sie: »Und du hast dich ernsthaft gefragt, warum ich dich für schwul gehalten habe. Niemand, der keine abgeschlossene Friseurausbildung hat, kann so etwas.« Sie deutet auf ihre blond-schwarzen Haare.

»Ich habe meiner Mutter früher immer dabei geholfen, die Monster aus dem Haus zu bekommen und nur deshalb kann ich so verdammt coole Frisuren machen. Du würdest nicht glauben, wie anspruchsvoll Kleinkinder sein können.«

»Oh doch, das glaube ich dir sofort.« Mia grinst mich an. »Also wenn ich mal einen Bad-hair-day habe, greife ich zu einem Hut.«

Nun lache ich laut los. »Dann hättest du heute besser mal einen mitgebracht«, ziehe ich sie auf.

Schon wieder trifft mich ihr Ellbogen in den Brustkorb. »Sei nicht so frech.«

»Bin ich gar nicht.« Ich beuge mich zu Mia, um ihr einen Kuss auf den Mund zu geben. »Und jetzt dreh dich um. Ich helfe dir. Wir kommen gleich an.«

Mit flinken Handbewegungen flechte ich ihr seitlich zwei kleine Zöpfe, die ich an ihrem Hinterkopf mit dem Gummiband zusammenfasse. Meine Schwestern wären stolz auf mich.

Gerade als ich fertig werde, hält der Bus. »Du siehst süß aus«, raune ich ihr ins Ohr. »Und jetzt schnell raus hier, bevor der Bus weiterfährt.« Ich schnappe mir unsere Reisetaschen aus dem Gepäckfach und scheuche Mia, die sich plötzlich nur noch in Zeitlupe zu bewegen scheint, zum Ausgang.

Draußen greife ich nach ihrer Hand und schaue mich um. Keine zehn Meter von uns entfernt sehe ich auch schon meine älteste Schwester mit ihrem Mann auf uns warten. Aufgeregt gehe ich auf sie zu. Ich habe sie viel zu lange nicht gesehen.

Schon von weitem begrüße ich die beiden: »Hey, Popeye. Hey, Olivia.« Ich kann diesen blöden Scherz einfach nicht bleiben lassen, obwohl Simon mir deswegen schon einige Male Prügel angedroht hat. Das würde er aber niemals wahrmachen, denn dafür mag er mich viel zu gerne.

Leider trifft mich trotzdem eine Faust. An meiner Schulter. Und es sind weder Simon noch Mia, die mir gegenüber handgreiflich werden, sondern meine Schwester. Ich glaube, sie wird sich gut mit meiner Freundin verstehen, da Mia mich ebenfalls gerne mal boxt, wenn ich etwas Dummes von mir gebe.

»Aua«, jammere ich leise, doch Oli stört sich gar nicht daran, denn sie umarmt mich einfach. Auch Simon lässt sich nicht von meinem Gejammer stören, da ich spüre, dass er mich ebenfalls drückt. Supertoll. Ein Josh-Sandwich.

»Endlich lässt du dich mal wieder blicken. Und du hast deine Haare abgeschnitten.« Als meine Schwester sich von mir löst, trifft mich ein böser Blick von ihr. Ob sie meine neue Frisur nicht leiden kann oder mich nur für meine lange Abwesenheit mit Blicken töten möchte, weiß ich nicht.

Ich sehe zu Mia, die etwas schüchtern neben uns steht und Oli die Hand entgegenstreckt. Die ergreift sie jedoch nicht, sondern umarmt Mia, als wäre sie ein vermisstes Familienmitglied. Ist sie ja auch irgendwie.

Leise höre ich Olivia murmeln: »Ich freue mich, den Grund für Joshuas ständige Abwesenheit kennenzulernen.«

Mia, die sich mit hochrotem Kopf von Olivia löst, stammelt: »Ähm … ich …«, sie bricht ab und sieht mich hilfesuchend an.

»Was Mia dir sagen möchte, ist, dass du ja auch mal deinen Hintern nach Tallahassee schwingen kannst, wenn du mich sehen willst.«

Mia funkelt mich böse an. »Was Josh eigentlich sagen wollte, ist, dass er ab jetzt sehr viel Zeit zur Verfügung haben wird, um euch zu besuchen, da er ab heute nicht mehr bei mir schlafen darf.«

Ich grinse Mia an. »Das ist ein Scherz, oder?«

Mia lächelt diabolisch zurück. »Ich weiß nicht. Ist es das?«

Olivias Mundwinkel wandert immer weiter nach oben. »Ich sehe schon, ihr habt euch gesucht und gefunden.« Sie strahlt Mia regelrecht an. »Es ist wirklich schön, dich kennenzulernen.«

Nun mischt sich auch Simon ein. »Ja, vor allem, weil wir alle dachten, dass er …«

Nun ist Simon es, der den Ellbogen in seine Seite bekommt.

»Wir hätten uns auch gefreut, wenn er einen Jungen mitgebracht hätte.«

Ich werfe meine Hände in die Luft und frage laut: »Wieso zum Teufel denken das nur alle?«

Ich greife wieder nach Mias Hand. Ohne auf eine Antwort zu warten, setze ich mich in Bewegung.

»Wo steht der Wagen?«, frage ich.

Simon überholt mich und sieht nicht im mindesten schuldbewusst aus. »Da vorne.« Er zeigt in die entsprechende Richtung.

Auch Oli drängt sich wieder in mein Sichtfeld. »Wollt ihr bei Mom und Dad schlafen oder bei uns?« Simon und Olivia wohnen in einem kleinen Haus ganz in der Nähe unserer Eltern. Sie war immer schon ein Familienmensch und wollte nie weit von zu Hause weg, also hat es sich gut getroffen, dass sie gleich nach der Schule einen gutbezahlten Job bei der Stadtverwaltung bekommen hat. So musste sie weder von uns noch von Simon weg, denn er führt gemeinsam mit seinem Vater eine Autowerkstatt.

Ich sehe Mia fragend an, doch da sie nur mit den Schultern zuckt, entscheide ich: »Wir schlafen zu Hause.«

Olivia scheint bereits mit dieser Antwort gerechnet zu haben, denn sie nickt nur kurz, als wir den Wagen erreichen.

Nachdem wir im Auto sitzen, dreht meine Schwester sich zu Mia um, die auf dem Sitz hinter Simon sitzt.

»Bist du nervös?« Ich kann nur den Kopf über ihre Direktheit schütteln. Ich meine … ich darf das. Aber Oli kennt Mia doch kaum. Unbeirrt plappert sie weiter: »Immerhin sind wir nicht gerade eine Kleinfamilie.«

Mia grinst meiner Schwester entgegen und scheint sich aber nicht wirklich an ihrer offenen Art zu stören. »Ehrlich gesagt, war ich das bis vor ein paar Minuten wirklich.«

Olivia lacht leise. »Und jetzt nicht mehr?« Sie hält kurz inne und wirft dann wie ein Topmodel ihre langen Haare über die Schultern. Sie kann das ja noch machen, im Gegensatz zu mir. »Das liegt vermutlich an meiner umwerfenden Art.«

»Oder daran, dass du genauso wie Josh bist.« Ob sie damit das sagenhafte Aussehen meint, mit dem meine Familie gesegnet wurde? Oder doch eher, wie wir miteinander umgehen? Egal, ich hinterfrage das jetzt besser nicht. Olivia scheint das genauso zu sehen.

Simon lenkt den Wagen zum Haus meiner Eltern, während ich meiner Schwester erzähle, was seit Weihnachten alles passiert ist. Die Story über meinen neuen Haarschnitt gefällt ihr ziemlich gut, denn sie lacht mich bestimmt fünf Minuten aus.

Dabei wird mir das erste Mal klar, wie sehr ich meine Familie vermisst habe. Ich kann einfach nicht glauben, dass ich wirklich über ein halbes Jahr nicht mehr zu Hause war und bemerke erst jetzt, dass bei den Begrüßungsworten meiner Schwester durchaus etwas Wahres dran war.

Vermutlich überfällt mich deshalb gerade die Vorfreude auf meine Familie. Eventuell liegt es aber auch daran, dass wir eben in die Straße einbiegen, in der unser Haus liegt.

Es ist ein gutes Gefühl, gemeinsam mit Mia hierherzukommen. Ich freue mich wirklich darauf, sie hier zu haben, und hoffe, dass wir den ganzen Sommer miteinander verbringen. Immerhin werde ich nur vier Wochen in der Autowerkstatt von Simon und seinem Dad mithelfen, da bleibt bestimmt noch viel Zeit für gemeinsame Unternehmungen.

Simon hält mit dem Wagen auf der Straße und dreht sich zu mir um. »War schön, dich zu sehen, Josh. Wir sehen uns dann morgen in der Werkstatt.«

Ich nicke. »Ich freu mich darauf.« Danach sehe ich zwischen Oli und ihm hin und her. »Aber wollt ihr denn gar nicht mit reinkommen?«

Beide schütteln gleichzeitig ihre Köpfe. »Nein, wir haben leider noch eine Verabredung.«

Simon stupst meine Schwester an. »Aber sie wollte dich unbedingt sehen.« Er verrenkt sich ziemlich, um auch Mia ansehen zu können. »Und weil sie dich unbedingt kennenlernen wollte.«

Mia beißt sich auf die Unterlippe. »Habe ich das erste Kennenlernen erfolgreich bestanden?«

Oli streckt ihre Zunge raus. »Natürlich, sonst hätten wir dich gleich wieder in den Bus gesetzt.«

Mia macht immer noch große Augen, während wir uns von meiner Schwester und Simon verabschieden. Als wir in der Auffahrt stehen und den beiden hinterherwinken, sieht Mia mich fragend an. »Das war eben ein Scherz, oder?«

Ich lege meinen Arm um ihre Schulter und ziehe sie fest an mich. »Ich weiß nicht. War es das?«, wiederhole ich ihre Worte von vorhin.

»Haha. Sehr lustig«, murmelt sie.

Ich schnappe mir unsere Reisetaschen und greife nach ihrer Hand. »Bereit?«

»Nicht im Geringsten«, antwortet Mia lachend, geht aber weiterhin mit mir auf das Haus zu.

Als ich nach der Türklinke greife, spreche ich Mia Mut zu. Oder wohl eher meine Version davon. »Na dann … auf in den Kampf.«

Und endlich betreten wir gemeinsam mein Zuhause. Unser Haus ist etwas größer als das von Mias Eltern, allerdings nicht so imposant wie die Häuser, in denen Mason und seine Schwester oder Emily und ihr Bruder wohnen.

Ich habe das Gefühl, innehalten zu müssen, um den Moment auf mich wirken zu lassen. Tue ich auch. Ich nehme einen tiefen Atemzug und streichele dabei sanft über Mias Handrücken. Entweder versteht sie blind, was in mir vorgeht oder sie ist einfach zu nett, um mir zu sagen, dass ich irre bin.

Mia sieht sich neugierig um, obwohl es im Flur außer ein paar Familienfotos nichts Sehenswertes gibt.

Laut schreie ich: »Ich bin zu Hause!«

Kurz darauf höre ich auch schon jemanden auf mich zukommen. Definitiv meine kleinen Schwestern Sarah und Hannah. Bei den beiden klingt es immer, als würde eine Horde Elefanten auf mich zulaufen. Schnell flitzen sie um die Ecke und werfen sich in meine Arme. Ich habe echt Mühe, nicht umzufallen.

»Joooooshy«, kommt es zweistimmig aus ihren Mündern.

Hinter mir höre ich Mia murmeln: »Jetzt weiß ich, woher Will diesen Kosenamen für dich hat.«

Ich drehe mich zu ihr um und strecke ihr die Zunge raus.

Danach wende ich mich den zwei kleinen Monstern zu. »Ich habe euch vermisst«, lasse ich sie wissen und meine jedes Wort ernst. Sie verändern sich so verdammt schnell und seit ich aufs College gehe, verpasse ich einfach viel zu viel von ihrem Leben. Ich kann nicht glauben, dass Sarah bereits sieben und Hannah schon neun ist.

Ich schiebe meine kleinen Schwestern von mir und knie mich vor sie hin. »Ihr seid so groß geworden. Ich glaube, wir müssen später mal kontrollieren, wie viel ihr gewachsen seid.«

»Willst du das bei mir auch machen?« Meine Schwester Abigail kommt auf mich zu und umarmt mich. Sie ist zwei Jahre älter als ich und dieses Jahr mit dem College fertiggeworden.

»Abi«, begrüße ich sie, ohne auf ihren Kommentar einzugehen und ziehe sie in meine Arme. Auch die Kleinen hängen sich wieder an uns und als auch noch meine Eltern durch die Tür zum Wohnzimmer auf mich zukommen, artet die Begrüßung in ein Gruppenkuscheln aus.

Es dauert eine ganze Weile, bis ich mich wieder befreien kann. Man könnte meinen, meine Familie hat Tentakel entwickelt, so fest, wie sie mich immer wieder an sich drücken.

»So, jetzt ist es aber genug«, sage ich mit fester Stimme, da sich bereits das schlechte Gewissen in mir breitmacht, weil Mia die ganze Zeit wie ein Statist ein wenig abseits von uns steht.

Sofort gehe ich zu ihr und lege einen Arm um ihre Schultern. Mit einem stolzen Lächeln im Gesicht stelle ich sie meinen Eltern vor. »Mom. Dad. Das ist meine Freundin Mia.«

Abi flüstert leise: »Wahnsinn. Es gibt sie wirklich.« Sofort werfe ich ihr einen bösen Blick zu.

Meine Mom hechtet mit einem breiten Grinsen, das sie fast wie Julia Roberts aussehen lässt, auf Mia zu und drückt sie an sich: »Es freut mich so sehr, dich kennenzulernen, Liebes.«

Mein Dad ist ein wenig förmlicher, reicht ihr aber mit einem Lächeln, das fast wie in sein Gesicht getackert wirkt, die Hand. »Schön, dass du da bist.«

Ich drücke Mia etwas fester an mich. »Hört auf, so eigenartig zu lächeln. Ihr macht ihr Angst.«

Moms Augen weiten sich. »Was? Nein. Das wollen wir nicht. Willst du vielleicht etwas Kuchen?«

Sofort werfe ich ein: »Mom, jetzt hörst du dich an wie eine Kinderentführerin.«

Mein Dad gibt mir eine Kopfnuss, während Abi laut loslacht und sagt: »Josh, wenn du sie noch nicht in die Flucht geschlagen hast, dann schaffen wir das auch nicht.«

Sarah und Hannah rufen laut »Kuchen!« und stürmen aus dem Flur, was die Begrüßungszeremonie nun endlich unterbricht. Meine Mom läuft den zwei Monstern mit einem liebevollen Blick hinterher und zuckt entschuldigend mit den Schultern. Muss sie nicht. Ich mag Kuchen.

Mein Vater nickt in Richtung Küche, was auch Abi dazu bringt, sich in Bewegung zu setzen. Mia und ich folgen ihnen mit einigem Abstand. Sie kuschelt sich dabei eng an meine Seite und flüstert: »Ich mag deine Familie.«

Ich gebe ihr einen Kuss auf die Schläfe. »Das ist gut. Ich mag sie nämlich auch.«

# Kapitel 24

»Überraschung«, rufen alle eingeladenen Gäste laut, als ich Mia in den Garten führe.

Wie angewurzelt bleibt sie auf dem grünen Rasen stehen. »Aber … aber«, stottert sie und schlägt sich ihre Hand vor den Mund.

Fassungslos starrt sie auf ihre Freunde und ihre Familie. Meine Eltern und meine Schwestern haben mir dabei geholfen, Mia mit der kleinen Feier zu überraschen. Sie hat in drei Tagen Geburtstag, deshalb kam die vorgezogene Party wohl ziemlich unerwartet. Und es war gar nicht so einfach, die ganzen Vorbereitungen geheim zu halten. Immerhin habe ich fast den gesamten Sommer damit verbracht, herauszufinden, wann wirklich jeder Zeit hat, um mit uns zu feiern. Außerdem grenzt es fast an ein Wunder, dass wir die ganzen bunten Heliumballons, die Stehtische und sogar das Buffet nach draußen schaffen konnten, ohne dass Mia etwas davon mitbekommen hat. Wobei ich mir aber zugutehalten muss, dass ich ziemlich gut darin bin, meine Freundin abzulenken.

Sie winkt einmal verlegen in die Runde und greift danach nach meinen Händen. Ich sehe, dass sie einige Male schlucken muss, bevor sie sagt: »Du hast eine Geburtstagsfeier für mich organisiert. Einfach so?«

Ich ziehe hinter meinem Rücken ein Diadem hervor, das ich meiner Freundin auch gleich auf den Kopf setze. »Ich musste mich ja irgendwie für die tolle Feier während Spring Break bedanken«, erkläre ich ihr mit einem Zwinkern.

Sie wirft sich in meine Arme und schmiegt ihr Gesicht an meine Brust. »Danke, danke, danke«, murmelt sie meinem T-Shirt entgegen. Ich lege meine Arme auf ihre Taille und genieße es, sie in meinen Armen zu halten. »Ich werde mir aber nicht die Haare schneiden lassen, um es wieder abnehmen zu dürfen.«

Für solche Sätze liebe ich Mia. »Musst du auch nicht«, beruhige ich sie.

Manchmal fällt es mir immer noch schwer, Mia einfach zu sagen, wie es in mir aussieht. Dass ich alle ihre Freunde und auch ihre Eltern nur eingeladen habe, damit ich sie lächeln sehe, ist eben meine Art, ihr zu zeigen, wie sehr ich sie liebe. Ich bin einfach nicht der Typ für großartige Liebesgeständnisse, werde ich vermutlich auch nie sein. Deshalb habe ich mir vorgenommen, Mia immer mit Taten spüren zu lassen, dass sie alles für mich ist.

Ein Räuspern neben uns lässt uns ein bisschen Abstand voneinander nehmen. Aber nicht zu weit, denn ich lege meinen Arm um Mias Schultern und sehe dem Störenfried entgegen. Miles grinst. »Ist die Party deine Wiedergutmachung dafür, dass du meine Schwester die gesamten Sommerferien in Beschlag nimmst?«, will er von mir wissen.

Wenn er solche Sachen sagt, habe ich immer das Gefühl, dass er es mir übelnimmt, dass ich mit Mia zusammen bin. Aber vielleicht ist das auch einfach so ein Großer-Bruder-Ding, dass man den Freund der Schwester ein bisschen aufzieht. Mache ich ja mit Popeye nicht anders.

Mia boxt ihrem Bruder gegen die Schulter. »Miles, quatsch nicht so einen Mist. Du warst das ganze letzte Wochenende bei uns.«

Ich nicke zustimmend und gebe Mia einen Kuss auf ihren Scheitel.

Will schiebt sich neben Miles und legt einen Arm um seine Schultern. Theatralisch seufzt er. »Also, wenn hier jemand Grund zum Jammern hat, dann bin ich das«, mischt er sich in unser Gespräch ein, das er vermutlich schon die ganze Zeit über belauscht hat. »Immerhin habe ich schon seit Monaten keinen Wingman mehr«, motzt er weiter.

»Habe ich da gerade das Wort *Wingman* gehört?«, fragt Tom, als er sich zu uns stellt. Chris taucht ebenfalls auf und nickt Mia zu. Vermutlich seine Art, ihr Happy Birthday zu wünschen.

Ich kann nicht anders als mit einem großen Grinsen im Gesicht von Miles zu Will zu sehen. »Vielleicht solltet ihr euch in Zukunft zusammentun.«

Mia sieht ebenfalls so aus, als würde sie das für eine ziemlich gute Idee halten, denn sie wackelt freudig mit ihrem Kopf auf und ab. Nur die beiden Jungs wirken alles andere als überzeugt von meiner Idee.

Auch Tom schüttelt den Kopf. »Nein, nein. Miles und ich machen weiterhin Mädels klar. Du kannst ihn nicht haben«, sagt er an Will gewandt.

Der sieht zu mir: »Verstehst du jetzt mein Problem?«

Chris, der bis jetzt geschwiegen hat, sagt leise: »Ich kann mitkommen.«

Wills Augen beginnen zu leuchten. »Wirklich?«

Mit hochgezogenen Schultern und den Händen in den Hosentaschen steht Chris da. »Ja, warum nicht.« Ich sehe zwischen ihnen hin und her und denke mir: *Warum nicht?* Ich glaube, sie wären ein gutes Gespann. Vielleicht kann Will es schaffen, dass Chris etwas aus sich herausgeht.

»Komm«, bitte ich Mia und nicke in Richtung unserer Eltern, die sich angeregt neben der großen Palme, die meine Mutter unbedingt in ihrem Garten haben wollte, miteinander unterhalten.

»Wir sollten mal eine Runde drehen, um alle zu begrüßen.« Bei unseren Eltern angekommen, platzen wir mitten ins Gespräch, doch sie scheinen es uns nicht übelzunehmen. Gemeinsam unterhalten wir uns eine ganze Weile über Gott und die

Welt, bis meine Mutter ein ziemlich heikles Thema anschneidet, das Mia und ich bisher ganz gut umschifft haben.

»Und? Wie soll es nach dem Sommer weitergehen?«, möchte meine Mutter wissen und sieht von Mia zu mir. Völlig geschockt fixiere ich meine Mom und kann nicht fassen, dass sie gerade eine Bombe über unser Köpfen hat explodieren lassen.

Aufgrund meines Gesichtsausdrucks scheint sie zu verstehen, was sie da gerade gefragt hat. Was sie nicht laut ausgesprochen hat, ist die Frage, wie wir mit mindestens sieben Autostunden zwischen uns klarkommen wollen.

Etwas unbehaglich sehe ich in die Runde, denn erstens hätte ich mir einen anderen Tag für dieses Gespräch gewünscht und wäre zweitens dabei gerne mit Mia alleine gewesen.

Mia sieht so aus, als würde sie jeden Moment in Ohnmacht fallen, also tue ich das Einzige, was mir im Moment richtig erscheint und sage: »Na ja, da wir das ganze Jahr bereits so etwas Ähnliches wie eine Fernbeziehung geführt haben, sollte es auf ein weiteres Jahr nicht ankommen.« Beruhigend streichele ich Mias Hand.

Sie lehnt sich gegen meine Schulter und sagt: »Genau, so sehe ich das auch.«

Leider hakt, nachdem meine Mutter wohl durch die Antwort zufrieden gestellt ist, Mias Mom nach: »Josh, du bist doch nächstes Jahr mit dem Studium fertig?« Ich nicke, denn ja, es sieht so aus, als hätte ich bald alle Credits zusammen, die ich für den Abschluss brauche.

Ich grinse. »Ja, und dann kann ich Mia folgen, egal wohin sie geht.«

Meine Freundin macht große Augen: »Drohst du mir etwa, Josh?« Mit ihrer Frage bringt sie unsere Eltern zum Lachen.

»Nein«, raune ich in ihr Ohr. »Ich mache nur Versprechungen.«

Unsere Eltern wenden sich wieder einander zu und ich nutze den Moment und führe Mia zur Hollywoodschaukel auf unserer

Terrasse. Etwas unsicher sehe ich sie an. »Wir haben nie darüber gesprochen, wie das mit uns weiterläuft, wenn ich wieder aufs College muss«, beginne ich leise.

Mia schüttelt den Kopf. »Nein, aber … so wie es gerade geklungen hat, willst du genau das Gleiche wie ich, oder?«

»Zusammenbleiben?«, frage ich.

»Genau.« Sie sieht mich mit ihren großen braunen Augen an und ich kann nicht anders, als mich zu ihr zu beugen und sie zu küssen. Also, so richtig. Ohne mich darum zu kümmern, wer uns dabei zusieht. Auch Mia scheint sich nicht daran zu stören, dass uns jeder sehen kann, da sie den Kuss schnell intensiver werden lässt.

Mia löst sich mit geröteten Wangen von mir. Sanft streichele ich über ihre Wange, ohne den Blickkontakt zu unterbrechen.

Ich hätte ihr stundenlang in die Augen sehen können, wenn nicht im nächsten Moment weitere Partygäste auf uns zugestürmt wären.

»Hey, Geburtstagskind!« Mit diesen Worten lässt sich Ethan gemeinsam mit Emily neben uns fallen. Sofort fängt er damit an, uns hin und her zu schaukeln wie ein kleines Kind.

Seit ich allerdings fest mit Mia zusammen bin, nervt Ethan mich viel weniger. Glück für ihn.

»Ich kann nicht glauben, dass ich an meinem letzten Geburtstag noch mit dir zusammen war.« Sie klingt nicht wehmütig, sondern eher seltsam befreit.

Offensichtlich interpretiert auch Ethan ihren Tonfall so wie ich und greift sich getroffen an die Brust. »Autsch«, meint er, während er Emily etwas näher an sich heranzieht.

Einerseits ist es eigenartig zu sehen, wie vertraut Ethan und Mia wieder miteinander umgehen, andererseits finde ich die Variante deutlich besser, als wenn sie angespannt nebeneinandersitzen würden. So kann ich mir ziemlich sicher sein, dass nichts mehr zwischen ihnen läuft. Die sexuelle Spannung zwischen den beiden liegt bei null.

Emily klopft ihrem Freund auf den Oberschenkel. »Tu nicht so, als würde dein Ego jetzt leiden.«

Er schmatzt ihr einen Kuss auf die Wange. »Nein. Das hast du im letzten Jahr schon mehr als genug gefoltert«, lässt er seine Freundin wissen.

»Das hast auch bestimmt verdient«, ziehe ich ihn auf. Ich bin mir sicher, dass meine Stimme vor ein paar Monaten noch einen besonders gemeinen Tonfall angenommen hätte. Wirklich erstaunlich, dass sich das geändert hat.

Auch Ethan blickt auf und seine Mundwinkel wandern nach oben. »Gib es zu«, sagt er zu mir. »Langsam magst du mich.«

Ich schüttele meinen Kopf und versuche ihn böse anzusehen. Allerdings bleibt es auch wirklich ein Versuch, denn ich schaffe es nicht. »Nope. Nicht ein bisschen.«

Leider kommen wir nicht mehr dazu, das auszudiskutieren, da Mason und Jackson Mia ohne Vorwarnung plötzlich hoch- und mit sich ziehen.

Sie dreht sich zu mir um und schreit: »Entführung!«

Das kann ich natürlich nicht zulassen, also springe ich auf und folge ihnen.

Leise höre ich Jackson maulen: »Anders kommt man ja nicht an dich heran. Du bist viel zu beliebt für zwei solche Nerds wie uns.«

Mason, der sich ins Gras fallen lässt, verdreht seine Augen. »Sprich nur für dich selbst.«

»Jaja, schon gut, Zockerkönig.« Jackson lässt sich neben seinen Freund fallen und gibt ihm einen Kuss auf die Wange.

Bevor Mia sich aufs Gras setzt, nehme ich Platz und ziehe sie auf meinen Schoß.

»Du kannst echt nicht die Finger von ihr lassen.«

Mit einem Blick auf die händchenhaltenden Jungs sage ich: »Und das kommt von euch.«

Jackson wird etwas rot um die Nase. »Schon gut, schon gut.«

Irgendwie ist es nett zu sehen, dass sie auch nach einem Jahr immer noch so verliebt sind und ihrer Liebe auch dumme Kommentare nichts anhaben konnten.

Um das Thema zu wechseln, frage ich Mason: »Und für euch geht's bald aufs College?«

Er wirft seine Hand in die Luft. »Ja, Massachusetts, wir kommen.«

Mia beugt sich nach vorne und sieht interessiert von einem zum anderen. »Wie ich gehört habe, zieht ihr nicht ins Studentenwohnheim?«

Beide schütteln den Kopf, bleiben aber sonst stumm.

»Eure erste eigene Wohnung also?«, frage ich nach.

Jackson macht zunächst eine Teils-teils-Geste, bevor er uns aufklärt: »Wir haben eine Wohnung für uns beide gefunden. Mit zwei Schlafzimmern.«

»Für den Nachwuchs?«, scherze ich, während Mia erstaunt nachfragt: »Ihr gründet also eine WG.«

Die Jungs sehen so aus, als wäre ihnen ihre Idee selbst nicht geheuer. »Nein, nicht unbedingt. Wir wollten nur beide einen Rückzugsort haben.«

Klingt einerseits vernünftig, anderseits auch … ach, was weiß ich schon.

»Dann freuen wir uns schon auf eure Einweihungsparty«, sage ich, um das Gespräch wieder in eine andere Richtung zu lenken.

»Ihr würdet wirklich kommen?«, will Jackson erstaunt wissen. Überhaupt fällt mir auf, dass er in letzter Zeit immer offener mir gegenüber wird. Finde ich gut, vor allem, da ich ja auch ein echt umgänglicher Typ bin.

Mia nickt. »Natürlich würden wir das. Wir müssen uns ja eure Bruchbude ansehen.« Ich bezweifele, dass Ich-bin-in-einer-Villa-aufgewachsen-Mason jemals in einer Bruchbude wohnen wird.

Als ich aufsehe, erschrecke ich, da Dan und Harper plötzlich neben mir auftauchen, um sich zu uns setzen. »Na, schmiedet ihr Pläne?«, möchte Masons Schwester wissen.

Mason ergreift sofort das Wort: »Ja, für die coolste Einweihungsfeier der ganzen Welt.«

Harper sieht zu ihrem Freund. »Klingt nach einer tollen Idee. Wir sind dabei.«

Ethan und Emily, die sich auch wieder heimlich angeschlichen haben, nehmen ebenfalls neben uns Platz. »Egal um was es geht: Wir sind es auch.«

»War irgendwie klar«, lasse ich Ethan grinsend wissen.

Ich betrachte die Gesichter von Mias Freunden, die sich alle angeregt über das College oder das letzte Highschooljahr unterhalten. Irgendwie sind mir diese Chaoten ziemlich ans Herz gewachsen und ich bin echt froh, dass ich durch Mia die Chance hatte, die kleine Gruppe besser kennenzulernen. Sogar Ethan, denn wenn ich ganz ehrlich bin, hat mich mein erster Eindruck nicht getäuscht. Er ist ein cooler Kerl und wenn Mia ihm vergeben kann, sollte ich das auch können.

Wobei sein Fehlverhalten ja schlussendlich zu meinem Glück geführt hat. Wenn er nicht mit Mia Schluss gemacht hätte, säße ich jetzt heute nicht hier mit dem Mädchen im Arm, das ich liebe.

Mia sieht mich so an, als gäbe es niemand anderen auf der Welt außer ihr und mir. Sie rutscht ein bisschen näher an mich heran und flüstert: »Alles in Ordnung bei dir?«

Ich lehne mich näher zu ihr und lege meine Lippen kurz auf ihre. Leise wispere ich zurück: »Mir ging es niemals besser.« Danach stupse ich mit meiner Nase gegen ihre.

Dass sie meine Worte mit »Mir auch nicht« erwidert, ist wohl mein Geschenk am heutigen Tag.

# Epilog

## *Mia*

*Winter*

»Wir verbringen also den vierundzwanzigsten Dezember bei deinen Eltern und fahren dann am fünfundzwanzigsten, nachdem wir mit deinen Schwestern die Geschenke ausgepackt haben, zu meinen Eltern?«, möchte ich von Josh wissen, der mir über einen Videobildschirm entgegenblickt.

Er nickt. »Ja, genau. Und dann verbringen wir ein paar Tage gemeinsam in Naples und fahren dann wieder nach Cape Coral«, bestätigt er nochmals unseren Plan für die Weihnachtsfeiertage. Es ist zwar nicht das erste Mal, dass Josh seit den Sommerferien wieder nach Hause zu seinen Eltern fährt, aber wenn, dann waren es immer nur kurze Abstecher an den Feiertagen oder auf die Geburtstagsfeiern seiner Schwestern, bei denen ich natürlich ebenfalls nicht fehlen durfte. Da ich seine Familie ebenso ins Herz geschlossen habe wie er meine, komme ich natürlich nur allzu gerne mit. Dank seinen Schwestern Sarah und Hannah kann ich jetzt genauso hammermäßige Frisuren machen wie Josh.

Es wäre so schön, wenn Josh und ich viel öfter gemeinsam bei seiner Familie wären.

Am liebsten würde ich jeden Tag mit ihm verbringen, doch

das geht leider nicht. Fernbeziehungen sind echt scheiße und aus diesem Grund habe ich mich entschlossen, dass ich mich am College in Tallahassee einschreibe. Ich bin nicht so ein Superhirn, wie es Mason oder Jackson sind, also wäre eine Eliteuniversität sowieso niemals in Frage gekommen.

Ich lächele Josh verliebt an. »Ich freue mich so darauf, dich wiederzusehen.«

Seine Mundwinkel wandern weit nach oben. »Und ich mich erst. Es wird viel entspannter sein, als wenn wir nur die Wochenenden miteinander verbringen.« Josh und ich haben in den letzten Monaten ein System entwickelt. Wir sehen uns zweimal im Monat jeweils für ein ganzes Wochenende. Entweder fahre ich Freitag zu ihm oder er zu mir.

»Ja«, sage ich und merke selbst, wie traurig meine Stimme dabei klingt. Ich starre auf die Tastatur meines Computers, damit er nicht sieht, dass sich in meinen Augen Tränen sammeln.

»Mia«, sagt er mit sanfter Stimme. »Sieh mich doch bitte an.«

Sofort hebe ich meinen Kopf und schenke ihm ein zittriges Lächeln.

»Bald sehen wir uns ganz lange und weißt du was?«

Ich schüttele meinen Kopf ein bisschen.

»Jedes Mal, wenn wir uns wieder verabschieden müssen, vermisse ich dich bis zu unserem Wiedersehen danach so verdammt doll.« Er holt tief Luft und lehnt sich etwas nach vorne, als müsste er mir ein Geheimnis verraten. »Aber wenn ich dann wieder bei dir bin, merke ich, dass ich dich mit jedem Mal noch ein bisschen mehr liebe.«

Mein Herz rast in meiner Brust, so wie jedes Mal, wenn Josh mir seine Liebe gesteht. Anfangs hat er das noch nicht so oft getan, doch mit der Zeit wurde es immer mehr. Am liebsten würde ich gerade durch den Bildschirm springen und mich an Josh klammern.

Stattdessen wispere ich ergriffen: »Mir geht es genauso.«

## *Josh*

### *Frühling*

Meine Studienkollegin greift nach meinem T-Shirt und reibt mit ihrem Finger über meine Brust. Etwas irritiert sehe ich sie an.

Sie muss wohl meinen fragenden Blick richtig deuten. »Da war ein Fleck.«

»Ach, echt?«, ist alles, was mir dazu einfällt.

Neben mir höre ich ein Schnauben und sehe zu Mia, die ihre Arme wütend vor der Brust verschränkt. Sie sieht aus, als würde sie in Kürze explodieren, dabei haben wir noch vor ein paar Minuten mit meinen Kommilitoninnen Witze gemacht.

Sie sind uns zufällig über den Weg gelaufen und ich kann doch nicht einfach an ihnen vorbeigehen, wenn wir nahezu jeden Tag gemeinsam in einem Vorlesungssaal sitzen. Gut, dass beide ziemlich betrunken sind und immer wieder mit mir flirten wollten, war vermutlich nicht besonders toll für Mia, aber ich kann die Mädchen doch nicht davon abhalten. Ich flirte ja nicht zurück.

Es hat uns wieder an den Panama City Beach getrieben, nur dass Mia dieses Mal ihre Clique geplant und nicht spontan dabeihat. Sogar Jackson und Mason sind aus Massachusetts angereist, um die Frühlingsferien mit uns zu verbringen. Wir sind also eine große, fröhliche Reisegemeinschaft. Sollte man denken …

Mia schnaubt noch mal, dreht sich dann um und läuft mit hocherhobenem Haupt vor mir weg.

Okaaaaay … etwas unentschlossen sehe ich zwischen meinen Studienkolleginnen und Mia hin und her, zucke dann aber entschuldigend mit den Schultern und deute auf meine Freundin. »Ich muss dann mal …«

Virginia zieht eine Augenbraue hoch. »Süß, deine Kleine«, sagt sie mit einem Tonfall, der mich fast zum Kotzen bringt.

Ich verdrehe nur meine Augen und verschwinde. Hinter mir

höre ich Virginias beste Freundin zischen: »Das hättest du nicht sagen sollen. Jetzt hast du keine Chance mehr bei ihm.«

Ich erspare mir den Kommentar, dass sie so oder so niemals eine Chance bei mir hätte. Egal ob Mia nun hier ist oder nicht. Ich liebe sie. Und daran kann weder eine Virginia noch eine Carolina oder irgendein anderes Mädchen etwas ändern.

Schnell laufe ich in die Richtung, in die Mia verschwunden ist. Weit ist sie nicht gekommen, da sie sich auf die Tanzfläche verirrt hat und aufgrund der auf und ab hüpfenden Collegestudenten weder vor noch zurück kommt. Bei ihr angekommen, schlinge ich ihr meine Arme um die Taille und raune in ihr Ohr: »Hab dich.«

Sie versucht mich abzuschütteln, doch so schnell wird sie mich nicht los. »Lass mich«, motzt sie.

Ich bemerke, wie sich ein paar Leute die Hälse verrenken, um zu sehen, was vor sich geht. Schnell lockere ich meinen Griff, jedoch nur, um Mia zu mir umzudrehen. Ich lege meine Hände an ihre Wangen und zwinge sie zu mir hochzusehen. »Was ist los, Mia? Was habe ich falsch gemacht?« In letzter Zeit habe ich das Gefühl, ständig irgendetwas zu tun oder zu sagen, was ihr nicht gefällt.

Es läuft schon eine ganze Weile nicht so toll zwischen uns. Mia ist der Meinung, dass ich auf die offensichtlichen Flirtversuche anderer Frauen einsteige, doch das tue ich nicht. Niemals.

Ich sehe sie schlucken. »Das mit uns …«, sagt sie so leise, dass ich mich vorbeugen muss, um sie zu verstehen, »… hat doch gar keinen Sinn. Wir sehen uns viel zu selten und wenn, dann muss ich dich immer teilen. Mit deinen Freunden.« Sie zeigt in die Richtung, aus der wir eben gekommen sind. »Mit meinen Freunden. Mit unseren Familien.«

Mein Mund klappt auf und ich mache einen Schritt zurück. Die Hand lege ich auf mein Herz, denn es verkrampft sich sehr unangenehm in meiner Brust. Was will sie mir damit sagen? Möchte sie gerade mit mir Schluss machen?

Ich weiß, dass es nicht immer leicht ist, aber ich dachte, so ist das nun mal, wenn man eine Beziehung führt. Es gibt gute Zeiten und schlechte, aber man hält doch verdammt noch mal zusammen, oder?

Die letzten Wochen waren echt hart für uns beide, denn Mia lernt wie besessen für den Abschluss und auch ich habe mich mehr auf mein Studium konzentriert als jemals zuvor. Klar, dass wir an unseren gemeinsamen Wochenenden den Kopf voll hatten und vielleicht nicht so ausgelassen wie sonst miteinander umgegangen sind, aber das hier … das kommt für mich nun doch ziemlich unerwartet. Natürlich wusste ich, dass Mia schnell eifersüchtig wird und ich habe ihr das auch nie zum Vorwurf gemacht, da ich weiß, dass sie mir *eigentlich* vertraut. Aber wenn man schon einmal betrogen wurde, schaut man vielleicht bei allen Situationen genauer hin. Aber sicher weiß ich es nicht …

Ohne dass ich es will, mache ich immer mehr Schritte zurück. Weiter weg von Mia, denn ich werde gerade ziemlich wütend, da mir das erste Mal so richtig klar wird, dass sie mich mit Ethan über einen Kamm schert. Ich bin nicht so wie ihr Exfreund und werde auch nie so werden.

Dazu kommt auch noch mein verletzter Stolz, denn ein verdammtes Jahr buhle ich um Mias Aufmerksamkeit und tue alles in meiner Macht Stehende, damit sie endlich bemerkt, dass das zwischen uns etwas Besonderes ist. Und dann kommt eine Virginia, zupft an meinem Shirt herum, und plötzlich ist alles, was wir uns so mühsam aufgebaut haben, sinnlos?

Mia kommt hinter mir her und versucht nach meiner Hand zu greifen, doch ich schüttele sie ab. Ich will jetzt nicht mit ihr reden, also drehe ich mich um und verschwinde.

Einfach weg von der Party, von den feiernden Menschen. Ich will mich irgendwo setzen und auf das Meer hinausstarren.

Also stolpere ich immer weiter, bis ich mich weit abseits vom Geschehen in den Sand fallen lasse. Immer wieder schwappen Wellen über meine Zehen, doch ich spüre sie nicht wirklich. Ich fühle mich, als würde ich die Welt plötzlich gar nicht mehr richtig wahrnehmen. Ich ziehe meine Flip-Flops aus, um sie wütend von mir wegzuschießen.

»Aua«, höre ich plötzlich Mia.

Mit geweiteten Augen, drehe ich mich zu ihr um und plötzlich wird die Welt wieder nach und nach bunter. »Scheiße«, entkommt es mir.

Ich strecke meinen zweiten Schuh in die Luft. »Habe ich dich getroffen?«

Mia beugt sich nach unten, um den Flip-Flop, der vor ihren Füßen gelandet ist, aufzuheben. Sie kommt auf mich zu und reicht ihn mir. »Das habe ich wohl verdient«, murmelt sie leise.

Ich schüttele meinen Kopf und fixiere ein Schiff, das am Horizont entlangsegelt. »Es war keine Absicht. Tut mir leid.«

Mia greift nach meiner Hand. »Kein Problem.« Nach einer kurzen Pause lässt sie mich wissen: »Ich hätte das nicht sagen sollen.«

Leicht drehe ich meinen Kopf in ihre Richtung. »Eine Fernbeziehung zu führen ist scheiße«, sage ich laut.

Sie nickt zustimmend, während sie meine Hand fester drückt. »Das ist wahr.«

Eine Weile sitzen wir stumm nebeneinander, bis wir plötzlich gleichzeitig zu sprechen beginnen:

»Ich könnte …«

»Ich werde …«

Wir sehen uns das erste Mal wieder an, seit Mia die Bombe über meinem Kopf abgeworfen hat, und ich merke, dass meine Mundwinkel wieder nach oben wandern.

»Du zuerst«, bittet sie mich.

»Nur noch ein paar Monate, dann bin ich mit dem College fertig«, erinnere ich sie. »Ich gehe mit dir, wohin du willst.« Ich nehme einen tiefen Atemzug. »Wenn du mich lässt.«

Nun schleicht sich auch der Anflug eines Lächelns auf Mias Gesicht. »Ich mag Tallahassee.«

»Was soll das heißen?«, frage ich nach.

Sie drückt meine Hand ganz fest. »Ich habe mich dort am College beworben, wenn du also ebenfalls dort bleibst …«

»… könnten wir uns jeden Tag sehen«, beende ich den Satz für sie.

Sofort stimmt Mia zu. »Genau.«

»Schaffst du es denn noch so lange, eine Fernbeziehung mit mir zu führen?« Unsicher beiße ich auf meiner Unterlippe herum.

Mia hält es wohl nicht mehr aus, einfach nur neben mir zu sitzen und meine Hand zu halten, denn sie schwingt sich auf meinen Schoß und schmiegt ihren Körper ganz fest an meinen. Sofort schließen sich meine Arme um ihre.

Mit belegter Stimme wispert Mia in mein Ohr. »Natürlich. Und ich muss es aushalten, weil ich mir ein Leben ohne dich nicht vorstellen kann.«

»Also ist das mit uns nicht sinnlos?«, will ich von Mia wissen. Ich muss es einfach einmal aus ihrem Mund hören.

»Es tut mir leid, dass ich das gesagt habe. Aber die Vorstellung, dass Mädchen wie diese aufgestylte Blondine jeden Tag um dich herumschwirren, hat mich verunsichert.«

Ich seufze leise. »Du weißt aber hoffentlich, dass dir niemand das Wasser reichen kann. Für mich gibt es nur dich, selbst wenn du tausend Meilen von mir entfernt bist, werde ich dir immer treu sein.«

Mia lehnt ihre Stirn an meine. »Das zeigst du mir auch immer wieder.« Etwas leiser murmelt sie. »Tut mir leid, wegen meines kleinen Ausrasters, aber ich war so eifersüchtig.«

Erleichtert atme ich aus. »Mia, du musst nicht eifersüchtig sein. Für mich gibt es nur dich.« Ich ziehe sie noch ein bisschen fester an mich, falls das überhaupt möglich ist.

Mia rückt ein bisschen von mir ab und sieht mich beschämt an. »Na ja, aber du hast doch mit ihr geredet und sie war so …«

»… so was?«

»So erwachsen. Sie hat beim Sprechen so viele Fremdwörter benutzt.«

Ich wuschele Mia durch ihre Haare. »Ich mag dich, weil du genau so bist, wie du eben bist. Du bist klug, witzig und ich liebe es, dass du immer eine schlagfertige Antwort für mich übrig hast. Ich will niemanden, der *erwachsen* ist. Ich will dich. Erwachsen werden wir noch früh genug, glaub mir.«

Nachdem ich die Worte ausgesprochen habe, krachen Mias Lippen so schnell auf meine, dass ich fast das Gleichgewicht verliere. So wie jedes Mal, wenn ich sie küsse, verliere ich auch den Bezug zur Realität und lasse mich einfach mit ihr nach hinten fallen, um sie noch intensiver zu spüren.

## *Mia*

### *Sommer*

Josh sitzt mit verschränkten Armen auf meinem neuen Bett. Es ist der letzte Tag des Sommers und seine Freunde helfen mir gerade dabei, meine Habseligkeiten in mein WG-Zimmer zu bringen.

»Ich verstehe nicht«, murrt mein Freund zum wiederholten Mal, »dass du mit Will in eine WG ziehen kannst, aber nicht mit mir.«

Ich verdrehe meine Augen. »Weil wir über ein Jahr eine Fernbeziehung geführt haben und ich es vernünftiger finde, wenn jeder seinen Rückzugsort hat.«

Josh sieht immer noch so grimmig aus, dass er mir fast leidtut. Aber nur fast. Ich setze mich neben ihn auf das Bett und umschlinge ihn mit meinen Armen. »Wenn ich mit dir zusammenziehe«, flüstere ich in sein Ohr, »dann in unsere erste gemeinsame Wohnung und nicht in eine WG mit meinem Bruder, Chris und dir.«

Das scheint Josh nicht wirklich fröhlicher zu stimmen, da er zu quengeln beginnt: »Aber ich habe dir doch extra Toms Zimmer frei gehalten.« Tom ist bereits ein Jahr mit dem Studium fertig, hat sich aber bei der Suche nach einer eigenen Wohnung ziemlich Zeit gelassen, da er sich wohl nicht mit dem Gedanken anfreunden konnte, die WG zu verlassen. Allerdings wurde ihm das ewige Feiern dann doch zu viel. Der Arbeitsalltag und nächtliche Partymarathons vertragen sich wohl nicht besonders.

Ich bin gespannt, wie lange es Josh noch in der Wohngemeinschaft aushält, da er ebenfalls bald zur arbeitenden Bevölkerungsschicht zählt und auch nur noch selten mitfeiert. Soweit ich weiß, hat Josh sich jeden Mittwoch – gefeiert wird nur noch mittwochs und samstags – zu Will verkrümelt, um den Abend dort zu verbringen.

Ich komme gar nicht dazu, dass ich etwas auf Joshs Gejammere erwidere, da sich Will, der mit einem meiner Kartons im Türrahmen lehnt, einmischt: »Hey, versuch mir nicht meine neue Mitbewohnerin abzuwerben.«

Grinsend sehe ich zu ihm. »Keine Sorge. *Vorerst* bleibe ich hier.«

Sofort schiebt er seine Unterlippe vor. »Klingt, als wäre ich nur eine Notlösung.«

In dem Tonfall, mit dem man auch mit Kindern spricht, sage ich zu ihm: »Du könntest niemals eine Notlösung sein.« Ist er wirklich nicht. Ich hätte nicht gedacht, dass ich mal mit Will zusammenleben werde, aber er hatte ein Zimmer frei und ich war auf der Suche nach einer Wohnung, die nicht allzu weit von Joshs WG oder vom Campus entfernt ist. Und seit ich weiß, dass nie etwas zwischen Josh und ihm gelaufen ist, kann ich ihn sogar richtig gut leiden. Außerdem ist er Josh wirklich ein guter Kumpel. Mein Freund sollte sich besser glücklich schätzen, dass Will und ich uns so gut verstehen.

Neben mir murrt Josh: »So wie es sich anhört, war eher unser WG-Zimmer die Notlösung.«

Ich stupse meinem Freund mit dem Finger gegen die Nase. »Jetzt hör doch endlich auf zu schmollen und leg dich besser mal in mein neues Bett.«

Schicksalsergeben lässt er sich zurückfallen und ich lege mich neben ihn. Leise flüstere ich in Joshs Ohr. »Und du musst es heute mit mir einweihen.« Als ich mich von ihm löse, wackele ich übertrieben mit den Augenbrauen, was Josh zum Lachen bringt.

»Komm her«, murmelt er und rollt sich über mich.

Von weit entfernt nehme ich Wills Stimme wahr. »Ihr wisst schon, dass ich noch hier bin, oder?« Da ich es leise rumpeln höre, nehme ich an, dass er auch nicht vorhat, das Zimmer so schnell zu verlassen, sondern den Karton abstellt.

Josh scheint das egal zu sein, denn er löst seine Lippen gerade lange genug von meinen, um zu sagen: »Wie könnte man dich denn vergessen?«

Ein Räuspern lässt ihn jedoch innehalten. »Ich hoffe, du vergisst nicht, dass ich auch hier bin«, kommt nun eine weitere Stimme von der Tür. Sofort rollt sich Josh von mir herunter und streckt beschwichtigend die Hände in die Luft. »Ich habe nichts gemacht.«

Ich bemerke, wie mein Bruder krampfhaft versucht, seine ernste Miene aufrechtzuerhalten. Er kann es einfach nicht lassen, Josh mit solchen Kommentaren zu ärgern. Miles und Josh verstehen sich immer noch sehr gut, doch wenn es um unsere Beziehung geht, vergisst Josh regelmäßig zu kontern. Vielleicht nimmt er die witzig gemeinten Kommentare von Miles ein bisschen zu ernst, weil er bei seinen Schwestern ebenfalls gerne mal den Beschützer raushängen lässt. Es ist fast so, als würde er das von Miles ebenfalls erwarten und der tut nur zu gerne so, als würde es ihn stören, dass Josh und ich zusammen sind.

Chris drängt sich dicht an Will vorbei, um ebenfalls einen Karton abzustellen. »Du siehst nicht aus, als hättest du nichts gemacht«, meint er nach einem Blick auf Josh.

Na gut, offensichtlich sprechen wir so laut, dass sich jeder an unserer Unterhaltung beteiligen kann, ohne zuvor im selben Raum gewesen zu sein. Die Nachbarn werden sich freuen.

Josh steht auf und streckt sich.

Will sieht ihn kopfschüttelnd an. »Hast du jetzt genug geschlafen, Dornröschen?«

Josh deutet mit der Hand zum Bett. »Alter, ich hab das Bett aufgebaut.«

Ich stehe auf und lehne mich an ihn. Ich gebe ihm einen Kuss auf die Wange und hauche: »Danke dafür.«

Chris schnaubt laut und murmelt: »Für mich hat es so ausgesehen, als hättest du dich ausgeruht.«

Miles nickt zustimmend. »Finde ich auch. Komm mit nach unten und schnapp dir einen Karton, du fauler Sack.«

Auf Joshs Gesicht stiehlt sich ein Grinsen. »Ich schnappe mir etwas viel Besseres«, sagt er.

Ich kreische laut auf, als er in die Hocke geht und mich über seine Schulter wirft. »Josh!«, jaule ich. »Was machst du da?«

Er klopft mir auf den Hintern und sagt: »Ich habe Hunger. Lass uns Pizza bestellen.«

»Das nenne ich mal eine Ansage«, lässt Will uns wissen, während Josh mich an den Jungs vorbei in die Küche trägt.

Das sehe ich auch so …

»Lässt du mich auch irgendwann wieder los?«, frage ich Josh … oder wohl besser gesagt seinen Rücken.

»Nein«, kommt es sofort von ihm. »Dich lasse ich niemals mehr los.«

# Bonusszene

## *Jackson & Mason:*

*Was während Spring-Break passiert, bleibt auch dort, oder?*

Schockiert starre ich auf den blonden Jungen, der von zahlreichen jungen Frauen umringt auf der Bühne zu elektronischer Musik tanzt.

Was zur Hölle ist in letzter Zeit mit Mason los? So, wie er sich gerade benimmt, erkenne ich ihn kaum wieder. Es dauert einige Sekunden, bis ich mich aus meiner Starre lösen und weiter auf meinen Freund zugehen kann.

Ich schiebe mich an tanzenden Körpern vorbei und stapfe die Stufen nach oben. Als ich mich zwischen die fremden Mädchen und Mason dränge, höre ich ein paar Beschwerden, doch ich ignoriere sie.

Mit vor der Brust verschränkten Armen baue ich mich vor Mason auf. Da er sich mit geschlossenen Augen zur Musik bewegt, muss ich ihm erst meine Hand auf den Unterarm legen, damit er mich wahrnimmt.

Er schlägt sie weg und sagt laut: »Pfoten weg.« Schockiert mache ich einen Schritt zurück.

Mason starrt mich mit großen, vor Schock weit geöffneten Augen an und will nach meiner Hand greifen, doch ich schüttele den Kopf.

»Ich … Jacks«, beginnt er zu stammeln. »Ich wusste nicht, dass du es bist.« Einerseits bin ich froh, dass er den Arm eines Fremden einfach wegschlagen wollte. Andererseits bin ich es nicht gewohnt, dass Mason so etwas tut. Zumindest nicht bei mir.

»Konntest du ja auch nicht, nachdem du den halben Bundesstaat durchquert hast, um nicht mehr in meiner Nähe sein zu müssen!«, schreie ich, um gegen die laute Musik anzukommen und auch ein wenig, weil ich so wütend auf ihn bin.

»So ist das doch gar nicht. Ich brauchte Zeit zum Nachdenken«, höre ich ihn sagen, während er auf mich zukommt. Wieso muss dieser Idiot einfach immer alles mit sich selbst ausmachen, anstatt mit mir zu reden?

Ich schüttele meinen Kopf. »Und zu Hause ist dir die Decke auf den Kopf gefallen oder wie?«

Mason steht ganz dicht vor mir und legt seine Hände auf meinen Schultern ab. Vielleicht um mich daran zu hindern, wegzulaufen. »Nein, aber wenn du bei mir bist, fällt mir das Denken verdammt schwer«, lässt er mich wissen und im nächsten Moment liegen seine Hände an meinen Wangen und er presst seinen Mund fest auf meinen.

Und was mache ich? Natürlich lasse ich meine Reisetasche auf den Boden fallen, schlinge meine Hände um seinen Nacken und küsse ihn. Ich weiß, dass wir dringend miteinander sprechen sollten. Doch das Einzige, was mich im Moment noch interessiert, sind Masons Lippen auf meinen. Vom ersten Moment an hat er eine Faszination auf mich ausgeübt, die bis heute nicht nachgelassen hat. Nicht einmal ein bisschen.

Als er seine Zunge in meinen Mund schiebt, würde ich am liebsten die ganze Welt um mich herum ausblenden, doch irgendetwas hält mich zurück.

Schweren Herzens löse ich meine Lippen von seinen, sehe ihm aber weiterhin tief in die Augen. »Wir müssen miteinander reden.«

Er zieht mich wieder in seine Arme und flüstert leise in mein Ohr: »Ich weiß.« Als er sich von mir losmacht, deutet er mit seinem Kopf zum DJ-Pult. »Fragen wir Miles nach seinem Schlüssel und gehen in das Appartement.«

»Welches Appartement?«

»Miles und seine Mitbewohner haben was gemietet«, erklärt Mason und zieht mich bereits zu meinem Cousin.

Ich dränge mich an Mason vorbei und begrüße Miles, der auch gleich die Kopfhörer, die er trägt, abnimmt und mich mit begrüßt. Fassungslos schüttelt er seinen Kopf. »Scheiße, Jackson«, begrüßt er mich. »Was machst du hier?«

Verlegen streiche ich mir eine meiner blonden Haarsträhnen aus dem Gesicht. »Mason hat mich quasi dazu gezwungen.«

Mein Cousin sieht Mason mit hochgezogenen Augenbrauen an. Sie kennen sich bereits ihr halbes Leben, doch ich bin mir sicher, dass Miles ihm verbal ziemlich den Arsch aufreißen würde, sollte er mir jemals weh tun. Obwohl ich meinem Freund vertraue, beruhigt mich die Vorstellung, dass mein Cousin Mason bestimmt von der Bühne geschubst hätte, wenn er Blödsinn gemacht hätte.

»Sag dem Idioten, er soll sich mal wieder einkriegen.«

Ich drehe mich zu Mason um, der ein paar Meter von uns entfernt stehen geblieben ist und seine Hände in den Taschen seiner Shorts vergraben hat. Vermutlich will er unser Wiedersehen nicht stören.

Ich klopfe Miles auf die Schulter. »Keine Sorge, das mache ich.« Leicht ziehe ich meine Schultern hoch. »Könnte ich vielleicht den Schlüssel von eurem Appartement haben, um in Ruhe mit Mason zu reden?«, frage ich.

Sofort beugt er sich hinter das Mischpult und beginnt damit, in seinem Rucksack zu kramen. Nach einer Weile hält er mir meine Eintrittskarte für die Aussprache mit Mason hin. »Danke.« Ich ziehe Miles noch mal kurz in meine Arme. »Sehen wir uns dann später?«

Ein schelmisches Grinsen erscheint auf dem Gesicht meines Cousins. »Ich würde sagen, aus akutem Platzmangel ziehe ich es vor, mir einen anderen Schlafplatz zu suchen.«

Sofort bekomme ich ein schlechtes Gewissen. »Miles, ich wollte dich wirklich nicht aus deiner Ferienwohnung drängen.«

Er winkt ab und macht eine ausladende Handbewegung. »Mach dir keine Gedanken. Eine dieser hübsches Ladies lässt mich bestimmt gerne in ihr Bett.« Im Normalfall würde ich ihm jetzt an den Kopf werfen, dass er sich nicht wie ein arroganter Arsch aufführen soll, doch wegen einer fehlenden Unterkunft kommt mir sein selbstloses Angebot, gepaart mit seinem übergroßen Ego, ganz recht.

Ich verabschiede mich mit einem Winken von Miles und wackele demonstrativ mit dem Schlüssel in Masons Richtung. »Wir können los, wenn wir meine Tasche geholt haben.«

Mason zieht mich dorthin, wo ich sie zuvor habe fallen lassen und danach wandern wir gemeinsam über den Strand. Ich komme mir in meinen langen Jeans und dem T-Shirt wie ein Außenseiter vor. So ziemlich jeder trägt Badeklamotten. Die weniger Mutigen kurze Shorts und ärmellose T-Shirts. Ich kann es nicht lassen und dränge mich dicht an meinen Freund, während wir uns gemeinsam durch die Menge quetschen. Ich lasse meine Fingerspitzen über seinen flachen Bauch wandern. Etwas beleidigt stelle ich fest, dass er meine Hand abfängt, als ich sie zum Bund seiner Hose gleiten lasse. Doch anstatt sie wegzuschlagen oder mich abzuweisen, dreht er sich um und gibt mir einen Kuss. »Wenn du so weitermachst, werden wir heute nicht mehr reden.«

Ich seufze laut auf. »Dann bring mich mal besser in das Appartement.«

* * *

Nachdem Mason die Tür hinter sich geschlossen hat, lehnt er sich gegen das Holz, während ich mich umsehe. »Ist das Miles' Zimmer?«

Mason zuckt mit den Schultern. »Ich habe ehrlich gesagt keine Ahnung. Aufgrund der vielen schwarzen Kleidungsstücke, die hier herumliegen, nehme ich es aber einfach mal an.«

Ich lache leise auf und gehe auf das Bett zu. Ich schnappe mir ein T-Shirt und werfe es auf einen Stuhl, der ganz in der Nähe steht. Danach setze ich mich.

Mason folgt mir, doch anstatt sich neben mich fallen zu lassen, drängt er sich zwischen meine Beine. Ich kann nicht anders als ihn zu umarmen und meinen Kopf gegen seinen Bauch zu lehnen. Es tut gut zu spüren, wie er mit seinen Händen durch meine Haare kämmt. Genau diese Nähe habe ich in den letzten Wochen vermisst.

Ich blicke zu ihm auf und ich nehme an, dass er mir anmerkt, wie es momentan in mir aussieht, da ihm seine nächsten Worte nahezu ins Gesicht geschrieben stehen. »Es tut mir so leid«, flüstert er.

»Was genau?«, frage ich nach.

Er macht einen Schritt zurück und fährt mit seiner Hand durch seine Haare. Im Sommer haben wir fast den gleichen Farbton, doch nun sind Masons ein bisschen dunkler. »Alles«, beginnt er. »Dass ich mich zurückgezogen und meinen Frust in mich hineingefressen habe. Nicht zu vergessen, dass ich einfach abgehauen bin.«

Flehend strecke ich meine Hand nach Mason aus. Er ergreift sie und ich ziehe ihn zu mir. Ich rutsche etwas weiter nach hinten, damit er ebenfalls auf dem Bett Platz nehmen kann. Als wir uns im Schneidersitz gegenübersitzen, verschränke ich unsere Hände miteinander. »Lag es an mir oder nur an der beschissenen Situation in der Schule?«, möchte ich von Mason wissen.

Mason kann meinem Blick nicht standhalten und sieht auf unsere ineinander verschlungenen Finger. »Ich … ach, Scheiße«, flucht er. »Ich hatte keine Ahnung, was für einen verdammten Rattenschwanz mein Coming-Out nach sich zieht.«

Nun bin ich derjenige, der den Kopf senkt. »Ich hätte dich zu nichts drängen sollen.«

Mason berührt mein Kinn und zwingt mich, zu ihm aufzusehen. »Du hast mich niemals zu irgendetwas gedrängt.«

So eindringlich, wie er die Worte ausspricht, glaube ich ihm sogar. Ich öffne meinen Mund, um etwas zu sagen, doch Mason schüttelt den Kopf. »Ich hätte niemals damit gerechnet, dass jemand ein Problem damit haben könnte, dass ich mit dir zusammen bin. Immerhin leben wir im einundzwanzigsten Jahrhundert.«

Mason ist wohl etwas blauäugig an die Sache herangegangen. Vielleicht hätte ich ihn warnen sollen. Doch ich war so glücklich, dass er zu mir – und unserer Liebe – stand, dass ich verdrängt habe, was das alles für ihn bedeutet.

Ich beiße mir verlegen auf die Unterlippe. »Es wird immer Menschen geben, die nicht damit leben können, wenn zwei Männer sich lieben.« Keine Ahnung, was ich sonst dazu sagen kann.

Mason seufzt. »Das weiß ich. Nur, dass es mich so schwer treffen könnte, damit habe ich nicht gerechnet.«

»Joey?«, frage ich nach.

Mason zieht seine Schultern leicht in die Höhe, nur um sie wieder fallen zu lassen. »Ja, irgendwie schon.« Er macht eine kurze Pause. »Wir haben uns immer gut verstanden. Vielleicht trifft es mich deshalb so, dass er mich nun hasst.«

Belustigt schnaube ich auf. »Ich denke nicht, dass er dich hasst.«

»Oh doch.«

»Nein«, widerspreche ich ihm. »Vielleicht ist er eifersüchtig, weil du so lebst und liebst, wie du es für richtig hältst.«

Mason runzelt die Stirn. »Kann ich mir nicht vorstellen«, murmelt er.

Ich winke ab. »Ist ja auch egal. Wichtig ist nicht, was Joey über dich denkt oder an der Schule verbreitet. Wichtig ist, was du selbst von dir hältst.« Ich lehne mich nach vorne und gebe Mason einen Kuss auf seinen Mundwinkel.

Er sieht nicht besonders überzeugt von meinen Worten aus. »Ja, aber wenn seine Freunde und er wieder etwas Dummes sagen?«

»Dann lassen wir es nicht mehr an uns herankommen.«

Mason hebt eine Augenbraue. »Du hast dich auf ihn geworfen und wolltest ihn verprügeln.«

Ich verziehe mein Gesicht. Das war nicht unbedingt eine meiner Glanzstunden. »Weil ich wusste, was seine dummen Kommentare bei dir anrichten.«

Erschrocken sieht er mich an. »Du wusstest also die ganze Zeit, was mich bedrückt?«

Mit meiner Hand mache ich eine Teils-teils-Geste. »Ich konnte es mir denken. Sicher war ich mir aber nicht.«

»Dass du auf ihn losgegangen bist, hat mich erst recht zum Nachdenken gebracht«, gibt Mason dann zu.

»Also ist es doch meine Schuld gewesen, dass du dich zurückgezogen hast?«, frage ich nach.

»Nein«, druckst er herum. »Aber du warst immer so entspannt. Bei dir sah immer alles so leicht aus. Dass du plötzlich ausgeflippt bist, hat mich fertiggemacht. Du warst doch immer der Stärkere von uns beiden.«

Ich rutsche näher an Mason heran. »So siehst du mich?« Ich weiß nicht, ob er damit recht hat. Als er sich wegen uns unsicher war, musste ich doch so tun, als hätte ich alles unter Kontrolle. Auch wenn es nicht hundert Prozent so war.

Als Mason nickt, lasse ich meine Hand in seinen Nacken gleiten, um ihn zu mir zu ziehen. Ich lege meine Lippen auf seine und sinke gleichzeitig mit ihm nach hinten.

»Ich liebe dich«, raune ich, als wir uns wieder voneinander lösen.

»Ich.« Kuss. »Dich.« Kuss. »Auch.« Und noch ein Kuss.

»Versprich mir, dass wir in Zukunft über alles reden«, fordere ich Mason auf. »Und dass du nicht einfach so abhaust.«

Er lehnt seine Stirn gegen meine. »Das verspreche ich nur zu gerne.«

»Okay. Und diesen Idioten ignorieren wir einfach. Nur noch ein paar Monate und dann gehen wir aufs College. Dann sind wir ihn los«, verspreche ich Mason.

»Versprochen?«

»Versprochen.«

»Jackson?«

»Ja?«, frage ich mit einem Lächeln.

»Auch wenn ich es schon mal gesagt habe.« Er macht eine kurze Pause. »Ich liebe dich.«

Ich lächele meinen Freund an. Anstatt die Worte zu erwidern, küsse ich ihn und zeige ihm besser, wie sehr ich ihn liebe.

# Danksagungen

Zuerst möchte ich mich bedanken, dass *Stronger* bei Forever by Ullstein ein Zuhause gefunden hat.

Danke, Frau Pagel, für diese Möglichkeit und dass Sie Mia & Josh von einer ziemlich unkonkreten Idee bis zum Happy End begleitet haben.

Der größte Dank gilt Vivien Summer. Du hast so viel Zeit und Energie in Mia & Josh gesteckt, als wären sie nicht nur meine Protagonisten, sondern auch deine. Und ganz ehrlich: Das sind sie auch ein bisschen. Du hattest von Anfang an immer ein offenes Ohr für die kleinen oder größeren Probleme der beiden und hast mir vom Exposé über die Leseprobe bis hin zum fertigen Manuskript – und darüber hinaus – zur Seite gestanden. In dir habe ich nicht nur meinen Schreibbuddy, sondern auch eine wahnsinnig gute Freundin gefunden, mit der ich so viel mehr teile als die Liebe zum geschriebenen Wort.

Maya Prudent möchte ich ebenfalls nicht unerwähnt lassen, denn sie macht meine vielen Tippfehler ausfindig, obwohl ich mich wirklich schon am Riemen reiße und statt blind nur noch halbblind in die Tasten haue.

Alexandra Fuchs, ohne dich wüsste ich vermutlich gar nicht, wer *Harry Styles* ist und Josh würde in meinem Kopf ganz anders aussehen. Du versorgst mich nicht nur mit zahlreichen Ohrwürmern (He likes boys …), sondern auch mit News über Harry.

Danke auch, dass du die Geschichte über Mia und Ha … Josh bereits gelesen hast!

Danke an meinen Mann und meine Kinder. Vor allem meinem Mann danke ich für sein Verständnis. Und dafür, dass du dich genauso über den Verlagsvertrag für Mia & Josh gefreut hast wie ich.

Ein ganz besonderes Dankeschön möchte ich dir noch dafür aussprechen, dass du gerade *Closer* liest. Vielleicht bist du ja bereits fertig, wenn dieses Buch erscheint ;-)

Meine Testleser darf ich natürlich ebenfalls nicht vergessen, die so lieb waren und mir einen ganzen Fragenkatalog beantwortet haben, weil ich ihre Meinung dieses Mal ganz genau wissen wollte.

Danke an: Patrizia, Marie-Luise, Corinna, Bettina und Milena.